賢者大叔的異世界生活日記

7

Kotobuki Yasukiyo
寿安清

Kadokawa Fantastic Novels

Contents

序　　章　大叔製作煙燻肉　008
第一話　亞特前往獸人族　022
第二話　亞特戰記？　036
第三話　大叔被人綁架　066
第四話　大叔推測有古代遺跡　078
第五話　大叔踏入遺跡內部　100
第六話　大叔偷走了飄浮機車　118
第七話　大叔痛揍惡魔　136
第八話　大叔又搞砸了　155
第九話　大叔沒得休息　183
第十話　大叔遇見了前勇者　200
第十一話　大叔再度接下了護衛委託　224
第十二話　姬島佳乃的回憶　248
第十三話　大叔迎擊　273
第十四話　大叔完全不會看場合　291
短　　篇　德魯薩西斯的誓言　317

序章　大叔製作煙燻肉

「真和平……」

傑羅斯一邊喃喃自語，一邊觀察煙燻中的肉。

香草和肉特有的香氣隨著煙飄散而出，刺激著他的食慾。但是這年紀最怕發福，所以他努力忍著不要偷吃。畢竟平常沒運動到的部分很容易長出贅肉。

他動手試做的是煙燻飛龍肉乾。他這麼做一方面也是想將肉乾作為存糧，然而要是被教會的孩子們發現就糟了，事情曝光的話一定會全被他們給吃掉。

他們最近會把別人家當成自己家一樣，毫不客氣地跑來翻他的冰箱。

他回想起路賽莉絲認真道歉的樣子……然後萌了起來。

『美女困擾得不得了的樣子，為什麼會這麼萌呢～』

萌點意外冷僻的大叔注意著煙燻肉的狀況，將以名為樹人的植物型怪物削成的木片添進火堆中。

其實要做火腿或是香腸也行，可是他沒來由的懷念起地球上肉乾的味道，便在沒有任何知識的前提下開始做起了肉乾。

他已經失敗大約七次了。

『氣味太強也不行、香料的味道太重也不行……不知道看起來怎樣才算是剛剛好呢～肉敲過頭也會

變成絞肉……』

變成絞肉的肉當然也被他做成了漢堡排，美味地享用了。

他以前在法芙蘭大深綠地帶打倒的飛龍有七隻。其中一半雖然拿去賣掉了，但是剩下的就算要賣，量也太多了，會破壞肉品的市場價格。

這對消費者來說自然是再好不過的事，不過站在販售方的立場，還是希望能夠盡量高價賣出商品。價格崩盤只會帶來困擾，這才是零售商的真心話。

所以大叔也很識時務，留了大約三隻的肉在手邊。

他將多到吃不完的肉分給左鄰右舍，現在只剩下約一隻飛龍的量，儘管如此，這些肉要他一個人吃完還是有困難吧。

所以他才會開始做起可以長期保存的食物，可是肉乾實在太難做了。

雖然香氣也有影響，但主要還是口味太重了不適合拿來當下酒菜。

大叔心想著『好想吃中野谷先生做的牛肉乾啊～』，一邊回憶著地球上肉乾的味道，一邊望著默默升起的燻煙。

「啊～這麼說來那兩個勇者現在不知道怎麼樣了？唉，跟我無關就是了……」

或許是想要忘掉嘴饞的心情吧，傑羅斯把思緒移到了在回桑特魯城的途中遇見的兩位勇者身上。

為了從兩位勇者和隨行的神官們身上獲取情報，傑羅斯以虛實交錯的話術挑起他們的疑心，藉此問出了很多事情。

也是基於這個緣故吧，勇者們對於要回到梅提斯聖法神國這件事莫名地起了些戒心。對計畫著總有一天要對四神展開復仇的大叔而言簡直是正中下懷。

他和勇者們一起回到了桑特魯城，但光靠他們自己要怎麼活下去又是另一個問題了。和他們在一起的神官們也因為知道了太多不必要的情報，回祖國會有生命危險。

「只靠他們沒問題嗎……特別是田邊。」

大叔回想起距今約一週前的事情。

◇◇◇◇◇◇

在實戰訓練的歸途上。

從法芙蘭街道轉入桑特魯街道，大叔等人總算快到桑特魯城了。

「累死我了……喂，讓我搭馬車啦。」

「年輕人還真不像樣啊。你該更有骨氣一點吧？」

「別說這種強人所難的話……我就是因為沒錢了才沒辦法租馬車啊～」

這個無力的彎腰駝背，踏著沉重腳步不斷走著的勇者是「田邊勝彥」。

儘管大叔在前往桑特魯城的路上不得已讓勇者一行人同行，可是田邊的體力已經所剩無幾了。不，就算還有體力也沒有毅力了。

這也是因為只有路賽莉絲和孩子們，以及搭便車的女性神官們能搭乘馬車，男人們一路上都是靠徒步移動。

途中當然有休息，不過光靠那種程度的休息無法消除孱弱的田邊身上的疲勞。

「為什麼一定要用走的啊……勇者應該可以獲得更好的待遇吧？」

「事到如今還想拿勇者的名號來壓我啊，真要我說，我只覺得勇者看起來像是一群小丑喔？早點發現的話，明明可以私下準備發起革命的。」

「女人真好……備受禮遇呢～」

「大概就是看準了你這麼沒毅力？不如說很有可能會優先召喚這樣的人過來。畢竟是最適合拿來操控的人才。年紀輕的人特別好洗腦吧。」

田邊的等級明明不低才是，但或許是生長環境造成的影響，這自稱是勇者的傢伙看起來有夠不像樣。反而是神官們的腳力比勇者好多了。

「各位的腳力似乎不錯啊。」

「我們為了傳教經常要前往各處，基本上很習慣這種長途旅行了。只是這次因為勇者閣下過於揮霍，所以旅費……」

「自作自受啊……是造成這個原因的你自己的錯吧。要是省著點用，想租個馬車應該還是沒問題。」

「可惡……我這笨蛋。」

花掉的錢不會回來。後悔也無濟於事。

結果勝彥那毫不經大腦的行動正是造就現況的原因。讓人想要同情他都辦不到。

「不妨以尋找邪神為名目逃走吧？我想你們就算回國也只會被任意差遣，而且還是利用完就讓你們跟這世界說再見的那種。」

「我是想這樣做，可是沒錢。異端審問官那些傢伙也不會看情況，就算我們身在其他國家，他們也會不當一回事地追過來。那些傢伙非常危險。」

「只要工作就好了吧？去當個傭兵，老老實實地做事，至少可以賺到生活所需的錢……你沒打算要工作嗎？」

「…………辦不到。」

已經習慣過著奢侈生活的勇者，沒辦法承受傭兵那種必須縮衣節食的生活。

雖然大叔也只是試著提議而已，不過剛剛的回答讓大叔了解到他無法承受貧困的生活。

逃避面對嚴苛現實的結果就是這樣。

「沒有錢我就什麼都辦不到嗎……為什麼……為什麼事情會變成這樣啊。」

「呵……因為你是個小鬼頭啊。」

「這時候說這種話？我真的很消沉耶，你可不可以不要這樣！」

「不想承認呢……勇者因為自己過於年輕所犯下的錯誤。這就是所謂的……愚蠢吧。」

「別人的不幸有這麼有趣嗎！你就這麼討厭勇者嗎？」

大叔只是太閒了才會以揶揄他為樂。

無視悽慘的勝彥，大叔望向天空，想著『好想去釣魚啊～』這種完全無關的事情。這個人真的自由到了極點。

「傑羅斯閣下……所謂的創世神教是怎樣的教派呢？因為我們至今為止只知道四神教的教義，想要多少了解一下。」

「基本上類似精靈信仰吧。創生神創造了這個世界，而神只會在一旁守護這個世界，完全不會出手干涉。為誕生一事感到喜悅，對成為食糧的生命懷抱感謝，提倡人們應不分種族、攜手合作。大致上來說就是這樣的宗教吧。完全不帶多餘的雜念，宣揚著平穩的教義。」

「這樣的話，邪神和四神是什麼時候誕生的？我們不知道現況是在怎樣的背景下造成的。」

「有個很有趣的說法呢，我記得是……『初始之神因位階上升，即將離開此世界。雖為遺留之世界創造新神，然該神純真醜陋。故初始之神將醜惡純粹之神封印，望再創新神，將神之力賦予四精靈，命其代為管理。然四神天真且僅顧享樂。降災禍於大地，使世界陷入混沌。』這樣吧？好像是刻在某個遺跡的石板上的文字。除此之外也有在其他地方發現類似的東西。在各地也有透過口語傳承下來的案例。」

「什麼，這……」

「也就是說四神完全沒有盡到被交付的責任，恣意妄為的使世界各處陷入混亂嗎！」

這是神官們不願聽到的事實吧。

然而歷史是勝者為了證明自己的正當性而隨意改竄的東西，關於敗者的真相大多會被徹底抹除。就算是以不正當的手段獲勝，流傳給後世的說法卻是堂堂正正地從正面擊潰對手獲勝的例子也不在少數。只要扯上當權者或宗教，事實大多會被葬送在黑暗中。

「創世神教恐怕也有好幾個能夠和神交流的聖女那樣的人物吧。其後代和魔導士們一同將事實保留了下來。儘管記載在書卷上的事實與歷史一同被燒毀了，刻在遺跡裡的事實仍流傳到了後世。難怪四神教會討厭魔導士啊。因為不知事實何時會被解讀，讓所有的人都知道真相嘛。這對宗教國家來說可是個大醜聞呢。」

「到底是哪裡的遺跡留有這樣的祕密文字……要是留著那種東西，我們就……」

「誰知道？畢竟那好像是巨大魔法裝置的一部分，到底是哪裡的遺跡這我就不知道了。只是這碰巧被加進了魔導歷史書上記載的魔法術式中，被我發現了而已。石板文字因為位於相當重要的位置，好像沒辦法破壞呢。」

「原來如此……」

「好像有無數個那樣的遺跡，不過很遺憾，因為是用魔法文字刻下的，所以你們是看不懂的喔？我也真的是在偶然之下發現的。」

收藏在伊斯特魯魔法學院大圖書館的大量書籍，紀錄在其中某一本書上的大規模魔法裝置的魔法術式。

那巧妙的隱藏在魔法術式中的歷史真相，是為了將四神的惡行傳達給後世所做的偽裝吧。

「在邪神戰爭時期，四神教已經獲得力量了。藉由封印邪神確立了自己的權威，原本的創世神教也在他們的操弄下被視為邪教給消滅了吧。不過現在好像只剩阿爾特姆皇國還是信奉創世神教。四神似乎想盡快把對他們不利的東西給剷除呢，哼哼哼……」

「傑羅斯先生，你為什麼那麼開心的樣子？雖然笑容很邪惡……」

「哎呀，一条小姐。妳不是在馬車上嗎？」

「換田邊那個笨蛋上去了。那傢伙明明是個男人卻一點毅力都沒有。」

「這評語還真辛辣啊。唉，雖然是事實。神官們都比他有毅力多了。」

另一位勇者「一条渚」不知何時開始走在傑羅斯的身邊。

傑羅斯看向馬車，只見勇者勝彥完全化成了一攤爛泥。真的是一點毅力都沒有。

看著毫無變化的無趣景色，悠哉地步行。這對他來說很難受吧。

這個世界上沒有汽車那種方便的東西。就連馬車搭起來都難受到會使人腰痛的程度。

「老實說我不想回梅提斯聖法神國。畢竟現在回去感覺會被處刑吧。」

「住宿費該怎麼辦？我聽說你們的旅費不夠了。」

「被、被你這麼一說……」

老實說渚也不知道該怎麼辦。

她是有想過去當傭兵，可是那些卑劣的傢伙她早就看多了。

惹事的人大多是落魄的傭兵，渚也逮捕過好幾次那樣的人。

說真的，她不想從事傭兵那樣血腥的工作。

「我們可以靠治療魔法來賺取生活費，可是勇者田邊閣下……」

「他不行吧，我看他也沒有想要工作的樣子。似乎被寵壞了啊……那樣有辦法生存下去嗎？」

「……沒辦法，我也去找打工吧！先以調查和傳教為名滯留於此，哪天直接逃亡到這個國家來。」

「這樣做比較好吧。要是有什麼會使四神教的地位動搖的情報，那又另當別論就是了……」

「既然這裡不是本國，我們要籌備資金也有困難，暫時只能受僱於教會擔任治療師。勇者田邊又揮金如土……」

他肯定會變成給人養的小白臉吧。大叔對勝彥下了這樣的評價。

傑羅斯也透過公爵家蒐集了各式各樣的情報，了解到世間對勇者的評價有了變化。

在其他國家擺出勇者的架子絕對會演變成外交問題。

這樣一來他不會被視為勇者，而會被當成非法滯留者處罰，梅提斯聖法神國也會乾脆地對勝彥見死不救吧。

拋棄派不上用場的勇者，只要優待可以利用的傢伙就好了。

「他還沒發現自己要是在其他國家引起問題，就會被輕易地捨棄吧。」

「如果勇者是用過就丟的棄子，那個國家肯定會這麼做吧。雖然至今為止他們能對其他國家予取予求，都是因為有勇者這個軍事力量在，可是我有種事態正在往不好的方向發展的預感。被當成笨蛋耍我也很不爽，希望能握有一些可以反擊他們的手牌呢。」

「但他感覺會扯妳的後腿耶？明明處在這麼可疑的狀況下，他卻還想仰賴勇者的權勢。」

「我們的處境也很危險啊。我們可不想被異端審問官給盯上。」

在勇者們身邊的這些神官說穿了只是在小教會裡修業，組織末端的小角色罷了。

換言之就是在哪裡消失都無所謂的棄子。以某方面來說和勇者們是命運共同體，然而田邊現在還是沒體認到這件事。

他就是即使擁有足以理解的知識也無法應用，遺憾的現代人。只會照本宣科的做事。

「你們作為傳教士修業了很長一段時間吧？那麼應該知道一些跟其他國家的情勢有關的詳細情報？可以從中挑一個，將不利於梅提斯聖法神國的情報告訴該國的當權者，請對方通融一下吧。再來只要說你們『不想再回去那個國家了』，說不定意外地會被接納喔？」

「的確……畢竟賽拉斯塔國爆發瘟疫時，神聖騎士團雖然前去救援，實際上卻對民眾見死不救，放火燒了那裡。雖然報告中是說『那裡已無人倖存，為了避免瘟疫繼續蔓延，只能放火』，事實上卻是認為那裡民眾沒有拯救的價值，捨棄了他們。梅提斯聖法神國原本就對該國抱有疑心，救援行動也只是想要營造本國有為其他國家付出行動的實績吧。」

「你們有辦法證明這件事嗎？」

「我們也被迫參加了那場救援活動啊。對痛苦的人們見死不救，燒毀整個城鎮的光景如今仍在腦海中揮之不去。到現在還會做惡夢……」

其他神官也頻頻點頭。

只是他們都害怕會被抓去異端審問，不敢告發這件事。

在宗教的教誨之外，狂信者們也用恐懼束縛著他們。

會讓他們跟在勇者底下，也是希望在戰鬥中能夠多處理掉一兩個目擊者。對死亡的恐懼令神官們對此事三緘其口，又因敕命被送往了有生命危險的地方。

是故意選這些死了也無所謂的人吧。

「還真難搞啊……世間真是無情。結果還是人之罪嗎。喔，可以看到城的外牆了。再過一個小時左右就能進城了。」

「為什麼要花上一個小時？就算用走的也用不到二十分鐘吧？」

「這好歹也是公爵家直轄領喔？當然會嚴加防備外來的入侵者吧。因為需要排隊接受檢查，大概都要花上那麼久的時間。情報是很重要的喔，一条小姐。」

桑特魯城雖是公爵家直轄領，同時也是貿易重鎮。由於也會有罪犯或是走私商人，為了保護人民，當然會對入城的人做檢查。

一小時後，傑羅斯等人順利地進入了城內。

「那麼我們就在這裡道別了。別因為是異世界就得意忘形，正視現實來行動吧。畢竟四處都潛藏著危險啊。」

「別說那麼恐怖的話啦！」

「這段路上真是受你照顧了。」

和勇者一行人的短暫旅途就這樣結束了。

他們在簡短的道別後，分別離開了那裡。

傑羅斯想著回家後要先洗澡，然後喝杯冰麥酒，好好休息。

順帶一提，大叔想要好好休息的願望沒能成真，一回到家就立刻被捲入了麻煩事裡，最後解決了一個不小的事件……不過那又是另一段故事了。

◇◇◇◇◇◇

傑羅斯回想著關於勇者們的情報及事情經過。

得知勇者們一無所知，僅是隨波逐流的過活這件事對他來說非常重要。

對異世界的認知過於天真，徹底輕忽現實。

就算注意到事情不對勁，勇者們恐怕也無法脫離現況。

「因為太年輕所犯下的錯誤，真的很可怕呢～」

就算是在輕小說一類的奇幻世界中常見的發展，在現實中發生時的狀況還是不一樣的。因為現實總是殘酷，這是理所當然的事。

特別是在看到了田邊之後，大叔再怎麼不願意都會了解。

像是某個ＲＰＧ遊戲那樣，擅自闖入別人家裡物色道具，以身為勇者作為理由抹去所有的罪行，照一般的想法，這些行為在現實中是不可能被允許的。

更何況明明有大量的夥伴在眼前死去，他們卻認真的相信「死了就會回到原本的世界平安的生活」這種順應他們期望的謊言。

勇者們甚至沒打算去了解，等這些不合理的情況和謊言崩解後，他們的命運會是如何……

而這樣的勇者們為了保身，以傳教為名在桑特魯城裡打工，躲避梅提斯聖法神國的耳目。跟在他們身邊的神官們也一樣，還不想丟掉自己的小命。

『梅提斯聖法神國已經出現了破綻。不，在持續召喚勇者的漫長歷史中，早已龜裂了吧。之後只剩下要怎麼利用龜裂來破壞這個國家……』

根據他聽來的情報，勇者們也不信任梅提斯聖法神國，可是沒想過要從正面去反抗他們。那麼要是他們失去了宗教國家的優越地位又如何呢？

「我是散播了回復魔法出去，不過得看索利斯提亞魔法王國的大人物們要怎麼利用那玩意，結果還是未知數。好了，這下狀況會變成怎樣呢。」

為了逼出四神（敵人），大叔放出了回復魔法的卷軸。

雖然不知道這行為會產生怎樣的效果，但傑羅斯認為事情會往他理想的方向前進。

被人做了什麼就加倍奉還，這就是被稱作殲滅者的他的作風。

大叔盯著完成的飛龍肉乾，露出冷酷的笑容。

第一話　亞特前往獸人族

「魯達．伊魯路平原」是過去魔法文明繁盛的國家的遺跡。巨大的城鎮裡有各式各樣的魔導具，擁有不遜於地球文明的高等技術。

然而那國家在邪神的一擊下瞬間毀滅了。現在連個影子都不剩。

當時被視為奴隸的獸人們在這片殘破的土地上落腳，擅自築起了聚落，直至今日。

雖然巨大城鎮消失了，但或許還有某些魔法系統在運作著吧，這片土地上的魔力濃度相當高，有許多強大的魔物生息於此。所以獸人們也遠比一般騎士來的強。

而且由於邪神攻擊的影響，造成這一帶的地面高高隆起，好幾座不知該說是斷崖還是山的巨大岩壁擋在亞特等人的面前。老實說這裡根本不適合被稱作平原。

這裡經歷漫長時光，長出了茂密的草木，說是山也不為過了吧。

雖然不到某個大深綠地帶的程度，但畢竟有大量的魔物棲息，這裡反覆進行著嚴苛的生存競爭。而獸人們漂亮地從這場生存競爭中存活了下來。

沒錯，他們的平均身體能力相當優秀，實力遠勝過普通的騎士。正因為他們的實力，「梅提斯聖法神國」也不敢任意侵攻。可是獸人們欠缺統籌性，作風自由奔放，所以就算其他部族遭受襲擊，基本上沒人拜託，他們是不會展開行動的。

可是最近這種情況改變了。獸人中出現了被稱作英雄的人物，攻下了梅提斯聖法神國的城砦，好像還完美地統合了其他部族。除此之外也著手建造城砦或城堡，逐漸洗去獸人是野蠻種族的印象。

雖然那位英雄似乎是人類，不過亞特認為除了轉生者之外的人是辦不到這些事的。獸人族向來具有崇拜強者的習性，能夠將分散的各部族統合為一的人，亞特心裡有數。

要是那是自己想像中的其中一人，先不論性格，能夠拉攏對方的話，絕對會是個可靠的夥伴。

以亞特的立場而言，他無論如何都想讓那人成為夥伴。

「不過終於來到這裡了啊……」

「繞來繞去的走了很久呢……沒想到必須數度來回造訪獸人們的聚落。」

「這也沒辦法啊，莉莎。因為獸人們過著遊牧生活，必須配合家畜移動……也有兩天前還在這裡的部族，隔天就換成了其他部族的情況。」

「碰到這種情況時，亞特閣下就得和聚落中的強者過招呢。」

「最後總是要大打一場。他們到底多血氣方剛啊……我已經受夠這種狀況了。」

過著遊牧生活的獸人們必須配合家畜不斷移動。

有水源的地方才會有不只一個部族聚集在那裡，想要省事的他們前往水源處，就會被迫和強者一決勝負，然後演變成武鬥大會。這已經是固定的模式了。

亞特以崇拜強者的獸人們為對手，贏下了所有的比試，讓人不禁想對他說聲辛苦了。

「好了……差不多可以看到……呃，那啥啊！」

「那是……」

「築在山上的城吧。該說是日式……還是中式呢。搞不太懂呢。」

「那是英雄所在之城，野蠻城。我之前看到的時候還在建造中……也蓋太快了吧？」

「「「野蠻城？」」」

周圍被岩壁給包圍，上面築有純日式的白牆。

建築物怎麼看都是有如熊本城般的木造建築，上面畫有少數民族風的各種圖樣。因為也有龍形的雕刻品，看起來也有些像中式的城。

「城門……在石階上啊，愈往裡面走就愈窄呢。而且周圍的石牆也築成了能夠抵禦敵人攻擊的形狀。這個不管怎麼看都是日本的城吧。」

「是啊。乍看之下牆壁也像是灰泥製成的，不過應該是用土系的魔法做出垂直的牆壁。顏色應該是後來才塗上的吧？」

「怎麼有種『我心目中最強的日本城』的感覺……不過相當廣大而且占地遼闊耶。」

靠近之後才發現建築物本身像是用紙糊的一樣，做得非常粗糙。

可是周圍就不一樣了。白牆看起來具有一定的厚度與高度，裡頭感覺一定有通道。也在各處做了用來放箭和用落石攻擊的孔洞等對應敵人侵攻的設計。

「為了使用弓箭和槍而在牆上開出的小洞，還有寬闊的廣場和狹窄的通道。完全是以日本的山城為基礎。這個高大的石壁感覺也加了什麼機關，是什麼呢？」

「但建築物蓋得這麼隨便到底是怎麼回事啊？是建材不夠了嗎……？」

「急就章的結果吧。對建築物放火的話，感覺沒兩下就會燒光呢……」

外觀明明一看就是偷工減料建成的，白牆和石壁卻建造得相當用心。

白牆就連較低的位置都有開設攻擊用的孔洞，要是敵人襲來，便能從周圍用槍或弓箭集中攻擊。那經過精心計算的凶殘構造讓亞特說不出話來。

「這個比起城更像是巨大的陷阱吧。應該要將這些白牆當作建築物的主體來看才對。也有魔力反應……不過上面的建築物有什麼意義？」

「建築物是裝飾。自以為是的人根本不懂這點！」

「是誰？」

一位少年威風凜凜地高高站在壁上。

頭部和肩膀上裝備著用魔物的頭骨製成的防具，背上則是背著巨大的戰斧。身穿具有只要輸入魔力便能提昇強度的衣服。

儘管對方肯定是轉生者，但亞特不太確定是他所知的兩位獸人愛好者中的哪一位。

其中一位是亞特熟知的五位「殲滅者」的其中一人，名叫「凱摩．拉斐恩」。

另一個人是他曾多次在多人共鬥戰時遇見，身穿骨系裝備的強悍戰士。別名是「野蠻人」的玩家。

「你該不會是……『野蠻人』吧！」

「咦？你知道我的別名？莫非你跟我是同類？」

對亞特而言，他比較希望是前者，然而世事無法盡如人意。

「不會吧，以前看到的時候明明是個全身肌肉的強悍戰士……啊，那是虛擬角色啊！一不小心就忘了。身上還是老樣子以骨系裝備為主就是了……」

雖然沒有交談過，但亞特在「Sword and Sorcery」裡看過他好幾次。

只是那時他的外型是個健壯的戰士，跟眼前這位看來還未成熟的可愛系少年實在無法聯想在一起。

就算是亞特也難掩心中的驚訝。

「這座城是你建的嗎？是為了什麼……」

「那當然……是為了守護毛茸茸們啊啊啊啊啊啊啊啊啊啊啊啊啊！」

薩沙代替愣住的亞特發問後，少年以帶有駭人執念的吼聲做出了答覆。真是相當有男子氣概的靈魂吶喊。

外觀看來是國中生，而且是低年級。實在不像站在獸人族頂點的人物。

可是有好幾位獸人族的女性在他的周遭待命，手持武器戒備著。

雖然種族各不相同，但全都是些美女。

回過神來，只見亞特等人的周遭完全被包圍了。

「喂，你身邊的那些女性該不會是……」

儘管有股討厭的預感，亞特還是戰戰兢兢地拋出浮現在心裡的疑問。

「嗯，是我老婆。」

「「「你這現充！給我爆炸吧啊啊啊啊啊啊啊啊啊啊啊啊啊！」」」

少年在異世界創造了獸耳後宮。

各部族分別送了一個人作為這個強大「野蠻人」的妻子，這個少年也欣然接受了。亞特有調查過關於獸人族的事情，獸人族的女性不僅崇尚強者，就連陷入戀愛症候群時也有挑選強者為對象的傾向。

一進入發情期便會毫不猶豫地衝向適合的對象身邊，這就是獸人族的特性。

也就是說他身邊的女性們全都是一見鍾情，率先迷上了他。

順帶一提，他有十七個老婆。而且全都是美女，真的是個現充。

「可惡～……我到現在都還沒有女朋友……那小子卻有十七個老婆，神實在太偏心了！」

「薩沙先生，我了解你的心情……畢竟我也是個男人。」

「『亞特先生有戀人吧。你會被殺的喔？』」

「結果你也是敵人嘛！現充最好都去死啦，唔喔～～～！」

身為諜報人員的他基於職務立場，不能隨便和人交往。

就算有了戀人，戀人的家庭構成和交友關係也必須接受仔細的調查。隱私將會被徹底地調查得一清二楚。

薩沙雖然也曾喜孜孜地負責這類調查，可是當被調查的對象換成自己時，那真是沒有比這更討厭的事了。

「你叫亞特？莫非是『豚骨叉燒』的？」

「是啊，可是我不知道你的遊戲ID……」

「我？我叫做『凱摩．布羅斯』。別名你已經知道了吧？」

「凱摩？我認識一個叫做『凱摩．拉斐恩』的人。」

「你是師傅的朋友嗎？我受了那個人許多的照顧。拜他所賜，我才能習得『極限突破』。」

「……總覺得我懂了。你居然是那個人的弟子啊……」

亞特尊敬的玩家「傑羅斯・梅林」。

和他在同一個小隊裡的「凱摩・拉斐恩」，是個熱愛獸耳和毛茸茸，無可救藥的獸人愛好者。

畢竟他可是用了「創造迷宮」的技能，打造了名為「獸人迷宮」的後宮。別名為「獸耳・毛茸茸的傳教者」。

是個連夥伴都不禁對他退避三舍的奇怪人物。

「你……不是刻意想要打造後宮的吧？」

「不是啦。只是那什麼叫四神教的傢伙們攻了過來，我沒多想就打倒了他們，然後就變成這樣了。

「因為這樣而獲得了後宮嗎，我也想要變強啊……」

薩沙流下了男兒淚。強烈的無力感苛責著他。

不管是獸人還是精靈，只要能交到女朋友怎樣都好。

只是認真的想要被人所愛，他正處於這樣的年紀。

正因為在從事不能公開的工作，這份感覺更是強烈。

「現在也跟他們在交戰中，所以我才會以為你們也是毛茸茸的敵人☆」

「正好相反。我們只是來和你們結盟的。因為那些傢伙對我們來說也是敵人。」

亞特似乎覺得終於可以進入正題了，不過凱摩・布羅斯卻擺出思考中的表情。

就算出自同鄉，也未必是夥伴。所以他在想該怎麼辦才好吧。

「結盟啊。可是我沒辦法信任你們耶？畢竟你們有可能是那些傢伙的幫手。」

這是為什麼呢？」

「那你打算怎麼辦？要與我們一戰嗎？」

「嗯～……你們能幫我打倒那些傢伙的話，我可以考慮一下喔？正好那些勇者攻過來了。」

「「「勇者嗎！」」」

「勇者」。梅提斯聖法神國從異世界召喚過來的神的尖兵。除了具有較高的戰鬥力和成長速度快之外，亞特認為勇者跟這個世界的居民沒什麼差異。

根據情報，勇者的等級大概是５００。從具有能讓等級突破５００的覺醒技能的轉生者眼裡看來，說勇者只是小嘍囉也不為過。

這裡和遊戲世界不同，幾乎不可能同時將戰鬥職和生產職的技能練到專精，所以不會發生技能統合。也就是說沒有人能夠滿足覺醒技能「界線突破」的條件，導致大家的等級都不高。

現況是就算偶爾會有等級到了５００的人，但仍然無法達成「界線突破」。

當然也可以透過戰鬥來提昇生產職的技能，可是為此必須打倒比自己更強的對手。打倒同等級或等級低於自己的對手，是無法輕易提昇各技能等級的。

以遊戲來說就是加成獎勵吧。

「勇者……你是說等級約５００的小嘍囉們氣呼呼地攻過來了？好啊，我來擊退他們吧。」

「咦？這麼輕鬆就接受了喔？我還以為你會再多猶豫一下的說。要以人類為對手喔？最糟的情況下還有可能會被殺。」

「都事到如今了。如果是盜賊那種對象我早就殺過了，而且不變強是無法在這個世界上活下去的。再說我本來就打算要和那些傢伙戰鬥。」

「「亞特先生？」」

「妳們兩個可以不用接下這差事喔？這畢竟是戰爭，靠我一個人就足以當他們的對手了。」

亞特在以人類為對手時，會盡可能地不讓莉莎和夏克緹參與戰鬥。

他認為只要弄髒他一個人的手就好，不過雖然對象是盜賊，但她們兩人也殺過好幾次人了。這個世界並不安全，為了保護自己，需要做好某種程度的覺悟。

儘管如此，亞特還是盡可能地希望她們不要參加這種人類互相殘殺的戰鬥。

「不愧是亞特先生。我從傑羅斯先生那裡聽說過你，他說你是個實力高強的戰鬥型魔導士。這麼說來你們的裝備也很像呢。真希望哪天能一起組隊解任務啊～」

「打倒邪神的就是那些人吧。他們以前就說過『要再挑戰一次邪神』，雖然他們應該也沒想到那是在跟真正的邪神戰鬥就是了。」

「我也是這麼想。全都是四神的錯……誰叫四神要把垃圾丟到人類的世界。」

『這兩個人……在說什麼？打倒邪神？人類的世界？四神丟棄了邪神？這究竟是怎麼回事……他們到底是什麼來頭？』

薩莎不懂這兩個人話中的意思。

「『殲滅者』他們是我的憧憬。我最近總算來到了和他們一樣的境界，可是沒空告訴他們這件事。」

「你已經習得『極限突破』了？因為那些人是相當高階的玩家呢。不組成軍團，只用一個小隊去挑戰邪神這種事，根本已經去到頂點了。」

「然而那並非不可能辦到的事。就是這點很帥啊。」

「我有同感。那幫忙我當那些傢伙的對手吧。就算是我，要以一萬大軍為對手也是會覺得麻煩的。」

「好啊。反正不管怎樣，我都打算要升起反擊的狼煙……就來大鬧一場吧。」

亞特的臉上露出了猙獰的笑容。凱摩．布羅斯也一樣。

這一天，復仇者和獸人愛好者攜手合作了。這件事將引發梅提斯聖法神國也料想不到的狀況。

勝過勇者的存在，超越者們散發出顯而易見的敵意。

◇◇◇◇◇◇

勇者「岩田定滿」，是勇者中最被人厭惡的男人。

他不是因為成了勇者才變得如此粗暴，而是從他還在原本的世界時態度就很囂張了。

是環境促使他變成這樣的吧。

他的父親是議員，每當他惹出什麼問題時，就會在背地裡動手腳，在事情鬧大前先私下處理掉。

不過這不是出於溺愛，單純只是父親想要防止自己的名譽受損而已。雙親早已放棄定滿，只顧寵愛他優秀的弟弟。

父母的態度更增長了他的暴行，他不斷做出鬥毆、霸凌、恐嚇等事件，讓老師們傷透了腦筋。而這樣的他被當成勇者召喚到這個世界來會怎麼樣呢？

答案是「變本加厲」。

因為他是被召喚來的勇者中攻擊力最高的吧，本來就很粗暴的他態度更加張狂，連同討好他的那些人在內，讓勇者陣營分成了兩派。

冷靜地觀察情況的慎重派，和沉溺於權勢與欲望中的自大派。

恣意舞弄權勢的定滿由於其力量而爬上了率領勇者軍的頂點。然而這也是他失勢的開端。

阿爾特姆皇國侵攻作戰。這時他被任命為前線指揮官，完全不考慮人海戰術會造成的耗損便下令進軍。

結果使得全軍都被誘導到了被稱為「邪神的爪痕」的溪谷中。

襲向他們的是巨大的魔物和中型的魔獸。約半數的勇者喪命，神聖騎士團也因此崩解。這時定滿率先逃離了前線，失去了眾人的信任。

不，應該說原本就沒人信任他吧。

他完全被孤立，連那些討好他的人都不在了，然而他卻把責任全推給了同為勇者、如今已不在人世的「風間卓實」。理由是因為他們被誘導到「邪神的爪痕」前，卓實雖然說了「對手的動向有點奇怪。這說不定是陷阱，不要進軍比較好」，可是定滿卻無視他的建言。不提自己的無知輕率，他這只是在遷怒罷了。

卓實原本因為是魔導士而被大家討厭，聲望卻因喪命而高了起來，同時定滿的評價也一口氣跌落谷底。定滿無法忍受這件事。簡單來說就是任性。

本是夥伴的勇者們不想和他扯上關係，又被抱有強烈情感、相當執著的「姬島佳乃」給徹底討厭，讓定滿更是憎恨卓實。

他那嫉妒死者的嘴臉實在難看，但他就是個自我中心到了極點的人。

而他雖然以探索邪神的名目進軍獸人居住的領域，想藉此讓自己的聲望起死回生，結果卻不如他所料。不管花了多少時間都找不到對方的身影。

這簡直像是進軍阿爾特姆皇國時一樣，讓他非常焦躁不滿。

就在這時候，獸人族開始有了動作。

獸人族專挑和神聖騎士團同行的奴隸商人以及傭兵們下手。

儘管獸人沒有人權，被當成奴隸算在我方兵力中，但在敵方獸人的數度襲擊之下，奴隸商人也接連脫隊。而且奴隸商們就算逃走，也會被敵人執拗地追擊，沒辦法活著踏出這片平原。

梅提斯聖法神國因此失去了兩成的兵力。

「還沒找到那些野獸嗎！我們可是單方面的不斷遇襲，連預備用的兵力都受損了喔！」

「因為那些傢伙的鼻子和耳朵都很靈，也有很多眼力良好的人……他們可能已經掌握住我們的動向了。」

「這種事情我當然知道！這時想點對策解決問題是副官的工作吧，你是笨蛋嗎！」

定滿十分不爽。副官也很想回他「你才是笨蛋吧，為什麼我得聽你這種小鬼的話啊」，但硬是忍了下來。

定滿好歹也是勇者。要是反抗他，就會被視為是反抗四神。

副官也很害怕異端審問。

「真是的……區區野獸居然讓我這麼煩躁。每個傢伙都派不上用場！」

「這或許是傳聞中那位獸人的英雄帶來的影響。據說他隻身攻下了神聖騎士團的城砦……」

「啊？像你們這種雜碎，我也可以一個人幹掉你們全部。只是在城砦的傢伙們都太弱了吧？」

「就算再弱，也能讓對方受點皮肉傷。可是根據報告，對方完全沒受傷……看來對方至少有和阿爾特姆皇國戰士同等的實力。」

「那些傢伙啊……真麻煩。不過就是有翅膀的傢伙，卻瞧不起本大爺……」

「要是具有同等實力，這次說不定又會重蹈覆轍……現在應該要謹慎行事。」

定滿也沒再說話。

阿爾特姆皇國是有翼人種構成的國家。因為有翅膀，所以可以從空中單方面地攻擊他們，戰士們又具有與勇者相當，甚至在勇者之上的實力。不僅如此，還能使用魔法攻擊。

既然亞人種有那種程度的戰士，獸人族中有那樣的人也不是什麼奇怪的事。若是要再舉出其他的問題，那就是定滿率領的騎士團由於魔物數度來襲而疲憊不堪這點。

而且他們已經太過深入魯達・伊魯路平原了，要是在撤退途中遇襲，受到的損害肯定會更嚴重。

現在獸人族展現出未曾有過的戰略性行動，讓擔任副官的騎士難掩心中的不安。

唉，就算他再怎麼進言要撤退，他也不認為定滿會聽得進去就是了。

「報告！在東北方向發現敵人的城砦……不，城堡。」

「城堡？我不認為獸人族有建造那種東西的技術。是不是哪裡搞錯了？」

「不，根據報告，那是利用山勢建造的大規模建築物，是城砦或城堡的可能性很高。」

「怎麼可能……到底發生了什麼事。至今為止可從沒聽過這種事。」

副官心中滿是討厭的預感。

這實在不像是獸人族的作風。

「正好，我正覺得無聊呢。全軍朝那裡進軍！徹底踐踏那些野獸，讓他們為反抗我一事感到後悔吧。」

「請、請等一下！太奇怪了……肯定發生了什麼異變。至少先調查一下城的構造和防衛機能再進軍也不遲啊！」

「他們說穿了也不過就是野獸吧？一定只是迫不得已才出此下策。還是說……你也打算要反抗我？神的信徒這麼做好嗎～」

「唔……」

擔任副官的騎士說不出話來。

信仰讓他沒辦法擠出任何反駁的話語。

然而這是錯的，這點令他在事後懊悔不已。

魯達・伊魯路戰役就此開始。

這是場將名為「岩田定滿」的勇者到底有多麼愚蠢一事刻劃於歷史上的戰役。

勇者ＶＳ復仇者＋獸人愛好者組合的戰役揭開了序幕。

第二話　亞特戰記？

勇者「岩田定滿」率領的梅提斯聖法神國神聖騎士團，全員在看到山城後都啞口無言。

那座城巧妙的利用了地形的高低差，讓敵人完全無法看見建築物的內部構造。

一般來說築在山上的城從外側多少能夠掌握內部的構造，可是這常識卻完全不適用於眼前的城。這座城的構造顯然非比尋常。

另一方面，定滿則是由於眼前的山城是他所熟悉的建築物而暗自吃驚。

『這是……日本的城？難道敵人中有日本人嗎！不，等等，假設事情真是這樣，那對手和我一樣是「勇者」？可是照祭司們所言，勇者應該全都被送回去了才對……這到底是怎麼了。』

外觀看來是日本的城，不過可能是採納了中國城塞都市的概念，牆壁異常的高。

可是建築物的構造很隨便，反倒是周圍的防壁意外地堅固。

也就是說在建構防壁上費了不少心力，建築物本身卻是急就章的缺陷城。

這樣一來，就表示有將這些技術傳授給獸人族的人在。

能夠做到這種事的人……只有勇者，但是他聽到的情報是勇者全都被送回原本的世界了，所以這種事情理應是不可能會發生的。

定滿的思考陷入了無止境的迴圈中。

「這座城……是怎樣啊。我從沒見過這種東西……」

「沒聽說獸人族擁有這種技術啊。我有種不好的預感……」

「該不會和阿爾特姆皇國一樣……」

「笨蛋，少在那邊亂說話！」

對方將整座山化為城塞，這就表示他們必須做好戰爭會演變為長期戰的覺悟。

通常要攻下城砦時，需要敵方三倍以上的兵力。

攻擊方跟守備方相比，就是處於如此不利的立場。更何況是對手運用地利打造的山城，絕對無法輕易攻陷。

愈是熟知歷史小說和戰略的人，愈會對要進攻眼前的山城感到猶豫吧。

「騎士團受了相當大的衝擊。沒想到會有這種建築物存在……既然這樣，說不定除此之外還有其他類似的設施……」

副官的話喚醒了定滿在阿爾特姆皇國敗北的記憶。

沒錯，這種城未必只有一座。而且完全沒辦法預測敵人到底策劃了怎樣的戰略。

獸人族基本上只會突擊，完全不會思考戰略，大多是靠肉體來擊潰敵人。

然而說起城，不僅是防衛的重點，同時也是為了使用各種戰略而打造的建築物。

對手有在思考戰略，幾乎等於他們已經無法像過去那樣利用對手的習性來設下陷阱了。

這讓他們徹底了解到敵人也是有在學習成長的。

擔任副官的騎士冷汗直流。

這裡毫無疑問是致命的險境。

而且距離本國太遠，不可能要求增援。

不經思考的進軍的結果，讓他們陷入了奴隸商和僱來的傭兵幾乎全滅，只能單靠神聖騎士團攻下城池的狀況。

「果然……是陷阱嗎。要是撤退就會從後方遭受襲擊，前進又得面對那座要塞……這不是獸人族會有的思考方式。不，該說他們是從我們這裡學會的嗎……」

在梅提斯聖法神國，多半的人都認為獸人族就是不懂得思考的笨蛋。

然而現在的狀況顯示他們的認知是錯的。眼前的山城正象徵著這件事。

「哈，少說蠢話了。看看那座城。怎麼看都是短時間內趕工打造的瑕疵品嘛。可以輕鬆的攻下來吧？」

「建築物本身確實建得很隨便，但相對的，周圍的防壁非常堅固。不如說防壁才是主體，建築物本身或許只是裝飾。為了讓我們大意才……」

「野獸們哪有那種腦袋啊。只是虛張聲勢罷了。」

『這傢伙果然是笨蛋……那個防壁超乎必要的厚。內部恐怕設有足以讓人往來的通道。而且還搭建成從周圍無法看見後方狀況的高度……要是因為外觀而小看對方的話會吃大虧的！』

這位副官十分優秀。

看了只能從些許縫隙中看見的城的結構，便有種不明的異樣感。

根據他長年累積的經驗，他認為這是絕對不能貿然闖入的危險之處。

「現在應該做好付出犧牲的覺悟，就此撤退！那裡非常危險……恐怕根本不是城，那顯然是要誘導我們踏入的陷阱。」

「那不是城的話是什麼啊。野獸們的首領就在那裡吧？那麼只要趕快解決他就好了。」

「太危險了！沒有準備任何策略就衝進去的話，會受害的可是我方喔？」

「廢話少說，我不就說了叫你們攻進去嗎！不然你們要死在這裡嗎？不是被敵人而是被我殺死。」

「唔……」

多年的經驗及本能告訴他不能前進。

然而眼前的指揮官完全沒有要聽他說話。

副官覺得自己知道和阿爾特姆皇國一戰敗北的理由是什麼了。

「全、全軍……前進！」

他做出了苦澀的決定。

這是因為他是個虔誠的四神教信徒，然而只有在這種時候應該要捨棄信仰才是。

於是戰爭開始了。

先展開攻勢的是勇者率領的神聖騎士團。

◇◇◇◇◇◇

各部隊一起朝著山城開始進軍。

但是途中完全沒遭遇任何抵抗，僅有入口處詭異地敞開著。

入口處的門雖然造的十分寬敞，但愈往內走，路就愈窄。

而且裡頭還有許多的岔路，簡直像是迷宮，擾亂著他們的思路。其中也有死路，讓人搞不懂這座城是為了什麼目的才建造的。

更何況這座山城安靜得不對勁。他們無法判斷敵人的想法，心中愈來愈困惑。

「喂……不覺得有點奇怪嗎？」

「是啊，完全沒有任何抵抗。應該說連敵人的影子都沒看到。」

「簡直像是在說『請隨意前進』嘛。」

「別說那種討厭的事。這裡好歹是城喔？就算獸人們的王在這裡也不奇怪。」

因為不太了解獸人族的文化，所以他們一開始還警戒著周遭，可是前進之後也沒遭遇獸人族的攻擊，讓他們逐漸鬆懈了下來。

「這裡從一開始就沒人在吧？」

「可能吧，那些野獸應該是害怕我們而逃走了。」

「肯定是這樣。真遺憾啊，本來想讓那些母獸們好好呻吟一番的～」

「真是的。哈哈哈哈哈！」

明明身處在敵營中，最後卻開始說起低級的事和放聲大笑。

又繼續往前走一陣子之後，他們終於來到了天守閣的位置。然而這時他們注意到這座城異常的構造了。

「喂……等一下，我們是從哪裡走進這個建築物裡的？」

「剛剛都沒經過像是入口的地方喔？」

「這裡該不會真的從一開始就沒有人在吧？只是為了絆住我們的腳步……」

「怎麼可能，如果是這樣，那這座城是為了什麼而存在的啊。」

建築物明明存在於此，卻找不到侵入這裡的路徑。

侵入了城內這點還無所謂，問題是完全沒看到該打倒的敵人，甚至完全找不到進入城內的通路。而且既然路上沒有遭遇任何抵抗，全軍都順利的進軍到了這座城內，這件事所代表的意義只有一個。

「這、這是陷阱！」

在一位士兵大叫的同時，城裡放出了大量的魔力。

那股魔力使得刻劃在白牆上的魔法文字浮現出來，以看不見的牆壁封住了他們剛剛走來的路，斷了他們的退路。

「居、居然是魔法？獸人族怎麼……唔啊啊啊啊啊啊啊啊啊啊！」

回過神來時，士兵已經被火焰給包覆。

而且不只一個人，他周圍的人也全都一起燃燒了起來。

被透明的牆壁給擋住的士兵們看著那駭人的景象。

「什、什麼啊……這是什麼攻擊啊！」

「莫非這座城本身是個巨大的魔導具？」

「怎麼可能……獸人族怎麼會有這種知識。」

情形。

魔導具。這是正確答案。

看起來像城的巨大處刑台。那就是這座要塞的概念。

士兵會忽然起火燃燒，也是周遭產生的電磁場攻擊使他們的血液沸騰，體內的熱量造成的人體自燃

說起來就是一個巨大的微波爐，是極為心狠手辣的攻擊手段。

除此之外的地方也發生了異變。

在較狹窄的地方，長槍和毒箭穿牆齊發，騎士團單方面地遭受敵人的蹂躪。

就算想用神聖魔法防禦，城裡似乎也設下了強力的妨害，僅有騎士團這一方的魔法完全無法發動。

因為是從牆壁內側發動的攻擊，所以他們拚命的想破壞白牆，但白牆在獸人方的魔法屏障和強化魔法的保護下沒受半點損傷。

沒有任何奇特之處的通道。

那裡卻出現了地獄般的光景。

「啊……啊啊……」

映在其中一個士兵眼中的景象，一邊是被煉獄之火給燒盡，一邊是化為凍結的冰塊後粉碎的同胞身影。這至今從未見過的惡夢令人發狂。

而在其他地方，騎士們被突然出現的透明牆壁給圍住，溺斃在不知從何處流入的水中。如果這是魔法，他們也不知道這些魔力是從哪來的。

這魔力量實在不是一位魔導士，更何況是獸人可以操控的規模。

「唔、唔哇啊啊啊啊啊啊啊啊啊！」

騎士們發出哀號逃跑。

可是這座山城的內部有如迷宮，逃跑的騎士不是被逼進了由於視覺造成的錯覺而沒能看出前方其實是山崖的地方，就是容易中埋伏的場所。

結果他們抵達的地方全是地獄。

儘管如此還是出現了倖存者。

倖存的士兵為了報告這悲慘的下場，拚命地朝著本陣跑去。

僅僅數小時，約六成的神聖騎士團就被擊潰了。

◇◇◇◇◇◇◇

「喂，布羅斯……」

「什麼事？亞特先生。」

「這也太狠心了吧？微波爐、魔法無效區域。火攻、水攻、凍結再加上長槍陣……戰爭真可怕。」

「為了守護毛茸茸，要我化身為惡還是魔王都行喔？」

「不……你的所作所為根本是第六天魔王。你是想在世界上掀起革命嗎？想要讓世界大亂嗎？」

「沒那回事，只要我能獲得幸福，之後的事情怎樣都無所謂。不能再讓毛茸茸繼續不幸下去了。」

「喔……」

就連亞特都無話可說。

布羅斯是為了毛茸茸而戰，只要是為了守護毛茸茸，不管是多麼殘忍的手段他都會採用。果然是「凱摩．拉斐恩」的弟子。是個徹頭徹尾的獸人愛好者。

就算敵人是神，只要是為了毛茸茸，他也會若無其事地對神吐口水吧。真的很恐怖。

「真不想與你為敵。老實說就是因為不知道你會做出什麼事來才可怕。」

「啊哈哈哈哈，這話真過分～我只是個人畜無害的獸人愛好者喔？」

『『『『不，不管怎麼看你都很危險吧。是什麼讓你變成這樣的？』』』』

所有人都在心中做出了一樣的吐槽。

那理由當然只有一個。一切都是為了毛茸茸。

獸人族是他最熱愛的種族，在「Sword and Sorcery」裡，他的虛擬角色也是獸人。儘管是不擅長魔法的種族，他仍把魔法練到了極致，是個相當硬派的玩家。

「你是國中生吧？為什麼技能等級會這麼高啊？太奇怪了。」

「我也這麼覺得。既然還得上學，不管怎麼想國中生都沒辦法練到這個等級，如果不是用了什麼密技，應該沒辦法練到這麼強才對。」

「這只有一種可能。」

亞特已經想到布羅斯是怎麼變強的了。

「『凱摩．拉斐恩』先生讓你和凶猛的魔獸戰鬥了對吧。這樣不僅等級會提昇，技能等級也會因為加成獎勵而一口氣上升，藉此習得『臨界點突破』。接下來只要老老實實地玩，以『極限突破』為目標就好了。」

「亞特先生答對了♪哎呀～那真是地獄呢。畢竟師傅很巧妙的管理著我的ＨＰ，讓我維持在不會死掉的程度，我都快哭出來了。有好幾次都……」

「「比想像中還要慘……」」

「就算我有好幾次都快要倒下了～師傅也沒有要放過我。每當這種時候他就會對我說『你對獸耳的愛只有這樣嗎？不過這種程度，居然還想達到毛茸茸的頂點？讓我看看你的覺悟，讓我見識一下你那熱情的愛吧！拿出更多來，對，更多～！來、來、來吧——————！』……魔獸又強得不像話，乾脆殺了我還比較快。」

「「「唔哇～……」」」

布羅斯和亞特的腦海中浮現了身穿不同顏色最強裝備的殲滅者等人的身影。

他們彷彿可以看見其中一位戴著兜帽、身穿深紅長袍的魔導士臉上掛著十分爽朗的笑容。是個手下完全不留情的人。

「傑羅斯先生沒說什麼嗎？」

「我是個笨蛋。沒想到師傅居然是那麼誇張的人……傑羅斯先生說了『別做那種蠢事，你想墮入毛茸茸的黑暗面嗎！接受凱摩先生的鍛鍊可是會發瘋的喔！』這樣的話，很認真的擔心我。只是那時的我沒把他的話聽進去……」

「啊啊～……因為在那個超乎常理的小隊成員裡，那個人是最正經的人了～雖然那些中二病風格的魔法名稱令人不敢恭維就是了……」

「那個人的年紀應該跟我差不多吧？我們滿聊得來的，偶爾也會一起去做蠢事喔？」
「不知道耶～畢竟他意外的有點幼稚。實際上說不定是個大叔……」
明明是生產職，卻非常喜歡戰鬥的漆黑魔導士。
隻身闖入成群的魔物中，連續使出強力魔法的破壞狂。
對亞特來說，傑羅斯．梅林就是這樣的玩家。
「他平常是個好人呢。經常給我藥水。」
「是啊～就是戰鬥時會在不知不覺間跑到敵陣中……到底哪裡像生產職了啊？」
「誰知道～？我想他應該是看場合來分別使用生產職和戰鬥職吧？」
亞特和布羅斯十分意氣相投。
有共通的話題，便能一口氣拉近人與人之間的距離。
『這兩個人彼此認識？他們到底是什麼來頭啊？傑羅斯……傑羅斯，如果是那麼強的人，應該早就聲名遠播了，可是我沒聽過啊。好像是個魔導士，但並非泛泛之輩才是。這是我該向上呈報的事情嗎？』
有比這兩人更具威脅性的魔導士存在一事使薩沙戰慄不已。
亞特也是強力的魔導士，布羅斯身為戰士，卻也能巧妙的運用魔法。
他的師傅似乎跟那位魔導士認識，而且還是個麻煩人物。
會受這兩人敬愛的魔導士絕對不是什麼像樣的人。
「老公大人，差不多快結束了喔？」

「看來是這樣。那麼去攻下敵人的本陣吧。」

「我也去，畢竟我也想見識一下勇者是怎樣的傢伙。」

「畢竟還有同盟的事，好好加油啊。雖然只要不攻到這裡來，之後的事情怎樣我都無所謂。」

「讓你瞧瞧傑羅斯先生傳授我的招式吧。唉，比不上那個人就是了。」

『老公大人……就算一次也好，我也想聽人這樣叫我啊。可惡～為什麼這種小鬼可以有十七個老婆……』

薩沙的嫉妒心熊熊燃燒。

加油啊，薩沙先生。別輸了啊，薩沙先生。

還有其他跟你一樣的同胞在。別因此受挫啊，薩沙先生。

無視這樣的薩沙先生，兩個現充朝著戰場前進。

戰鬥似乎會意外迅速地分出勝負。

◇◇◇◇◇◇

「你說……騎士團被擊潰了？別開玩笑了，連那樣一個破破爛爛的城都攻不下來，就這樣夾著尾巴悄悄逃回來了嗎！你們到底有多沒用啊！」

這是定滿聽完報告後所說的第一句話。

投入了約七成的戰力結果卻被徹底擊潰，根本無法洗刷自己的汙名。

逃回來的士兵們臉上都掛著絕望的表情。副官壓下心中的慌亂不安，向其中一人問話。

「發生什麼事了！把事情說清楚。」

「那座城……那座城本身就是巨大的魔導具！闖入其中的我們無計可施，被敵人給一網打盡……太可怕了。那種東西不是人造出來的！那是惡魔之城！」

「你說那是……魔導具？那種巨大的建築物？他們該不會是利用了古代的兵器吧？」

「真有趣，既然這樣我就收下那座城吧。所以呢？要怎樣進去那座城裡？」

就算處在這種狀況下，定滿還是覺得自己一定會贏。

經歷過敗戰也沒有學到教訓，對自己的力量深信不疑。

「……沒……口。」

「啊？說清楚一點。你們走到了那座城的入口吧？」

「那座城根本沒有入口！那是為了把我們騙進去的偽裝，從一開始就沒有製作進入城內的入口！」

「這樣很奇怪吧，要是沒有入口，那些傢伙是從哪裡進去的？真要說起來，為什麼要建這種東西啊。」

副官得出了駭人的答案。

建造這種愚蠢設施的理由只有一個，為了單方面地剝奪敵方的戰力。

也就是說他們已經中了敵人的計。接下來會發生的事不言而喻。

敵人會過來擊潰戰力低下的我方本陣。

「不、不行……快點準備撤退！把行李全丟了也無所謂。用全力逃離這裡！」

「你在說什麼啊？那裡有個我中意的兵器耶，為什麼非得撤退不可啊？只要打倒那些野獸就好了吧？」

「笨蛋，這是敵人為了徹底奪走我方戰力的作戰！誘導士兵進入虛假的城池，一網打盡後再出動全軍擊潰剩下的本陣——獸人族恐怕會出動所有戰力攻向這裡！」

「別開玩笑了，你們怎麼會沒發現這種事啊！每個傢伙都這麼沒用，只會扯人後腿！」

「沒用的是你，你也差不多該發現了吧！混帳東西！我早就說要撤退了，是你這傢伙不聽人話！」

就算是平常冷靜的副官，也忍不住動怒了。

儘管是等級有500的勇者，仍是寡不敵眾。

如果是等級500的勇者，只要有五十個等級300的士兵就能打倒了吧。因為數量就是不管怎樣都無法顛覆的戰力差距。

更何況獸人族的兵力幾乎沒有任何損耗。

騎士們開始爭先恐後的逃跑。

——轟隆隆隆隆隆隆隆隆隆隆隆！

然而慢了一步。強力的魔法攻擊不知從何處攻了過來。

副官也從未見過威力如此強大的魔法，我方被這波攻擊毫不留情地蹂躪，受到的損害持續擴大。

「居然是……魔法？獸人族怎麼會……」

「連續擊出那種威力的魔法……敵人該不會不須詠唱吧！」

沒有敵人會放過這種殲滅對手的好時機。

副官在看穿這是陷阱的時候就應該捨棄勇者撤退的。

他現在忍不住詛咒起自己的信仰心。

「去死吧，你們這些侵略者！」

「唔嘎啊啊啊啊啊啊啊啊啊！」

戰場上遍地都是臨死前的哀號聲。

獸人族打從心底憎恨著梅提斯聖法神國。

這些怒氣全發洩在聖騎士身上。

同胞被殺害的人、家族被奪走的人、曾被當成奴隸給擄走的人。

這些激烈的憎恨之情全向著聖騎士們襲來。

相信自己代表正義的騎士們渴求著神的憐憫。

然而神並未回應他們的請求。

「把我的家人還來啊啊啊啊啊啊啊！」

「救、救救……咕喔！」

「去死，死光吧，你們這些妄稱為神的侵略者！」

開始了單方面的虐殺。

如果這是正當的戰鬥，騎士團也可以從正面應戰吧。

可是梅提斯聖法神國不斷在神的名義下展開侵略行為。

他們從未堂堂正正的和獸人族交戰。

最看重尊嚴的獸人族，也沒打算和這種侵略者堂堂正正的作戰。

就像騎士們侵略時那樣毫不留情地踐踏他們那樣，獸人們將被弄髒的尊嚴全拋向騎士們。

所謂的因果報應，就在這殺與被殺負面循環之中。

踐踏獸人尊嚴的神聖騎士團，如今尊嚴也一樣遭到獸人的踐踏。

「這、這數量實在是……有這麼多的獸人只是為了殺害我們……」

「嘖，垃圾們死了是無所謂，但我只是受你們牽連罷了。我要盡快撤退了喔？就我一個人的話可以逃得掉吧，不需要你們這些礙事的傢伙。」

「你、你這傢伙！」

「幹嘛啊。這原本就是你們的戰爭吧？為什麼我非得幫你們擦屁股不可啊。」

「自稱勇者先生，你這話未免也太自我中心了吧……是你決定要進攻這裡的吧？既然這樣，你得好好善後才行啊。」

「「是、是誰！」」

儘管有聲音，卻看不見身影。

這恐怕是使用魔法造成的，他們卻無法察覺到對方的魔力。

對方擁有極為高超的隱形技術。

「被說是勇者就得意忘形了嗎？不過啊，至今為止被召喚來的勇者全都沒能返回原本的世界，被處理掉了喔。你知道這件事嗎？勇者說穿了只不過是棄子。」

「什麼！喂，這是怎麼一回事？你們到底……」

「我怎麼可能會知道！去問大主教！」

定滿追問副官，但副官不可能知道事情的真相。

他也不過就是組織末端的小角色。

「你們啊，被騙了啦。勇者？神的使者？怎麼可能啊。像你這種笨蛋是最適合拿來隨意操控的棋子了。因為只要讓你稍微爽一下，你就會像笨蛋一樣為他們做事了。」

「什麼……喂！」

「我也不知道。我只是因為上層說你們是神的使者才隨行的。他們不可能連這種內幕都告訴我。」

「也是啦。知道了多餘的事情就會被處理掉……異端審問官就是為此存在的。為了私下幹掉你們。」

「你、你騙人，我是被神選上的人！這股力量就是為此才賦予給我的……」

怎麼樣啊？被說是勇者就得意忘形，實際上卻跟屎沒兩樣，是被人用過就丟的棄子。這就是事實。」

「要試試看嗎？試試你那勇者之力對我有沒有效……如何？」

空間扭曲搖晃，一位魔導士現出身影。

雖然是魔導士卻拿著劍，身上也是戰鬥用的裝備。明顯的異於常人。

「嘿嘿嘿……這麼老實的現身。魔導士哪能勝過我啊。」

「既然這樣你就攻過來吧。我會讓你知道這想法是錯的，棄子勇者。」

「少說蠢話了──────！」

定滿揮動長劍砍向亞特。

但是亞特用彎刀擋下了揮來的長劍後，用單手拔出小刀刺向定滿的肩膀。

「呀啊啊啊啊啊啊啊啊啊啊！」

「還真弱啊～勇者。太弱了……這種程度也敢說是勇者？唉，是棄子的話也就這種程度吧。」

「可惡，看你幹的好事！」

定滿又朝亞特揮了好幾次劍，但他的行動彷彿都被看穿了，亞特的彎刀只輕輕地格開劍，便化解了他的斬擊。

『好、好強……這麼強卻是魔導士？他到底是什麼來頭？』

亞特的強大實力令副官難以置信。

等級有500的話，在一對一對決的情況下幾乎無人能敵。

然而這魔導士卻輕易地避開了勇者的攻擊。

儘管等級也有影響，但實力差距實在太大了。

「你、你這傢伙……是日本人吧。你也是勇者吧！」

「不。我是復仇者……我要殺掉四神，我只為了這個目的而戰。」

「你也是被召喚來的吧，為什麼要來妨礙我！」

「不，我們不是被召喚來的……是被那些傢伙給殺了。就是這樣。」

「你這話是什麼意思！你是想說你們是被四神給殺了嗎？」

定滿聽不懂他在說什麼。

另一方面，對副官來說，這段話的內容是他絕對無法忽視的。

根據定滿說話的樣子來看，這個魔導士是異世界的人，可是國內沒有召喚出這種魔導士的紀錄。而且被四神殺害這說法也很令人在意。

眼前的情況正在訴說著身為四神信徒的自己所不知道的真相。

他不清楚事情到底是怎樣。

出現了意想不到的狀況。

「去問四神吧。畢竟這不是動畫或漫畫，敵人可不一定會老實的把事情都告訴你喔？唉，這次就算我好心。我告訴你一件好事吧。四神不是神……那只是代理神罷了。」

「怎、怎麼可能……那麼真正的神是……」

「是被你們稱為邪神的存在……所以那些傢伙才想除掉邪神。因為他們會被踢下神的寶座。」

「什、什麼！」

「等一下！那麼我們勇者是為了什麼被召喚過來的！」

「我已經說過很多次了吧？你們是被人用過即丟的棄子。除此之外還能有什麼理由啊。」

「用過即丟……我嗎？本大爺……只是為了被人利用才被召喚過來的嗎……」

「四神才是邪神……你的意思是這樣嗎？」

「誰知道，這對我來說不重要。我只要能夠打倒四神就好了。」

「你這話是要我們自行判斷嗎？」

「我已經說了吧，不重要。那是這個世界的人該決定的事，跟我無關。」

副官沒辦法立刻理解這一切。

魔導士毀壞了他至今為止所信仰的事物，同時說出了新的真相。

如果是虔誠的信眾一定不會相信吧，可是看著眼前的勇者，他不認為對方絕對是在說謊。

然而此處也有深信不疑的人在。

「別開玩笑了，我是勇者！是被神選上的人！」

是愚蠢的勇者。

勇者胡亂揮劍，砍向魔導士。

然而黑衣魔導士用單手接下了劍。

「不像話……你真的只有這種程度而已嗎？我認識的人比我還強喔？強到可以瞬間殺死我無數次的程度。」

「這……不是真的吧？居然單手接下了我的攻擊……這不可能。」

「愚笨的勇者……我就告訴你什麼叫做實力差距吧……『暴食之深淵』。」

亞特以前和他尊敬的玩家一起創造出的魔法。

魔法從亞特那丟棄了彎刀的右手釋放而出。

「什……什麼啊。這個魔法是……」

「這種魔法……我從沒見過，也沒聽說過啊……」

漆黑的球體開始吞噬周遭的一切，並且變得更為膨大。

感受到威脅的獸人們立刻逃跑，神聖騎士團的騎士們則是茫然地望向天空。

球體吸收周遭的事物並逐漸巨大化，同時使得空間為之變形，最終突破了極限，化為了驚人的破壞力，宛如要吞沒整個世界似地炸裂開來。

——轟轟轟轟轟轟轟轟轟轟轟轟轟轟轟轟轟轟轟轟！

像是破壞了天地的爆炸聲響徹四方。

衝擊波徹底地破壞周遭，掀起大地、震撼空氣，毫不留情地殲滅敵人。

四周被爆塵所覆蓋，等風吹散沙塵後所現出的景象令倖存者啞口無言。

由於超高溫而結晶化的隕石坑，以及其破壞後所殘留下的爪痕……

「大、大範圍……殲滅魔法……」

「啊……這是……騙人的吧……這種事……勇者應該……是最強的……」

「最強？你在對誰說啊。就連我都還只是個半吊子喔？最強的另有其人。等級５００的勇者什麼的，只不過是嘍囉。」

定滿就這樣跌坐在地。

說穿了他現在的地位也只是被人拱上來的。他沒有確切感受過自己的實力是不是真的很強。

在能夠破壞一切的壓倒性力量面前，定滿無力招架。

「真弱，這樣很容易就能推毀那些傢伙的國家了吧。勇者只有這種程度的話……」

「你、你到底是何方神聖。魔導士不可能使出那種魔法。」

「『賢者』。阻止勇者的愚蠢行為是我的責任吧？唉，雖然我只是想說如果礙事那除掉就好了。畢竟我對這些勇者們也沒什麼道義可言。」

「怎麼可能……你說賢者？你不是仇視神嗎！」

「你所說的神是什麼？只是對你們有利的存在吧。我的敵人是四神……我沒事要找你們，你們也沒有殺掉的價值。太礙眼了，滾吧……擋在我面前的話，我就會打倒你們。」

在他身上的是堅定的決心。

賢者如此下定決心要打倒四神，讓騎士們心中也湧起了神的存在對這個世界有害的想法。

「為、為什麼要打倒四神……要是四神不在了，這個世界會……」

「你在說什麼啊？都是因為四神，這個世界正陷入了危機喔？因為召喚勇者導致時空扭曲，世界就快滅亡了。而且四神還只是為了好玩而不斷召喚，害得世界的魔力愈來愈匱乏。」

這是亞特的推測。

這個世界的法則和「Sword and Sorcery」的設定很像。

不，應該說實在是太像了。

他也透過眾多探險者在各地留下的筆記、紀錄，或是遺跡的寫生畫，大致上了解了這個異世界所發生的異變。

自然界的平衡嚴重地扭曲了。

大陸沙漠化、異常生長的植物、進化為強大個體的魔物們。

在邪神戰爭之後，迅速地增加了許多自然界照常理而言不可能會發生的異常現象。

然而沒有任何人注意到這件事。

文明不斷退化，化為了光是在當下生存就得拚盡全力的世界。

儘管如此，四神仍什麼都沒做。

如果四神真的是守護世界的存在，應該不會對目前的狀況視若無睹才對。

「怎、怎麼可能……這種事情……」

「實際上你們沒把勇者送回去吧。別說沒送回去了，還在暗地裡把他們給處理掉……也就是說勇者正是用來提昇權勢的好棋子吧？這不是邪惡那是什麼。你們根本是邪教。」

當然，這些事大部分都是亞特隨口說的，不過他們無從判別其真偽。

而且既然是具有壓倒性實力的「賢者」這麼說，可信度就更高了。

這說起來是場情報戰。

目的是以虛實交錯的話語使對手心生動搖。

這是經由「殲滅者」的傑羅斯鍛鍊出的心理戰術，在與其他玩家戰鬥時也是很有效的一招。

真要說起來，亞特也只是在不斷被傑羅斯他們嘲弄的過程中自然學會的……

「唉，不想相信的話也無所謂。不過世界要是因此毀滅了那也不關我的事。剩下的事情你們自己決定吧，畢竟這是你們的世界。」

亞特邊說邊消失在他們面前。

面對那超乎常理的力量和真假難辯的話語，定滿和副官都愣住了。

壓倒性的挫敗感和在那之上的恐懼壓迫著他們的心。

副官懂了。自己和夥伴們犯了大錯，而這個失誤化為了強大的力量漩渦擋在他們的面前。

而他也體悟到，梅提斯聖法神國是無法對抗這股力量的。

◇◇◇◇◇◇◇

「『哼……你們連殺的價值都沒有。趕快滾吧』。亞特先生好帥喔～～～～！」

「等等，布羅斯！我沒有那麼裝模作樣吧！」

「咦～你說了類似的話喔？」

「你幹嘛擅自潤飾啊！我才沒說那麼中二病的話！」

不，他說了。

可是本人完全沒有自覺。

唉，大多是這樣吧。

「可是這座城為什麼可以運作啊？是利用了某處的魔力吧。」

「我利用了位於這裡正下方的遺跡，從『魔力囤積處』那裡稍微借用了一些。因為魔力量還很充裕，我正在積極地拓展地底。」

「你……還真是想做什麼就做什麼呢。就連我都不會做到那種程度喔？」

「這是『創造迷宮』技能的實際應用。因為我會這個技能。」

「能夠做到這種事情的，大概只有凱摩先生和傑羅斯先生喔？為什麼做出那種難以攻陷的超級處刑要塞啊。」

「因為這是男人的浪漫啊。至於名稱呢，這個嘛～我想說就叫『超漆黑要塞』吧。」

「拜託不要……知名大作都被你毀了吧。別幫這種要塞取那種名字啦！」

非常危險的浪漫。

這瞬間亞特體認到他毫無疑問的是「凱摩．拉斐恩」的弟子。

「亞特先生，你沒事吧！」

「你沒受傷吧？」

「我只是放了魔法而已，不可能會受傷吧，妳們太會操心了。」

『可惡，他果然是個現充嘛……為什麼女人都不會接近我呢。』

薩沙在心中流下了血淚。

眼前正是會令他羨慕到這種程度，對單身漢來說難以承受的景象。

「是說關於同盟的事，你打算怎麼辦？我是希望彼此互不干涉啦。」

「嗯，這樣做比較好吧。以現在的狀況你們也不可能和人類聯手。」

「如果是索利斯提亞魔法王國那就另當別論了。畢竟那個國家願意接納獸人……」

「那個國家啊……是個很適合人居住的國家呢。我還真是做了不好的事……」

「你做了什麼壞事嗎？」

「唉，基於所屬國家的立場上，稍微做了一些……」

利用邪神的碎片進行人體實驗。在那過程中毀滅了一個村子。

除此之外也有過一場小戰鬥，對於亞特來說是段難受的回憶。

「總之我就說我們互不干涉，也不敵對。那個國王應該會老實地點頭同意吧。」

「到底是有多好說話啊？那個國王……」

「是個普通的膽小鬼。所以周遭的人都非常能幹……有幹勁到了甚至企圖引發戰爭的程度。」

「這樣不要緊嗎？不會發生政變嗎？」

「我是不希望發生那種事啦，不過無論到了哪裡都會有血氣方剛的傢伙。」

儘管不清楚未來的狀況，但解決了眼前的問題還是讓亞特放心多了。

認識有事時或許可以仰賴的同鄉轉生者這件事非常重要。

不管怎樣，亞特又大幅地接近了他的目的。

◇◇◇◇◇◇

大敗的五天後，定滿想辦法活了下來，靠著一路轉乘馬車回到了梅提斯聖法神國的聖都「瑪哈·魯塔特」。

為了聽取騎士團遭受重大損害的事，定滿被帶到了法皇「米哈洛夫」面前。

現場有四位聖女和好幾位主教。而米哈洛夫法皇就站在中央的大祭壇前。

「勇者岩田啊，能夠歸還真是辛苦你了……所以說，你確認到邪神的存在了嗎？」

「……在那之前我有想問的事情。」

「如果是我知道的事，無論是什麼我都會回答的。」

「我聽說勇者們沒被送回去，這到底是怎麼回事？而且還是因為反覆召喚勇者才導致世界陷入危機的，到底是怎麼回事啊！所以說是怎樣？我們只是為了幫你們做事才被召喚過來的嗎！別開玩笑了！」

主教們開始騷動起來。

「為什麼要說那種謊言……我們的確有把勇者們送還回去喔。」

「那是表示你們殺了勇者嗎？那就算了。問題是世界的平衡不是因為召喚勇者而面臨崩壞了嗎！難道你們的所作所為本身就是邪惡的儀式嗎！」

「我不知道是誰告訴你這種事的，但那是謊言。」

「哦，不管怎樣都打算裝傻到底嗎。告訴我這件事的可是賢者喔？他甚至能夠一擊摧毀你們自豪的神聖騎士團喔。難道負責引導勇者的賢者會說謊嗎。他可是說了四神是世界的敵人喔？」

「賢者」——這個詞彙對於要證實剛剛這些話的可信度來說，衝擊性實在是大過頭了。

主教們一起看向法皇。

「不可能……現在這世上怎麼可能有賢者那樣的存在……」

「有喔？我們確實看到他了。遠比我們勇者還要強大的魔導士……」

比勇者還要更強大的存在。已經消失在傳說中的人們又重新降臨於世。

然而這傳說中的存在卻視這個國家為敵。

這可是非常嚴重的狀況。

「而且啊，他還教導了獸人們強力的技術。是讓一整座城都是魔導具，擁有怪物威力的玩意喔～也就是說賢者毫無疑問的把四神當作敵人耶？」

「賢者居然站在獸人族那一邊？這不可能……賢者應該是引導勇者的存在。」

「要是勇者或四神的行為是錯的那又會怎麼樣呢？賢者不就會率先成為敵人嗎。而且四神好像只不過是代理人而已嘛！」

「這、這個……」

「別開玩笑了，誰能當那種跟怪物沒兩樣的傢伙的對手啊！你們可得負起責任喔？隨意耍弄我們，這欠得可多了啊～」

儘管壓制獸人族的事情失敗了，定滿仍因為聽到了相當於四神教弱點的情報，認為只要利用這點，就能過著一生玩樂不愁吃穿的生活。

「有、有其他人知道這件事嗎……？」

「天曉得，或許有人聽到了，不過在回到這裡之前就不知道消失到哪裡去了。」

「這樣啊……」

米哈洛夫法皇靜靜地抬起左手。

「咕啊！」

就在這瞬間，從定滿的背部傳來強烈的痛楚。

不知何時有個主教站到了他的身後，用劍從背後刺穿了定滿。

「被邪教汙染的可悲勇者啊，我等將在神之使徒的名下淨化你。覺悟吧……」

「你、你們這些傢伙……」

「在尊貴的四神聖名之下，賜予汙穢的靈魂淨化之光！（要是你沒知道這些多餘的事，就不用死在這裡了……而且還如此的貪心。）」

「「「「淨化之光！」」」」

定滿的身體被光給包圍住。

從光芒中產生的熱度逐漸燒去他的身體。

「咕啊啊啊啊啊啊啊啊啊啊啊啊啊！」

「儘管原本就是汙穢之人，但連叫聲都很骯髒呢。」

定滿一直到這個時候才知道自己有多笨。

好康的事情背後一定有鬼。

他終於了解到忘了這件事情而得意忘形的自己到底有多麼愚蠢了。

對勇者來說，四神教從一開始就是敵人。

「呼哈哈哈哈……我……要死了嗎……不過啊，你們會死得比我更慘的……那個……魔法……會讓你們……死得……更……」

在最後一句話說完之前，定滿便化成了灰燼。

沒人知道他最後到底想說些什麼。

「哼，在神的奇蹟面前，怎麼可能會有那種魔法。」

米哈洛夫法皇沒把定滿的話當成一回事。

然而他在不久的未來後便會被迫理解這件事。

不是因為亞特，而是因為另一位賢者——不，「大賢者」之手。

第三話　大叔被人綁架

德魯薩西斯在堆滿了文件的書齋中，同時處理公務和商會的工作。

而克雷斯頓也難得地出現在那裡，現場的氣氛有些沉重。

「『梅提斯聖法神國』好像攻入魯達・伊魯路平原，反被對方給擊退了。勇者岩田在做完最後的報告後，便因為傷重不治而死亡了……但恐怕是被滅口了吧。」

「感覺有些可疑的動靜啊～那些傢伙的勇者騎士團的兵力，只要一個軍隊就足以勝過我們。那樣的騎士團居然完全被擊潰了？難以置信啊……更何況對手是獸人族喔？」

「關於這點有個很有趣的情報呢。據說有『賢者』站在獸人族那一邊。而且這個情報來源我也已經掌握住了。就算被那些傢伙殺了也無所謂。」

「你還是老樣子。你到底有多少黑社會的門路啊？老夫偶爾也會覺得你有些可怕呢……」

「這全都是為了保護國家。父親大人，我啊……想要保護她所愛的這個國家。就算這對我來說是個無聊的國家，但她說這是個自由又溫柔的國家。所以我才想要窮盡畢生之力來守護這個國家。」

「這樣啊……不過你好歹也是現任公爵，剛剛的發言不太妥當吧？」

德魯薩西斯臉上露出了認真的表情。

少年時期的德魯薩西斯非常空虛。

他那快得驚人、足以洞悉一切的思考能力，使得他沒有半點孩子氣。雖然他的腦筋這麼好，卻也因為這樣，讓貴族之間的往來在他眼裡顯得無比醜陋且無聊透頂。這樣的他在進入伊斯特魯魔法學院後開始改變了。

認為他交到了好朋友的克雷斯頓，趁著他的個性逐漸變得圓滑時，談定了和有力貴族的女兒們的婚約。

然而這是克雷斯頓誤會了，他現在十分後悔。

德魯薩西斯也知道。既然自己生在公爵家，就沒辦法和自己真心所愛的女性共度此生。

儘管如此他還是僱用了那位女性——米雷娜當女僕，把她留在自己身邊。克雷斯頓也守護著兩人的關係，算是他對兒子些許的補償。

克雷斯頓一想起當時的事情就心痛。因為他自己也是造就這事態的原因吧。

雖然是題外話，但僱用米雷娜的時候，她的朋友蜜絲卡也跟來了。

克雷斯頓完全沒想到這位女性居然是個連自己在她面前都抬不起頭來的優秀人才。

「要是有人想破壞她所愛的世界，就算是大國我也會摧毀的。因為那孩子的幸福被託付到我手上了啊……」

「感覺你真的做得出那種事，所以很可怕啊。德魯啊……抱歉……都怪老夫做了多餘的事。」

德魯薩西斯在和現在的妻子們結婚前就已經有心上人米雷娜了。他深愛著米雷娜，到了有她便不需要任何事物的程度。

可是貴族必須背負責任。

而政治聯姻也是責任的一環。

因為有來自國王介紹，無法婉拒的婚約，所以德魯薩西斯只能接受。克雷斯頓知道他已有喜歡的對象時，事情已經幾乎都談妥了。

要是知道，他一定會想辦法阻止這些婚約吧。

德魯薩西斯和現在的妻子們生了孩子，還是私下和米雷娜互訴情衷。這樣的日子持續了很長的一段時間。

可是女人的直覺是很敏銳的，妻子們發現了德魯薩西斯的幽會，使得米雷娜被安排到遠離宅邸的地方。

這時米雷娜已經懷有身孕，生下來的就是瑟雷絲緹娜。

在政治聯姻的立場上，德魯薩西斯不能說自己在結婚前就已經愛上其他女性了。

所以米雷娜背負了一身莫須有的汙名。

然而她早就知道事情會變成這樣了。

她連自己活不久的事實都接受了。

血統魔法「預知未來」。可以窺見未來的力量，其代價便是削減施術者的性命。還無法加以控制，壽命只會不斷被削減。

而這個魔法從古早時代便不斷地被各式各樣的人給盯上。能夠預知未來的壓倒性力量就是如此的魅惑人心，也不斷地引發悲劇。

米雷娜的族人花了很長的一段時間，創造出能夠生下不會繼承這股力量的孩子的未來，並且藉由犧牲所有族人來讓這個不祥的血統魔法從世界上消失。

幸好，生下來的瑟雷絲緹娜並沒有遺傳到預知未來的魔法。

包含米雷娜在內，一族的宿願終於得以達成。

德魯薩西斯雖然知道米雷娜有預知未來的血統魔法，可是會對壽命產生影響這點是在米雷娜死後才得知的。

米雷娜甚至做好了死亡的覺悟，將事情的真相和瑟雷絲緹娜的未來託付給德魯薩西斯和克雷斯頓後便撒手人寰。她死去後的表情非常地安詳。

對德魯薩西斯而言世界無聊到了極點。

沒能拯救為這樣的他帶來光芒，同時強烈地吸引他的女性令他十分懊悔，儘管如此，他為了實現米雷娜託付給他的心願，現在也在做一些亂來的事情。

不，或許有一半是出自於興趣吧……

不管怎樣，對德魯薩西斯來說，瑟雷絲緹娜的幸福是他必須守護的事物。

所以他才動了許多手腳，讓那些貴族無法接近她。

就算他無法公然疼愛這個女兒……

「都已經是過去的事了。而且不管是伊莎貝拉還是愛琉絲坦，我都愛著她們。可是我希望那孩子能夠自由的活著。不想用貴族的框架來束縛她。」

「老夫知道。所以老夫總是做好了要消滅無聊蟲子的覺悟。老夫會把靠近她的蒼蠅們全都燒光的。」

「以父親大人的情況來說，好像做得有些太過頭了呢……先不提這個，聽說魯達・伊魯路平原上被鑿出了一個巨大的洞。規模似乎和貝托斯坦伯爵領地上出現的那個一樣。」

「什麼！那是哪一方的攻擊造成的？」

「是獸人那一方。」

約在一個月之前，貝托斯坦伯爵領地內的山麓上忽然被鑿出了一個巨大的洞。結果導致位於山腳處的哈薩姆村失去了水源，他們哭著懇求貝托斯坦伯爵出資援助，現在正忙著要鑿井。

造成大洞的原因他大致掌握住了，但這次的不一樣。

「該不會有和傑羅斯閣下同等實力的人站在獸人族那一邊吧！」

「恐怕就是協助獸人族的『賢者』吧。說不定是傑羅斯閣下的師兄弟或是他的弟子。」

哈薩姆村的事是傑羅斯搞砸了的結果，這件事已經完全曝光了。

不管傑羅斯表面上的說明是「魔力囤積處過度反應引發爆炸」，德魯薩西斯可是活在充滿妖魔鬼怪，奸險狡詐的貴族社會裡，可以輕易地看穿傑羅斯那種程度的謊言吧。

兩人的程度不一樣。

當然，派調查員前去調查，也查出了某種程度的真相。

「那些傢伙受到了多少損害？」

「兵力數量約一萬，其中存活下來的有四百五十三人。對方肯定對那個國家抱有敵意呢。」

「賢者視神之國為敵啊，這到底是怎麼回事？」

「我大概推測得到，不過還不好說些什麼。」

德魯薩西斯擁有自己的情報網。

這情報網幾乎涵蓋所有人類居住的領域，所有情報都會匯聚到他這裡來。

先不管蒐集情報的過程如何，他獲得的情報準確度高得嚇人。

「……差不多該請那個國家消失了吶。」

「這我也有同感，不過目前很困難吧。因為有些麻煩的傢伙在。」

「『四神教血連同盟』啊……是一群過激的盲信者吧？真有什麼問題，只要反過來利用異端審問摧毀他們就好了吧？」

「那樣還不夠呢。要是有更強大的力量那就另當別論了。」

「嗯……總之先靜觀其變嗎。」

他們決定眼下還是以蒐集情報為優先，轉向下一個問題。

這又是個麻煩的問題。

「伊魯瑪納斯地下遺跡的整備進度停滯不前。好像有什麼堅硬的岩盤擋住了去路……」

「用『蓋亞操控』也沒辦法處理嗎？用那個魔法的話，就算是岩石應該也能移動得了才對。」

「如果只是土的話那還沒問題，可是這裡頭似乎含有礦物，使得魔法沒辦法好好發揮效用。別說其他的，裡頭含有祕銀和大馬士革礦的樣子。」

「那不是礦脈嗎？不能開採後繼續進行嗎？」

「那似乎不是礦脈。只是其中含有的微量礦物會影響魔法的效果……實際上是怎樣還不清楚。」

「嗯……只能拿出我們的王牌了嗎。」

兩人的腦海中浮現了灰袍魔導士的身影。

可是這也有個很大的問題。

「因為他很優秀啊。再請他出馬一趟吧。」

「可是德魯啊，這樣是不是使喚得太過火了啊？不過……也沒人可以替代他啊……」

「這也沒辦法吧。誰叫他不管作為戰力還是作為工事人員都這麼優秀。是說有兩個勇者進入了這個國家，要怎麼處置他們？」

「不知道他們的目的是什麼，目前先放著別管吧。現在是很重要的時期，只能多少勉強一下傑羅斯閣下了。因為那個地下遺跡對我們來說是很重要的一張手牌啊。」

「我也會準備相應的報酬給他的。畢竟這是國家事業啊……那古里啊，事情大概是這樣，你能接受嗎？要是不放心的話我可以寫封信……」

德魯薩西斯朝著房間門口的方向出聲說道。

一位矮人雙手盤胸站在那裡。

「好啊。唉，要是被那個男人逃掉的話我也很困擾，所以能寫個委託信的話那就再好不過了。收到後我就會讓他前往工地。那我也先去做準備吧。」

「我很期待你喔，那古里。」

滿臉鬍子的矮人嘴角一撇，露出了大膽的笑容。

飯場土木工程公司的那古里，是個重視義理人情，口風也很緊的男人。

他也是個總是要親自前往火熱的工事現場，堅持要在第一線工作的人。愈是困難的工作，愈能讓他的靈魂熊熊燃燒，是視工作為生存意義的專業工匠。

就這樣，在大叔本人不知情的情況下，事情擅自做出了結論。

計謀是不會到現場才策劃的，而是在會議室——或者說書房中就先策劃好的。

「是說父親大人，之前召集各國大使開會時，阿爾特姆皇國的大使好像不知道地下遺跡的存在，這是怎麼一回事？」

「這件事在阿爾特姆皇國裡，只有皇族等一小部分具有地位或其身邊的人才知道，而且那些人似乎也在背地裡對第一線的人下指示。因為矮人們被好幾個聚落的首領下了封口令，所以情報才沒有外洩。」

「原來如此……因為矮人和路菲伊爾族都很重義氣，會死守約定。」

「所以才會一直祕密地進行這件事到現在……但到了最後關頭卻出現了大問題啊。」

「這點就請傑羅斯閣下好好努力吧。呵呵呵……」

就算是認識的人，只能是能用的資源，不管是什麼都會用。貴族的血統可不是說笑的。

◇◇◇◇◇◇

在附近的食堂簡單用過餐後，傑羅斯回到了自己的家裡。

多虧有雜食性的咕咕們在，雜草少了很多，害蟲也被都牠們給吃了，沒造成任何損害。

這樣一來農業方面的負擔也減輕了許多，現在他正在用空閒的時間來製作洗衣機。

只是製作狀況實在不甚理想。

「嗯～……為什麼水壓就是調整不好呢。問題是出在魔石上嗎？還是魔法術式？可能是魔力從某處洩露出來了……既然會失控那就一定有原因才對，可是找不出原因啊。」

洗衣機的構造本身很單純。

只要放入洗劑，將魔力注入操控面板，存入洗衣機中，接下來洗衣機就會自行運作了。

其實洗衣機本身沒有任何問題。傑羅斯雖然沒注意到，但是問題就出在他的魔力太高了，就算他有刻意控制注入的魔力量，還是會因為供給了過多的魔力而造成洗衣機失控。

『到底是哪裡不行？就算再三檢視設計，也找不出問題啊……想不透。因為構造本身很單純，所以失敗的機率應該很低啊～』

大叔完全沒發現問題就出在自己身上，不斷地埋頭苦思。

這和製作者傑羅斯所熟知的「Sword and Sorcery」的系統不同，是正因為是現實才會發生的，基於個人能力差距所產生的問題。

「這樣的話……請其他人來測試，我從旁觀察一下比較好吧？反正這種類型的用具在試作階段也會做好幾次的運轉測試和持久性測試，說不定有其他的原因。」

既然找不出原因，那就請人試試看好了。大叔如是想。然而要是失控導致該洗的衣服變得破破爛爛的也很困擾，至少這不是能夠拜託路賽莉絲幫忙的事。

畢竟教會光是要支付孩子們的生活費就已經很吃力了，沒有多餘的錢去買好幾套衣服。失敗時的風險太大了。

「那麼……該拜託誰才好呢。」

在他淡淡地想著這種事時，看到幾個一看就是幹體力活的男人走在教會和他家旁邊的小路上。

傑羅斯認得走在那群人前面的幾個矮人。

「唷，小哥，很閒啊？」

那古里滿面笑容地向他搭話。實在很可疑……

「我看起來像很閒的樣子嗎，那古里先生。保齡丘先生也在啊……各位怎麼會聚集在這裡？」

「好了，走吧。」

那古里緊緊地抓住了他的手臂。

他所率領的土木工程人員們也合作無間地抓住了傑羅斯。

「走、走是要……走去哪裡？」

「沒什麼～就在附近啦～走吧，小哥。」

「保齡丘先生？所以說到底是要去哪裡？」

「是好地方喔。一起流下舒暢的汗水吧～我們不是一起造橋的夥伴嗎。」

「該、該不會……」

就是那個該不會。飯場土木工程公司出動時，就表示那裡有困難的工作在等著他們。

名為土木工程，唱歌跳舞的瘋狂工地……

土木工程是和自然間的奮鬥。

活用地形、善用自然風貌，利用智慧與技術打造出最棒的建築物。

飯場土木工程公司正是做這行的專家。答案早已呼之欲出。

「是很棒的工地～很值得一做喔。有很開心、很有趣～的工作在等著你喔♪」

「工作很棒喔～畢竟完成困難工作後的成就感會讓人上癮啊～」

「我不要～～～！我不想去連勞基法都沒有的工地！」

「別在意，在你睡著的期間就會到工地了。小子們！」

「「「「遵命！」」」」

被健壯的勞動男兒們抬了起來，大叔被多娜多娜地帶走了。

「那個……傑羅斯先生？你、你要出門嗎？」

「喔，修女小姑娘。我們要稍微借用這小哥一下。妳不用擔心喔？」

「為什麼是你回答啊！路賽莉絲小姐，救救……」

在他求救之前嘴就被封住了。

他就這樣被帶到小路前方，在那裡又看見了眼熟的馬車。

「趕快上車啊，臭老頭們！我已經忍不住想要狂奔啦～！趕快讓老子爽一下啊！」

「這、這不是『急速・喬納森』嗎！你們為什麼會僱用他啊！」

那古里等人的準備周到得讓人笑不出來。

也就是說，他們從一開始就打算不由分說地強行帶走大叔。

「這傢伙最快啊。別管了，上車……哎呀，忘了用這個。」

「唔嘎！」

一塊布遮住了大叔的口鼻，讓他的意識逐漸遠去。

那塊布上沾了什麼可疑的液體吧。

完全是誘拐的手法。

「拜託你啦，小哥。麻煩用最快速度到工地。」

「喔～嘻哈哈哈……最近很忙，真棒啊！我的下半身都沒空休息，情緒超～～嗨的啦！老頭們～可別被甩下車囉？我會照你們的期望，用最高速帶你們升天啦！」

「很可靠嘛，交給你了。」

「嗯，今天也拜託你了。」

「ＯＫ～♪交給我吧。今天我也會演奏出令人麻痺的Ｂｅａｔ的，嘎哈哈哈哈哈！」

馬車突然用超高速跑了起來。

他們的目標是以最高速抵達火熱的工事現場。

而馬車的貨架上載著一位可憐的大叔……

第四話　大叔推測有古代遺跡

——鏘、鏘、鏘！

敲碎某種硬物的聲音響徹周遭。

傑羅斯在朦朧的意識中聽著那個聲音。

因為思緒還被深沉的黑暗給包覆著，他想藉由那個聲音，讓意識從名為黑暗的泥沼中清醒過來，但意識就像是上了枷鎖般的沉重。

他些許的意識期望著能夠就這樣墜入黑暗深處。

——鏘、鏘、鏘、鏘喀喀喀喀喀喀喀喀喀！

『『『呼哈哈、呼哈哈、呼哈哈哈，嘿呀！』』』

『我們是！勞工！』

『『『嘿呀、嘿呀！』』』

『雖然腦筋不好，技術卻是天才！順著靈魂的渴望，Let's working！』

『嘿呀、嘿呀、嘿呀、嘿呀！』

『飛濺出的汗水～比眼淚更閃耀～工作的樣子最美～♪不用這些技術，也只是帶到土裡去等著腐朽而已！在我們的面前，沒有不可能～將魔力注入揮舞的鐵鍬中，礙事的岩石就會化為光～』

『『『『Sparking！』』』』

『有人倒下的話，就揍他喚醒他的毅力！』

『『『『只要有鐵鍬，我們就能去任何地方～不工作的矮人就只是垃圾！』』』』

「是不是混了很多有的沒的啊！是說曲調也太奇怪了吧！」

傑羅斯一邊吐槽一邊醒了過來。

裡頭好像混了一些他曾在哪裡聽過的旋律，但是曲調和歌詞完全不同，害他整個人都清醒了。而且鐵鍬敲出的節奏還是8beat。

在大叔的心中只留下了一塊令人在意的異樣感。

在此同時他也想起了自己被飯場土木工程公司綁架的事──

「這裡是……哪裡？我被綁架到什麼地方了嗎？」

最初映入眼簾的是發出淡淡光芒的天花板。

應該是光苔繁殖後成了光源吧。

「……也就是說，這裡是地下的某處嗎？」

因為在各處設有利用魔石製成的燈，燈光把周遭照得像是白天一樣亮。

然而不僅是如此，石造的屋子本身也發出淡淡的光芒，這光芒不管怎麼看都跟天花板的光苔不同。

「這……是用來造牆的石頭本身會發光？不管怎麼想這都是魔法技術吧？在這種地底下會有那種技術嗎？」

看起來像是古老的石造城鎮，但要說是地下都市，規模實在太小了。

不過那是因為他見過現代地球的都市，才會有這種感想。其實以中世紀的世界觀來看，這規模已經夠大了。

再仔細環視周遭後，只見彎曲的巨大岩壁旁架起了鷹架，許多的工匠們在上面拚命地揮舞著鐵鍬。

看來這裡就是那古里跟保齡丘所說的工地吧。

「唷，你醒啦，小哥。」

「保齡丘先生！這裡……到底是哪裡啊？」

矮人很難靠外觀來分辨，傑羅斯之所以能夠分辨，是因為聲音很耳熟，再加上他是個剃了鬍子的矮人。如果有鬍子，他恐怕就認不出是誰了。

他們就是難分辨到了這種程度。

「你問我這裡是哪裡？這裡是『伊魯瑪納斯地下大遺跡』。我們的工事現場。」

「果然在地底下啊。而且你說是大遺跡……這麼說來，這裡的建築物全是石造的。外觀看來也相當有年代感……」

「是啊，畢竟這裡是邪神戰爭時期留下的遺跡。同時也是矮人們居住的城鎮。」

「哦……」

傑羅斯為了確認現況，決定總之先蒐集情報。

根據保齡丘的說法，「伊魯瑪納斯地下大遺跡」是邪神戰爭時建造的，算是矮人們的避難所。雖然不知道矮人們為什麼會聚集到這裡，但他們就在這個地下大空間住了下來，一邊製作些許用品賣到外頭，一邊慢慢擴張這裡，就這樣生活到了現在。

儘管地下的礦物資源不多，但由於在挖掘隧道時也能採掘到一些礦物，矮人們耗費了漫長的時光，挖掘出聯繫著三個國家（以現在而言是索利斯提亞魔法王國、梅提斯聖法神國國境邊緣、阿爾特姆皇國）的地下大隧道來進行交易。

然而儘管隧道剛開通時是矮人們往來的道路，最後地底通道卻成了地精和哥布林的巢穴，逐漸化為一個危險的地方。

一直到最近為止都有傭兵前去討伐，地精和哥布林的數量也少了很多，不過可能馬上又有別的魔物群入住，不能輕忽大意。

「嗯，我想你們應該不會只為了討伐魔物就把我綁來。莫非是有什麼狀況嗎？」

「我會說明。哎呀，再稍微聽我說一下吧。」

距今約三十年前，在當時的公爵克雷斯頓的命令下，提出了要再擴張這個地底通道的計畫，在極為機密的情況下和阿爾特姆皇國協力，耗費了漫長的時間，確實地進行著這個工事。

當初單純只是想要整理好連接索利斯提亞魔法王國和阿爾特姆皇國的地底通道，讓兩國間的往來變得更為順暢。就是如此簡單的構想而已。然而原本是遺跡的地底通道為了防止外敵入侵而建造得十分複雜，儘管不是完全不行，但不是能讓大量的商人通行的地方。

這時計畫便改為重新打造一座路線上更有效率的地底通道這樣龐大的計畫了。他們為了規劃路線而開始調查遺跡，可是調查團卻遭到突然出現的魔物襲擊。

於是他們派遣傭兵與調查團同行，在規劃路線的同時調查魔物的來源。

然後在路線規劃即將結束時，他們也找出了魔物的來源。在許久以前崩塌的梅提斯聖法神國那一側的遺跡化為了魔物的繁殖處，魔物便是從那裡出現的。

新的地底通道挖掘工事和討伐魔物的作戰同時進行著。而參加這個作戰的主要是素行不良、可能會成為罪犯的傭兵，犯下重罪的囚犯，以及犯罪奴隸們。

簡單來說就是人海戰術，而這作戰也算是有了代價，最近終於把魔物都討伐完了的樣子。

「花了三十年，途中也出現了許多犧牲者，不過這下終於可以完成這座地底通道了……直到我們挖到前面的大空洞前都是這樣想的。」

工事順利地進行著，然而他們卻在前方發現了一個地底的大空洞。

為了讓工人們可以順暢地搬運物資，他們立刻開始著手進行連接矮人的遺跡都市和這個大空洞的工程。傑羅斯現在所在的地方正是沿著岩壁打造的遺跡都市。

在同一時期，阿爾特姆皇國那一邊果然也發現了地下的大空洞。確認了地圖後，兩個空洞之間正好間隔了一定程度的區塊，位於同一直線上。這當然得利用才行。

開心的工人們打算將兩個大空洞打通，喜孜孜地奮力動工。本來他們是覺得這樣可以縮短工程時間的，但這時出現了一個大問題。

那就是眼前的岩壁。

「哦……所以呢？」

「接下來要說的才是重點。光靠我們就能解決的話，就不會叫小哥你來了吧？」

飯場土木工程公司從一個月前來到工地，打算繼續動工，結果卻不如預期。

岩壁硬得鐵鍬敲不動，就算用「蓋亞操控」也沒什麼效果。而且他們拚命開出的洞還會完全復原。

依據地點不同，也有會彈開魔法的地方，工程因此觸礁。

「彈開魔法？洞會自己復原？聽起來還真奇怪……」

「我也這麼想，但你親眼看過就會知道了喔？裡面好像含有非常細微的金屬，就是那些金屬抵銷了魔法效果。」

「這點很奇怪啊。就算含有金屬，魔法應該還是會生效才對。如果這樣還是會被彈開，或許是因為『魔法屏障』提昇了效果……」

「我不是魔導士，你就算跟我說這種事我也不懂啊？」

至今大家仍相信金屬能抵銷魔法的效果，所以一般人都認為只要岩石中含有些許金屬就會使魔法失效。是不了解魔法的人特別常有的誤會。

但是能夠使魔法無效化的地方幾乎不會自然形成。

如果有的話，也只有迷宮。

不如說如果不是人為打造的，根本不可能會發生這種事。

『是人為造成的？那塊岩壁該不會……不，雖然現在還沒有辦法下結論，但確實只能一試。那麼……』

傑羅斯稍微思考了一下，接著忽然抬起頭，看向保齡丘。

「保齡丘先生。我想去那塊岩壁底下看看。畢竟不實際用自己的眼睛看過，就什麼都搞不清楚呢。」

「喔，拜託你啦。我們只能仰賴小哥你了。工期已經延宕了啊。」

「因為無法說明的部分太多了，我得做許多調查，可以的話希望你能帶我去比較沒有工匠們的地方。畢竟工程現場容易發生意外啊。」

「交給我吧。」

大叔在保齡丘的帶領下，前往岩壁下方。

途中看到了不知為何全副武裝的傭兵。

「為什麼有這麼多傭兵啊？是來處理哥布林或野狗的嗎？」

「最近這附近有骷髏出沒。真是的，工程進度都已經落後了，還來這種麻煩……雖然也有打算回去挖原本的路線，但也無法保證不會出現和這塊岩壁一樣的玩意啊～……」

「骷髏啊……這麼說來，用來填入照亮地下都市的魔導具的魔力是從哪裡來的？不管怎麼想都沒辦法靠魔石來補充吧……」

「不知道。從以前開始就是這樣了，所以沒人覺得奇怪，不過被你這麼一說，魔力是從哪來的啊？唉，所以這裡才會被說是活著的遺跡吧。」

『不知道魔力的供給來源？要是沒有魔力囤積處，沒辦法讓這麼多的魔導具維持運作吧。應該有負責供給魔力的地方才對……到底在哪裡？』

如果相信保齡丘所說的話，就表示這裡從以前開始就設有無數照明用的魔導具，而負責供給魔力的地點不明。還有異常的堅硬且具有再生能力的岩壁。

傑羅斯的腦中出現了某個假設，但是他沒有確切的證據，只能用自己的眼睛去確認。

大叔開心了些。要是事情跟他推測的一樣，很有可能會發現有趣的玩意。在他想著這些事情時，他們兩人來到了岩壁的正下方。

「喔，傑羅斯先生，你醒來啦。」

「忽然把我拉來，我還想說是怎樣呢。而且你們那樣根本是綁架嘛，如果對象不是我的話可是會被告的喔。」

「抱歉、抱歉。因為時間實在是不夠，情急之下就決定採用強迫性手段了。」

向他搭話的是綁架的共犯，那古里。本人似乎一點都不覺得自己做了什麼壞事。

矮人是在工作方面很追求完美，但平常非常大剌剌的種族。

「拜託你們也想想人家方不方便吧，真是的……是說這就是有問題的岩壁啊……仔細一看還真高呢。」

「是啊，這玩意很難搞呢。希望你能想點辦法。」

「我有一些在意的點，我想稍微試一下，可以嗎？」

「你要做什麼都行。我們只要能夠開始工作就好了。」

「那麼就馬上……『蓋亞操控』。」

傑羅斯用全力使出了「蓋亞操控」。其效果使得岩壁表面出現了直徑約有二十公尺的凹洞，周遭傳來了「喔喔……」的感嘆聲。

可是傑羅斯有其他的目的。

岩壁上的凹洞直徑雖然有大約二十公尺，但在深約三公尺處效果便擴散開來，使得這個凹洞的形狀變得像是平底鍋一樣。他仔細地觀察這個狀況。

凹陷的地方成了一個漂亮的平面，可是一般來說根本不可能會變成這個形狀。正常情況下會變成像凹透鏡那樣的弧形才對。還有崩解並掉落在周遭的那些混著金屬的砂。

這應該視為岩壁的另一側施加了某種力量吧。

他認為這恐怕是魔法屏障的效果，但這樣又會產生新的問題。

「原來如此啊……這可麻煩了。」

「你知道些什麼了嗎？」

「還沒。我想再等一下就會看到很有趣的事情喔？」

「什、什麼？有趣的事情是……」

包含傑羅斯在內，在眾多工匠的面前，事情發生了。

因傑羅斯的魔法效果而產生的土砂忽然全都動了起來，重新填平了岩壁上的凹洞。

這個在自然界中絕對不可能發生的現象令眾人為之屏息。

「喂……這是……」

「騙人的吧，這麼快就把洞給補起來了嗎……這到底是怎樣啊？」

「有地圖嗎？」

「喂，我們希望你可以說明一下現在的現象……」

「別管那些了，拜託趕快拿地圖來。涵蓋這個地下都市的周邊地圖。可以的話最好是有涵蓋其他地下都市的地圖。我會一邊看著地圖做確認一邊說明的。」

「我、我知道了……喂，誰去把地圖拿來！這可是關係著我們的命運，動作快！」

工匠們連忙動了起來，但這根本不需要超過二十人以上一起行動吧。

然而這裡的工程進度就是落後到了他們會如此驚慌失措的程度。畢竟失敗的話他們就得支付賠償金，會焦急也是理所當然的。

更何況這是國家事業，是不允許他們失敗的……

◇　◇　◇　◇　◇　◇

大量的地圖被拿了過來。

「現在的位置大概在哪裡？」

「啊啊……是在這附近。這樣可以知道些什麼？」

「稍等一下。如果這裡是目前所在的位置……也就是說這個岩壁是彎曲的，那麼因為阿爾特姆皇國那一側在同一條線上也有類似的空洞……喔？矮人的地下都市也是沿著這邊打造的啊，這樣一來……」

傑羅斯一邊盯著地圖，一邊思考著。

他從道具欄中取出圓規後，以岩壁的彎曲部分為準，找出圓心，大致上畫出了一個圓。

「雖然只是推測，不過我想那個岩壁是一種魔法防壁。是用和『蓋亞操控』同性質的魔法和魔法屏障混合後重新構築而成的魔法。受到攻擊後就會靠著魔法效果在途中抵銷攻擊，並且重新建構碎裂的部分。說得簡單一點，就是會自行修復的牆。」

「喂，如果那是用魔法構成的牆壁，那牆壁的內側是……」

「從這規模看來，我想裡頭應該有城鎮喔。要點亮這個遺跡內的照明設備需要相當大量的魔力。若是去細想那些魔力的來源，我想應該就是從這裡面的城鎮來的吧，裡頭的舊時代的城鎮……不然就說不通了……」

「「「「你說舊時代的城鎮——————？」」」」

伊魯瑪納斯大遺跡是矮人們打造的遺跡。

而在這個地下遺跡中心發現的大空洞，看起來被以彎曲的形狀並列在一起，會自行修復的謎樣岩壁給遮蔽住了。

至少對照地圖可以做出這樣的推論。

「那個看起來雖然像岩壁，但正確來說應該是用來分散天花板重量的圓形外殼。我想那個恐怕相當厚喔？而且從具有自行修復的能力這點來看，舊時代的城鎮現在應該還在運作。」

「真的假的……這得向公爵大人報告才行。」

矮人之所以會在這種地方打造城鎮，是因為具有能夠利用舊時代的遺跡供給魔力的技術吧。為了防止外敵入侵而打造複雜的地底通道這理由是可以理解，可是沒道理要沿著這面岩壁來建造城鎮。能想到的理由只有用來供給照明用的魔力。

也就是說這個岩壁在伊魯瑪納斯大遺跡出現前就存在了。儘管這有可能純粹是偶然，可是從各個角度來想都不合理，所以他否定了只是偶然的可能性。

『不過……地下魔導都市啊。雖然在「Sword and Sorcery」裡也有幾個這樣的地下都市存在，但真沒想到啊～……』

在「Sword and Sorcery」中，地下都市是極為先進的科學都市。

不，因為是結合了魔法與科學技術的文明，所以應該說是魔導科學才對。

假設「Sword and Sorcery」是以這個異世界為基礎打造而成的，會發現這種地下都市也不是什麼奇怪的事。

「所以呢？要怎樣才能打穿那道岩壁？有什麼方法吧？」

「從外側是沒辦法打穿的。不管怎麼敲碎，岩壁都會立刻修復。在某處應該會有入口才對，可是被埋起來了吧……」

之所以會有大空洞，恐怕是為了建造可以讓地下都市互相連接的輸送道路才挖的，但工事卻因為邪神戰爭而中止了吧。

可以猜想到作業用的機械成了構成外殼用的材料，只留下了什麼都沒有的地下空洞。

「喂喂喂，那是怎樣？是表示我們至今所做的事情都毫無意義嗎？」

「是啊。那種規模的屏障，就算是我都無法做出來。我想大概有會輸送魔力到內部的設施啦……」

「要去到那裡，破壞設施嗎？」

「怎麼可能！要是那樣做，這個地下都市也會被掩埋在地底下的。要想辦法找出入口潛入內部，把這整個舊時代的城鎮——這樣說起來可能有點容易混淆，不過就稱為遺跡吧。總之就是把這整個遺跡直接拿來運用比較好吧。」

然而重要的入口不知道在哪裡。

要是可以找到入口，就能獲得整個還在運作的舊時代的遺跡。

這經濟效益絕對不容小覷吧。

「問題就在於……入口在什麼地方。」

「問題出在那裡啊～勇波，你知道些什麼嗎？」

「我怎麼可能知道啊！是說你手上拿著斧頭是要幹嘛？」

「沒什麼，別在意。哈哈哈哈哈。」

「這樣啊，哇哈哈哈……」

那古里到現在還沒忘記食物被人吃掉的恨意。

先不管那個，因為這樣下去工程無法繼續進行，一行人必須找出入侵地下都市遺跡的路，便開始蒐集起相關情報。

然後在各自分散去向其他工人或傭兵蒐集情報後過了一小時。他們終於得出了一個結論。

「呃～……統整蒐集到的情報後，雖然傭兵們跑去狩獵跟護衛委託無關的魔物，但在這種地底下可以打倒的魔物很有限。不是哥布林就是野狗，但那幾乎都被打倒了，所以問題應該是出在別的魔物上，那就是骷髏！」

「那只是弱小的魔物吧。有這麼重要嗎？」

「請仔細想一下。因為這裡是地下，在進行喪葬儀式時，會將死者裝入壺內，在外頭火葬後再埋葬。也就是說不會留下屍體。這點不管是以前還是現在都一樣。那麼骷髏是從哪裡來的？答案就是……」

「原來如此，是岩壁的內側嗎……這表示裡面有多少會產生出骷髏的屍體嗎？」

「唉，也有可能是參與討伐魔物的行動而死掉的傭兵們啦……」

「那倒是不可能。確認討伐完畢後我們用多餘的石頭把墓穴全都埋了起來，最近我們還又用魔法補強過，所以就算變成魔物也爬不出來的。」

「那麼果然是來自於岩壁內側吧。」

「只有這個可能性了吧……那麼為什麼傭兵們沒向我們報告骷髏出現的地點？這樣違反契約了吧。」

「這我不知道，但恐怕是因為這對他們來說有好處可撈吧。總之他們似乎很清楚骷髏是從哪裡來的。」

因為預料之外的事導致工期延宕的矮人和其他工人們，心中一直懷著一股怨氣。

而這些怨氣因為傑羅斯的一句話一口氣爆發了。

「這樣啊……那些傢伙隱瞞了情報對吧？」

「我們因為工作無法進展而怒火中燒呢。稍微和他們交流一下吧，用拳頭～來紓解壓力吧！」

「啊啊……因為是那些傢伙，我想他們應該是覺得向國家報告就沒得賺了吧。」

「畢竟是未被發現的遺跡，要是放過這個機會就得不到寶物了……做這種瞧不起人的事，這要是曝光了，可是會被傭兵公會抹除會籍程度的違反契約嘛！」

「走了，小子們！去教訓一下那些腐敗的傢伙！」

「「「「喔喔喔喔喔喔喔喔喔喔喔！」」」」

沒錯，這裡是國家事業的工地。故意隱瞞情報的話，就算被處以極刑也不奇怪。

就算沒有那個意思，只要掌握了骷髏出現的地點，傭兵們就有義務要報告。可是工匠們沒收到這個消息。

既然這樣，工匠們就算以國家權力為後盾去威脅傭兵們也不會被問罪。

畢竟犯罪的是傭兵們。

整頓會有魔物出現的伊魯瑪納斯地下大遺跡，是以土木工人的安全來做交換的危險工作。

既然事關人命，傭兵們隱瞞情報一事便違反契約，好一點是變成奴隸，最慘甚至有可能會被斬首。

這罪重到如果只是降低傭兵階級這種程度就能了事的話，說是幸運到了極點也不為過的程度。

然而對包含那古里在內的工匠們來說，這些事情怎樣都無所謂。

對他們而言，重要的是傭兵們隱瞞了跟使工期延宕的原因有關的情報，只有這一點而已。

在工事現場工作的大量工匠們，完全沒隱藏自己身上的殺氣，前去找傭兵們算帳了。

「這……不會出人命吧？」

會不會出人命，這就要看傭兵們的態度了。

過了一段時間後，大叔聽到遠方傳來了怒吼和慘叫的聲音。

◇　◇　◇　◇　◇　◇

響徹地下都市的血腥慘叫聲停下來了。

大叔身上流著冷汗，在工事現場等待後，工程戰士們拖著鎖鏈回來了。

他們痛打了傭兵們，還用鎖鏈把傭兵們捆綁起來，一路拖著過來。

臉上帶著非常爽朗的笑容……

他們無論何時都很認真在過活。

「果然啊……」

工匠們簡直像是去洗了個澡一樣神清氣爽，一臉滿足的樣子。

相較之下，傭兵們的樣子則是慘不忍睹。臉腫成了兩倍大，手腳彎成了以人的骨骼來說不可能彎成的姿勢，激烈的懲罰使傭兵們的身心嚴重受創。

『這……有必要僱用傭兵嗎？光靠工匠們就能擊退哥布林或地精了吧？』

工匠們驚人的臂力讓大叔心中不禁冒出疑問。

「唷，小哥啊。這些傢伙果然隱瞞了情報呢。在岩壁深處好像有個裂縫，骷髏就是從那邊來的。」

「然後再往前進的話好像有個變形的鐵門，不過進去那裡面的傢伙都沒再回來了。」

回到這裡的保齡丘和那古里接連說出了得到的結論。

果然有遺跡存在的樣子。

「門……嗎？」

「是啊，正確來說好像是建造在防壁上的瞭望台，不過金屬製的門老化了，骷髏便從那個洞裡跑了出來。」

「……向國家報告一下比較好呢。順利的話，那座遺跡或許會成為重要的據點。不過骷髏啊……」

會出現骷髏，就表示那座遺跡裡面放有遺體吧。

真要說起來骷髏並非魔物，而是基於魔力的特性而產生的一種現象。

魔力會干涉人的精神。

魔導士是指讓魔法術式搭上名為精神的波動，使術式展開，化為現象顯現的人。

相對的，骷髏原本是死者，只是人死時所殘留下來的感情和一部分的記憶被魔力給記錄下來，像是有自我意識般地行動。也就是所謂的死靈。

死靈長時間滯留在這個世界上的話，會因為自然的淨化作用而消失。

可是封有人類意志的魔力害怕自己的存在會消失，會藉由寄宿在物質上來減少構築身體所需耗費的魔力。當死靈寄宿在屍體上時，就會變為骷髏。

不過說穿了也只是魔力，過了一段時間後人格就會消失，所以他們為了維持人格便會襲擊人類。這點對所有的不死族來說都是一樣的。

「雖然不知道有多少骷髏，但在入口處散開，眾人一起對付他們似乎比較好。」

「畢竟光憑猜測，裡頭的遺跡應該也相當大。只能這麼做了。」

「小子們，準備好你們的武器！又要認真戰鬥囉！」

「「「「喔——————！」」」」

工程戰士們的壓力已經累積到接近極限了。

他們打算把這些壓力全都發洩在骷髏身上。

在那之後，為了挖掘出遺跡的入口，工匠們以那古里為中心開始分組。

他們無論如何都想完成工作。停不下滿溢而出的熱情。

這股幹勁，任誰都無法阻止……

◇◇◇◇◇◇◇

結果這天的土木工程就中斷了。

真要說起來，在會出現骷髏的地方施工本來就很危險，也不能忽然就開始動工，得先好好準備一下才行。

如果只有飯場土木工程公司的工人那還沒問題，可是土木工人大多都是沒有戰鬥經驗的外行人，要是骷髏出現的話很有可能會出現犧牲者。

因為這個緣故，現在那古里等人正在討論要先行探查骷髏會出現的裂縫，以及跟今後的工作有關的事。

只要是為了工作，再危險的地方也去，就連戰鬥都能解決。

這正是飯場土木工程公司的勞動型工匠。他們的字典裡沒有妥協這兩個字。

只要是為了品嚐最棒的瞬間，他們有著就連神都敢挑戰的覺悟。

『好了，要什麼時候才會回來呢～……』

無視徹底地被痛揍了一頓的傭兵們，大叔悠哉地喝著茶。

傑羅斯目前所在的位置是為了眾多土木工人打造的臨時宿舍。

真要說起來地下都市的旅館數量本來就沒那麼多，也沒有可以讓這麼多人入住的大小。所以才為土木工人們準備了簡易的住宿設施。

簡單來說就是像組合屋那樣的建築物，裡頭睡著數十人。

「這裡因為在地底下，基本上很溫暖，不過食物要另外帶進來……真虧矮人們能在這種地方過活啊～是說要怎麼補給糧食啊？」

「因為這裡雖然不多，但是可以採掘到些許礦石，我們會用那筆錢從外頭購買食材回來。」

「保齡丘先生，你不去那邊沒關係嗎？」

「有那古里那傢伙負責指揮，不要緊吧。是說關於糧食補給，最近因為有超快的宅配馬車會來，幫了大忙的樣子。」

「……超快？」

傑羅斯的腦中浮現了某位會開心爆衝的狂熱召喚士。

「該不會是有三頭斯雷普尼爾拉的馬車吧？為什麼要把那種危險人物……」

「你說危險？我是不知道他的名字，可是我們在工作上經常會用到他，所以很重視他喔。這次把小哥你帶來，他也幫上了忙啊。」

「果然很危險嘛！那可是擄人喔！應該說根本是犯罪！」

「很快就到了現場，還會運送糧食過來，真的是幫了大忙啊。唉，雖然是個搞不懂他到底在說什麼的傢伙。」

「……在意外之處備受重視呢……是我只看他不好的一面嗎？」

人都有好的一面和壞的一面，然而傑羅斯認為「急速．喬納森」很明顯的有害。可是只要換了個地點，狀況和立場也會隨之改變。

『感覺他遲早可以做到大陸與大陸間的長距離運送。工會的搬運馬車是怪物啊……』

老實說大叔完全想不到他有什麼時候在休息。

以急速穿越城鎮，還會在狩獵場幫忙運送魔物。

儘管有出現一些受害者，可是他的貢獻程度更勝一籌。

唉，在不是用馬，而是用聖獸的時候，就已經夠像怪物了。

「唉，一開始的時候雖然因為搖得太過頭而吐了，但習慣後就很方便呢。他平常可是個好人喔？」

「我可不想以那種情緒奔馳呢。就算平常是好人，那個速度也實在是有點……」

可以跑出和大叔製作的「哈里．雷霆十三世」同等或更快速度的馬車。

他一點都不想再搭那種危險的交通工具。

在他們聊著這些事情時，那古里回來了。

「已經說好了，明天開始會正式行動。傑羅斯先生啊，抱歉要麻煩你去幫忙打倒那些骷髏們。」

「這是無所謂，不過前往遺跡的入口在崖壁的中間位置吧？你們打算要一直挖到那裡嗎？」

「畢竟是曾經去探勘過的地方。在某種程度上我們也已經做好了對策。照我的預測，只要半天就能挖到入口處了吧。我們已經做好使用人海戰術的覺悟了。」

「不，是怎樣的程度這我不知道，可是照我的預估，那個應該和城門差不多大喔？只花半天的時間辦不到吧？」

照一般的想法而言，要擊碎遠超過二十公尺的山崖，只花半天是辦不到的吧。

然而那古里和保齡丘卻露出了大膽又狂妄的笑容。

「沒什麼～像那種斷崖，三個小時就可以收拾得乾乾淨淨了。」

「嗯，只要我們出馬，一定會馬上挖出遺跡入口的！」

「你們是笨蛋吧！做這種亂來的事情，其他的工匠會……」

「那些傢伙們也很有幹勁喔。你看他們的表情。非常飢渴對吧？因為最近都無法好好工作，累積了很多壓力啊。」

只見工匠們全都以異常凶狠的眼神看著岩壁，臉上帶著些許笑意。

他們全都是賭上性命在工作的工匠，或者可以說是重度的工作中毒者。

對他們說什麼都已經沒有意義了吧。

他們正因為久違的可以好好工作而開心著，想工作到了簡直想要立刻拿起鐵鍬開始敲的程度。

他們只是想工作而已，然而高達五百七十人的工匠一起奸笑的樣子實在很噁心。

「之前就說過了吧。說『我們啊，是只會工作的廢物』。」

「那話是說真的啊……這些人到底多喜歡工作啊。」

「這個嘛……我們愛工作愛到就算家人都不愛我們了也不會辭掉工作的程度！」

「那樣不行吧！就算被家人輕視也要以工作為優先嗎！」

「沒什麼～家人那種東西就算放著不管也能活下去，反正又不會死人，以工作為優先也無所謂吧。」

「保齡丘先生！你好像若無其事的說出了很不得了的話耶，這可是糟糕父親的發言喔？」

如果是一般家庭，雖然由於工作繁忙而和家人變得疏遠的狀況很常見，但那是因為工作和家庭的時間無法配合導致的齟齬。

可是在這裡的是就算主動捨棄家人，也要選擇工作的男人們。認知和一般人完全相反。一般而言會在工作的空檔想起家人，想辦法抽出時間和家人相處，可是他們會刻意以工作為優先，捨棄家人。都讓人在意起他至今為止離過多少次婚了。

簡直無話可說。

因為說了他們也聽不進去……

「因為明天一早就要開始動工了，今天好好休息吧。遺跡內部的事就交給小哥你了。」

「唉……我知道了。因為今天在精神上十分疲憊，我會為了明天保存魔力的。」

「拜託你啦，你可是我們的王牌啊。」

「你們是把我當成公司的一員了嗎，我應該只是個打工的吧！」

這一天，大叔發現自己成了飯場土木工程公司的一員。

儘管被強烈的頭痛折磨著，傑羅斯還是被兩位矮人帶到了臨時宿舍的二樓。但最後他過了半夜還是沒能入睡，隔天睡眠不足，迎接了一個難受的早晨。

傑羅斯忘了矮人非常愛喝酒這件事。

還有矮人非常喜歡祭典的事。

第五話　大叔踏入遺跡內部

「呼啊～……好睏。」

因為矮人們吵得要死而睡眠不足的大叔，睡到很晚才醒來。

等他回過神來，事情已經開始進行了。包含矮人在內的眾多工匠們正從岩壁的正上方往前挖掘著。

這工作進行的速度非比尋常，但大叔已經不想對這異常的狀況說些什麼了。光是去細想這些事情都是毫無意義的，他已經領悟到這點了。

無視旁邊的大叔，工匠們發現了新的巨大的門，正忙著進行挖掘作業。

『既然有門，就表示伊魯瑪納斯大遺跡是擴張避難通道後打造而成的嗎？莫非住宅使用的那個會發光的神祕建材，也是從一開始就存在於這裡的東西嗎？』

就連傑羅斯都不知道要如何製作出那種用來建成矮人們的家，會發出淡淡光芒，像是石頭的建材。

那種東西也不可能是矮人們創造出來的，可以想見那是為了讓居民們能從目前發掘中的地下遺跡內部避難，用來打造緊急通道所使用的建材被矮人們拿來利用後的結果。

「唷，你起得還真晚啊。是睡不著嗎。」

「那古里先生……你以為這是誰造成的啊。吵成那樣我當然睡不著啊。」

「抱歉啊，因為我們習慣了，一不小心就和平常一樣喝起酒來了。哈哈哈哈！」

「你們為什麼會這麼有精神啊……你們至少一直喝到快天亮的時候吧？雖然在地底下搞不清楚時間。」

「我們就算三天三夜不吃不喝都能工作啊。這點和人類不一樣。」

大叔又重新體會到矮人到底有多強韌。

不僅是一個小時就能喝光一桶酒的酒豪，而且精力旺盛得就算喝上一整晚再去工作也不會倒下。

最讓人羨慕的是他們那不管怎麼喝都不會醉的堅強肝臟。

傑羅斯也很喜歡喝酒，但這不表示他酒量很好。

「比起那個，大概中午左右挖掘作業就會結束了。你準備好了沒啊。」

「我是準備好了，但你們作業的速度真快啊。簡直像是機械。」

在短時間內建好鷹架，從上方使用「蓋亞操控」使岩石粉碎。因為他們以數十人為一班來進行這個作業，所以速度快的嚇人。

由於全都是靠魔法在進行，除了因為魔力用盡而倒下的人之外，沒有什麼人為的職災。

而魔力用盡的工匠們也會用「魔力藥水」來回復魔力，繼續回來工作。

「雖說是用人海戰術，但做得很仔細呢～已經完成一半了啊……」

「哎呀，我們可是專業的。工作沒做好的傢伙會被所有人圍毆。大家可是賭上了性命。」

「這居然不算是黑心公司這點才奇怪。一般來說會不斷有人辭職吧。」

「因為大家都是有練過的啊。不過……還真沒想到會從岩石中出現那樣的東西啊。」

岩壁被挖開後，人工建造的城門上半部出現在傑羅斯和那古里的面前。

這恐怕是外殼防壁的門吧，但是門的外圍有著精美的雕刻和細緻的裝飾。相對的牆壁上沒有做任何加工。

『總覺得好像在哪裡看過這道門……』

門的全貌以驚人之勢顯現出來，但是看著這道門，傑羅斯有種奇妙的既視感。

傑羅斯確實在某處看過這道門，但他卻想不起是在哪裡。他的心裡開始有種像是喉嚨被魚刺鯁住的煩躁感。

「傑羅斯先生啊，你是怎麼了？板著一張臉。」

「沒事……我只是覺得好像在哪裡看過那道門，可是想不起來。到底是在哪裡呢～？」

「喂喂喂，這個可是正在挖掘中的遺跡喔？至今從沒見過造成這樣的門啊。畢竟太古的遺跡全都損毀了啊。發現完整的遺跡這可是前所未聞的事。」

那古里說得沒錯，可是傑羅斯確實看過。

只是他不知道是在哪裡。明明答案呼之欲出了卻想不起來，讓他有些心浮氣躁。

「唔哇～真的有遺跡耶！雖然在大遺跡裡說遺跡也有些奇怪……咦？可是這我好像在哪裡看過耶。」

「伊莉絲，這是舊時代的遺跡喔？不管是哪裡都沒有以如此完整的狀態保留至今的遺跡。那是妳的錯覺吧？」

「比起那個，進去裡頭的其他小隊沒有回來對吧？該不會是全滅了吧？」

傑羅斯聽見耳熟的聲音而回過頭去，在那裡看見了伊莉絲、嘉內，以及雷娜的身影。

看來她們三人接下了「伊魯瑪納斯地下大遺跡」擴張工程的護衛委託。

跟國家事業有關的委託，應該可以獲得相當不錯的收入，滋潤她們的荷包。

「哎呀？嘉內小姐妳們也接了護衛委託啊？」

「呃！為什麼大叔會在這裡啊！」

「不是因為接了護衛委託嗎？」

「可是他和土木工程公司的人在一起喔。而且那些工匠們……是不是怪怪的啊？」

被嘉內如此冷漠的對待讓大叔有些受傷。

他也非常同意伊莉絲對工匠們的看法。

工匠們在鷹架上一邊激烈的跳舞一邊持續挖掘著岩壁。儘管如此挖掘工作仍進行得非常順利，而且速度還快得嚇人。

「他們只是普通的土木工人喔。是說妳們沒進去那裡面吧？據說要是發現了新的遺跡，就有義務要報告。」

「不，我們不會做那種違法的事。畢竟信用對傭兵來說是最重要的。」

「是啊，雖然有幾個人進去了，可是沒有回來的樣子……感覺很危險。」

「咦～？我很想進去的說。」

真是千鈞一髮。

要是走錯一步，伊莉絲可能就沒辦法站在這裡了。

『傭兵們沒有回來嗎……不是發現財寶爽賺了一筆，就是全滅了吧。如果是後者，裡面或許有難纏的魔物。好啦，會出現什麼呢～』

對傑羅斯來說，不管是怎樣的魔物他都能輕鬆搞定，但是對土木工人和傭兵們而言負擔太重了。

畢竟有可能會發生什麼萬一，所以他還是沒有疏於防範，提高了注意力。

「是說叔叔，那道門啊……是不是有在哪裡看過啊？」

「伊莉絲小姐也這麼認為嗎。我也是，從剛剛開始就很在意這件事。我記得自己有在哪裡看過才對，可是完全想不起來。」

「我印象中應該是在『Sword and Sorcery』的哪裡……」

「妳說在Sword and Sorcery裡，啊……」

然後大叔便想起來了。那道門究竟是什麼。

在「Sword and Sorcery」中有好幾座地下都市。

而新手玩家最先能去到的地下都市是伊薩·蘭特。

那座都市的城門現在正聳立在他的眼前。他半是覺得懷念，半是感到驚愕。

「該、該不會……這真的是『伊薩·蘭特城』嗎？怎麼可能……」

「伊薩·蘭特……就是那裡，叔叔！這和那座地下都市的城門一模一樣！」

「那個世界果然是……既然如此，目前所在的地方應該就是連接著其他地下都市的『伊薩恩地底通道』了，可是……」

伊薩·蘭特城是直徑約有十公里的圓形都市。

這座都市利用地脈中流動的魔力來強化城的天頂和外牆，並於天頂上設有被稱作「光照結晶」的巨大水晶，藉由操控水晶來管理晝夜的時間。此外，由於「光照結晶」具有「聖光」的效果，能夠淨化不死系的魔物。

新手玩家第一個碰到的活動，就是要讓這個「光照結晶」運作。流向「光照結晶」的魔力因為某種原因受到了阻礙，玩家必須調查並解決這個問題，一邊打倒成群的不死系或幽靈系魔物，一邊前往水晶操控室。

那個活動的起始地點就是在伊薩恩地底通道，可是重要的地底通道卻不存在，取而代之的是被棄置的地下大空洞。

「果然是在伊薩恩地底通道建造前就毀滅了嗎……？這樣的話……不，現在得先確認裡頭的狀況。」

「真令人懷念呢，只靠一個小隊根本不可能攻略～我也沒想到這會是多人共鬥任務，城裡變成了怪物的巢穴，超難破關的。裡頭一片漆黑……」

「那再怎麼說都只是在那個世界時的事。在這裡感覺會出現『惡靈骷髏』啊。畢竟已經被放置超過兩千年了，應該吸收了魔力，變得更凶惡了吧？」

「叔叔，你說了很討厭的事情耶？我現在有種非常不好的預感……」

工人們已經挖掘到城門的門扉了。

巨大的門扉雖然是金屬製的，但是因為長年埋在地底下，鏽蝕的情況相當嚴重。不如說沒對門造成損傷這點非常不可思議。

——咚！嘰嘰嘰嘰嘰嘰嘰嘰嘰嘰！

突然響起了金屬刮過硬物的聲音。

正在工作中的工匠們也停下了手上的動作，看向聲音傳來的方向。

「怎、怎麼了？」

「喂，門被……好像有什麼東西要從裡面出來了！」

「什麼是什麼啊！」

「我哪知道啊，我有種很不妙的預感！」

「全員，退後——！」

工人們開始一起往後退。

目前城門已經有三分之二被挖掘了出來，不過有個具有強大力量的東西正試圖打開堵住城門的巨大金屬製門扉。

幾隻白色的指頭從上半部伸了出來，正在強硬地撬開門扉。

「叔、叔叔……那個是……」

「嗯～……應該是『尊爵骷髏』吧？別稱是『巨大骸骨』。是『惡靈骷髏』的進階版。」

骷髏和死靈具有和同類型的存在結合的能力。

而且能力值會因為結合的數量上升，變為強大的魔物。

「喂喂喂，那種東西出來的話，這裡也很危險吧？」

「那古里先生請讓工人們去避難。接下來就換我出場了。」

「我已經在做了。那傢伙應該暫時還出不來，可是你能打倒那種玩意嗎？」

「哎呀，怎麼可能會辦不到呢。也不能讓那種東西繼續存在，既然沒必要客氣，我就狠狠地打倒它吧。」

大叔簡直不把眼前的東西視作敵手。

尊爵骷髏放出的魔力很高，儘管如此大叔仍不覺得這魔物很強。

「護衛的事情就麻煩嘉內小姐妳們了。畢竟裡面說不定還有其他類似的傢伙在，護衛任務是傭兵的工作吧？」

「嗯……不過你能打得贏那個嗎？那玩意格外地巨大喔！」

「用了那麼多骨頭，就表示多虧有那個魔物在，骷髏的數量大幅減少了吧。唉，只要徹底粉碎它就行了吧。」

「傑羅斯先生……你不害怕嗎？」

他很不可思議地絲毫不覺得恐懼。

比起要和「強大巨蟑」戰鬥，跟一堆骨頭戰鬥好多了。

就算大小差不多，因為是蟑螂，所以強大巨蟑難搞多了。畢竟身體巨大又會高速移動，而且還會飛。

跟那種恐懼相比，巨大的骷髏什麼的，不過就是骨頭罷了。

「只是很大的骨頭有什麼好怕的？」

「不是，那是不死系魔物吧？沒有神聖魔法的話打不倒吧！」

「只要注入魔力，就算用劍也能打倒喔。因為那玩意沒有那麼強韌啦。」

這只是以大叔的基準來看。

幽靈或骷髏是生物的情感或記憶複寫到魔力上後，所產生的擬似魔力體。

由於完全是靠魔力來彌補維持身體所需的一切，只要有其他外來的魔力介入，就會立刻消失，相當脆弱。不過其強度也會隨著保有的魔力量而改變。

如果是骷髏程度的話，只要多少注入一些魔力就可以打倒了，但是「尊爵骷髏」就沒這麼簡單了。因為是由無數的魔力體集結而成，所以魔力量非常高，並用那些魔力強化了用來構築身體的大量骨頭。

一般來說不是一群魔導士來挑戰的話，是不可能打贏的。

但那充其量也只是這個世界上的基準。

「工匠們都去避難了喔！」

「那我就來打倒它吧……不死系是很無聊的對手，讓人燃不起鬥志呢～素材也很少，因為跟人骨差不多，又得用火葬才行。」

「叔叔……在地底引發火災可不妙喔。會不會缺氧啊？」

「那就用振動波粉碎它吧。先凍結起來……妳要吃人骨剉冰嗎？或許可以補充鈣質喔。」

「不需要。我才不想吃人骨……又不是食屍鬼。」

大叔一邊想著打倒魔物的方法，一邊利用延遲術式，將魔法接連封印到儲備區。

傑羅斯用來作為魔法媒介的戒指具有儲備魔法的能力，最多可以存到十個。他也在劍和小刀上設有同樣的機關，包含他個人可以儲備的魔法數量在內，可儲備的量多達上百個。只是他從未因此用盡魔力過。

不知道裡頭還有什麼東西在等著，也還不清楚敵人的數量有多少。

大叔專心一意地做著殲滅所有敵人的準備。

「喂，大叔！你為什麼在那邊慢吞吞的準備啊，那傢伙要出來了喔！」

「那個對我們來說負擔實在是太重了。只靠傑羅斯先生真的不要緊嗎？不用等軍隊來嗎？」

「叔叔不要緊的。我覺得替他擔心是多餘的喔～」

「不是，我知道他很強，可是對手是那玩意耶？反而是伊莉絲妳為什麼可以這麼冷靜啊？」

「幫忙也只會妨礙到『殲滅者』，我覺得我們改去迎擊從裡頭出來的骷髏比較好喔。畢竟強力魔物只有叔叔才能打倒。」

只有伊莉絲了解狀況。

她還沒有習得覺醒技能「界線突破」。所以她才會選擇不隨意入侵內部，視現場狀況來提供支援。

嘉內她們沒想到會發生這種事，也是第一次和不死系作戰。

不知道接下來會發生什麼事，兩人的身體因為緊張而有些僵硬。

「還真是巨大啊，尊爵骷髏？不，說不定是『骸骨統領』呢。那個很硬呢～雖然也是看等級啦。」

「不死系害怕光屬性魔法對吧？那用『光輝之雨』也有效嗎？」

「是有效啦，不過也只是骨頭堆而已，所以沒什麼油水好撈呢。要說有的話也只有經驗值，可是對我而言沒有意義啊……」

「叔叔來到這個世界後沒有升級過嗎？」

「因為我的等級已經超過１０００了啊，不大量虐殺強力魔物的話是不會升級的。唉，這是無所謂啦。」

傑羅斯因為打倒了邪神，等級大幅地提昇了。

做些不上不下的事情已經沒辦法讓他升級了，不去大深綠地帶的深處連續狩獵就無法邁向下一階段。但因為他的等級早已超乎常人，所以他也不想做那種事。

如果這是在遊戲裡那還另當別論，他沒打算要在現實世界中計較等級。

此外，骷髏這種骨系魔物不太會掉素材，說白了是只需要戰鬥，令人疲憊的魔物。頂多只會掉大魔石或是「靈子結晶」這種東西。

也能拿到「受詛咒之骨」，可以淨化這個素材，使其變為「神聖骨粉」。可是因為原本是人骨，讓人一點都不想拿來當成素材使用。

這個素材可以當作醫藥術的調配素材，在治療感染症上是很好的藥材。儘管可以有效的提昇身體的免疫機能，但一想到原本是人類的屍體，就會想拿去供奉，這也是人之常情吧。

『就算是不死系，如果是大型的魔獸就好了。』大叔不禁如此怨歎。

「啊，好像出來了喔？」

「出來了呢～弄塌岩壁了耶……看來它不是普通的想到外面玩啊。」

「你們還真悠哉啊。真的打得贏那種玩意嗎？」

「哎呀，我會試試看的。很奇妙的，我一點都不覺得恐怖呢。」

雖然提不起幹勁，但這也是工作。

「唉，因為是叔叔我想應該是沒問題啦……可是一般人或我們是沒辦法對付那個的喔？光看外觀就很可怕了，要是戰鬥的話應該會死吧。」

「是嗎？」

「是說叔叔，我……有點在意某件事。」

「在意的事？」

「嗯。我有點在意，我們和嘉內小姐她們的能力參數會不會根本就是不同的東西。」

「嗯……這聽起來滿有趣的呢，等下再讓我好好問個仔細吧。現在得先集中精神打倒那玩意。」

大叔把伊莉絲那令人在意的話放到一邊，看向巨大的骸骨。

＝＝＝＝＝＝＝＝＝＝＝＝＝＝＝＝＝＝＝＝＝＝＝＝＝＝＝＝

【皇帝骷髏】Lv520

HP15463／15463

MP8521／8521

＝＝＝＝＝＝＝＝＝＝＝＝＝＝＝＝＝＝＝＝＝＝＝＝＝＝＝＝

鑑定的結果出來了。是和「Sword and Sorcery」不同的類型。

或許還有其他的種類存在，但現在沒辦法調查這件事。

「那個比勇者們還要強耶？裡頭應該有一大堆這種玩意吧。」

「是說那東西的等級超過500嗎？我們沒辦法對付那種魔物啦！」

「是啊，老實說一點都不想和那東西戰鬥。」

「我可以輕鬆獲勝吧。只是不知道裡面還有多少呢～乾脆全都淨化好了～」

是等級比想像中還高的魔物。

雖然傑羅斯可以一擊就粉碎對方，可是土木工人或一般等級的傭兵根本無法應對。伊莉絲要打的話是有可能獲勝，但是她也沒必要刻意讓自己的性命暴露在危險之下。

「如果光魔法是弱點的話，應該有辦法對付……可是需要好幾個魔導士啊。要是大量湧出這種魔物，光靠這裡的傭兵是絕對贏不了的。雖說只是推測，但之前進去裡頭的傭兵們大概都……」

「一定都死了吧。要是有人能倖存下來就好了，不過這想法有些太樂觀了呢。畢竟不死系魔物有會被活人吸引的性質啊～……唉，誰叫他們被欲望蒙蔽了雙眼，這也是自作自受吧。」

不死系之所以會襲擊生物，主要是為了確保自身的存在。因為仍是人時的記憶或感情會隨著自淨作用逐漸消失，使得不死系魔物會對自己即將消滅一事感到恐懼。

為了避免自身消滅，只能吸收其他的魔力體，或是創造出其他新的同類型魔力體並吸收，雖然是為了確保自身存在而襲擊活著的生物，但這也並非絕對。

要是吸收了其他的魔力體，吸收的感情會活性化，也會因為記憶的統合而加深不死系對自身消滅的恐懼。並且成長為愈來愈難以對付的存在。

被統合的意識理所當然地扭曲變質，使得不死系魔物對生者抱有強烈的憎恨。

「那我要上囉。」

「慢走～」

傑羅斯踏著輕快的步伐走向「皇帝骷髏」。

簡直像是要去散步一樣。

「喂、喂……真的不要緊嗎？那個怪物和『大蜘蛛』可不一樣喔？」

「是啊……居然要獨自當那種怪物的對手。」

「妳們看了就知道了。因為『殲滅者』是最強的！」

伊莉絲對傑羅斯的勝利深信不移。

嘉內和雷娜是知道傑羅斯很強這件事，可是實際上並不清楚他的實力到底強到什麼程度。她們無法推測出伊莉絲所說的最強到底是何等程度。

在她們對話時，「皇帝骷髏」盯上了傑羅斯。

魔物抬起巨大的手臂，朝著傑羅斯揮下。

——轟轟轟轟轟轟轟！

這以驚人的重力使出的攻擊，讓洞窟內的地面劇烈搖晃。

傑羅斯躲過了魔物的手臂，朝著「皇帝骷髏」的頭部跳了上去。

「『冰凍花』。」

傑羅斯不經詠唱便使出魔法。

皇帝骷髏瞬間凍結，無法動彈。

這時傑羅斯又繼續追擊。

「擊滅之超〇神拳————————！」

他嘴上喊著一生很想說一次的動畫台詞，朝著皇帝骷髏的頭部揮拳。同時解放延遲術式，儲備的魔法露出了銳利的獠牙。

是他剛剛準備好的哏。

——轟隆隆隆隆隆隆隆隆隆隆隆隆隆隆隆隆！

強力的魔力引發的振動波攻擊，粉碎了皇帝骷髏。

不管再怎麼堅硬，還是無法抵抗以分子等級摧毀連結的振動波。魔物有如白雪般化為粉末，在地底遺跡裡創造出奇幻的景象。

死靈也被魔力的波動給消滅了。

「唔哇，是能使出固有振動波的魔法，『波動制裁』耶。威力真是驚人。」

「怎麼可能……把跟勇者同等，甚至有可能在那之上的……那個大叔到底有多強啊……」

「已經搞不懂哪邊才是怪物了呢。力量太強大了……不過好美喔。」

「那種事情怎樣都好，是說還有其他魔物出來了吧？妳們不用準備迎擊嗎？」

看著女性小隊說出毫無緊張感的感想，那古里低聲咕噥道。

傭兵是作為護衛才來這裡的，在這種狀況下，傭兵們必須使出全力來保護工匠以及地下都市的居民才行——雖然說他們能做到的事情，也就只有和稍微有點骨氣的骷髏戰鬥而已。

◇◇◇◇◇◇

穿過城門後，那裡是漆黑的世界。

一絲光線都沒有的黑暗拓展開來，完全看不清楚周遭的狀況。

『這什麼苦行啊？』大叔寂寞地在心裡暗自吐槽。

「『光亮』。」

他以初階魔法作為照明後，發現那裡是有無數的骷髏蠢動的死者之城。

比B級恐怖片還要寫實。裡面也有看起來像是最近才死去的人。

應該是以寶物為目標而侵入其中，就這樣被殺了的傭兵們的下場吧。

「唔哇，是惡靈○堡……不對，神鬼○奇嗎？」

骷髏裡還混入了殭屍，不死系魔物們因為活人的氣息同時轉了過來。

發現傑羅斯後，一起撲向了他。

「『光輝新星』。」

「光輝新星」是光魔法最強的攻擊魔法，將周圍的不死系魔物全都徹底地淨化並燒得一乾二淨。既然周遭已經全是敵人了，他也可以毫不顧忌地消滅他們。

畢竟這裡就如同字面上的意義，是座鬼城。他認為連同會變成骷髏等魔物的死靈也一起消滅的話，接下來會比較輕鬆。

強烈的光包覆住城裡的一隅，瞬間淨化了在場的所有不死系魔物。

魔物被光燒成了灰燼，死靈一類的魔物全被魔力造成的強大波動給殲滅了。

『嗯……先把城裡的不死系魔物都清除掉，去『光照結晶』的管理室吧。沒有光的話，在各方面都很麻煩。』

既然防壁的自動修復能力還在運作，就表示這座遺跡還活著。

而且「光照結晶」應該是靠遺跡的魔力來運作的，所以這裡的某處應該有管理室，大叔判斷如果位置和「Sword and Sorcery」的一樣的話，他應該不會迷路才對。

問題是他現在只有微弱的照明可以照亮周圍，有許多不便之處。

傑羅斯開始為了取回遺跡的光明而行動。

同時從邊緣開始一路殲滅擋在他面前的不死系魔物……

第六話　大叔偷走了飄浮機車

傑羅斯侵入都市遺跡後兩小時，伊莉絲等傭兵們閒得發慌。

不時從裡頭傳來的物體碎裂聲讓他們知道傑羅斯還活著，這聲音同時也刺激著傭兵們。

遺跡裡有許多魔導具或珠寶飾品沉睡著，這是一舉致富的好機會。

可是裡頭有許多自己無法對付的魔物，他們只能眼睜睜地看著賺大錢的機會溜走。

再說這裡是國家事業的工事現場，既然在這裡發現了新的遺跡，在獲得國家的命令前，是不能進去裡面的。

畢竟這是個尚在運作的舊時代遺跡，考量其價值，這也是合理的判斷。

此外這個遺跡的事情已經呈報給德魯薩西斯公爵了，但背後也是多虧「急速．喬納森」的活躍。令人驚訝的是昨天就報告完畢，今天在挖掘城門時已經拿回公爵的敕命書了。

因為這個緣故，公爵家已經頒布了敕命，傭兵們也無法入侵遺跡內部。

之所以會頒布敕命，很大一部分的原因是有不死系魔物以及受詛咒的道具。

不死系魔物是魔力累積了許多負面情感的產物，有這種魔物存在的遺跡中通常也會發現許多受詛咒的道具。

如果只是會對能力參數帶來些許負面影響的話那還沒問題，可是其中也有關乎性命安危的危險道具存在。

最慘的情況下，也有不少人的精神會被受詛咒的裝備給奪走並取代。

那樣一來就只能殺死受害者了，為了不要造成多餘的犧牲，舊時代的遺跡便經由工人之手暫時性地封鎖了。

現在騎士團和索利斯提亞派的魔導士一行人正在準備前往這裡，作為特例，公爵下達了允許傑羅斯作為調查員入侵內部的許可。

雖然是事後才補上的，但總比出現犧牲者好。

只是傭兵們沒有聰明到可以接受這樣的理由。

不，在這種狀況下應該說他們是群欠缺良知的人吧。

「為什麼那個魔導士可以進去裡面啊！要是寶物都被他給獨占了怎麼辦！」

「對啊，我們也能對付骷髏那種對手啊！也讓我們進去！」

「不會隨隨便便就出現強大的魔物吧！廢話少說，讓我們進去！」

傭兵們拿出了這種態度。

俗話說愈弱小的狗愈會吠，這句話完全可以用來形容他們。基本上階級很低，每天只要賺到可撐過當天最低限度的錢就不工作了。不僅如此還會視有能力的新人為眼中釘。這群品行低劣到不行的傢伙們聚集在一起吵鬧著。

老實正派的傭兵們只在一旁遠觀。

瞪著這些人的是包含飯場土木工程公司在內的土木公司的工匠們。

他們常在各種嚴苛的工事現場，所以實力遠勝過一般傭兵。而且也經常以魔物和盜賊為對手，完全是工程戰士。

「這裡是國家事業的工事現場。那座遺跡尚未經過調查，所以沒人知道裡面有什麼。而且既然會生出不死系魔物，瘴氣很有可能汙染了裡面的東西。」

「那又怎樣啊。」

「這表示有很多光是拿起來就會被詛咒的玩意散落在裡頭。你們被詛咒這我完全不在意，可是那種東西可不能流到市面上！」

「誰管那種事情啊！我想要錢啊，等國家的那些傢伙們來了，豈不全都會被沒收嗎！」

利慾薰心的傢伙是聽不進人話的。

而其他傭兵也一樣，和工匠們處於一觸即發的狀況。

「想打架嗎，你們這些軟弱沒用的傭兵們！啊？」

「正合我意！我就幫你把那一臉鬍子給剃乾淨吧，你這臭矮人！」

——唰砰！

傭兵和那古里的拳頭交錯而過，互相擊向對方的臉。

可是被打飛出去的是傭兵。那古里的臉上連一點擦傷都沒有。

被打飛出去的傭兵在地上翻滾反彈了好幾次，直到撞上石壁後才停下來。兩眼發白，完全暈了過去。

「嘖！只會說大話。這種程度還真虧你能當傭兵啊。根本只是個小嘍囉嘛。」

「等等！你還真敢動手啊，這個臭老頭！」

「我可不記得自己有像你這種臭兒子！有意見的話，就一個人打倒等級超過500的怪物來瞧瞧啊！剛剛進去的魔導士可是獨自辦到了喔！」

「怎麼可能會有那麼多那種怪物啊！給我讓開！」

「哪能讓你們得逞！小子們，擋下這些笨蛋！」

「「「喔喔喔喔喔喔喔喔喔喔喔喔喔喔喔！」」」

「「「別妨礙我們發大財啊啊啊啊啊啊啊啊啊！」」」

於是便開始了一場大亂鬥。

貪心的愚蠢之徒和只愛工作的頑固工匠們混成一團，互相出拳毆打對方。

基於大家心照不宣的潛規則，像這種互相鬥毆的情況下是禁止攜帶武器的，男人們全都是靠赤手空拳來分出勝負。

要是這時拿出武器，無論是作為傭兵還是作為工匠都會失去信用。

男人們僵持不下的言語之爭，將用拳頭來決定結論。

不管是爛到骨子裡的人還是頑固之徒，在他們的心底深處仍有無法捨棄的規則。

「男人真笨啊……不管到了幾歲還是跟小孩子一樣。」

「雷娜……既然這樣想，妳去阻止他們如何？幹嘛一臉憂鬱地托著腮幫子，在那邊嘆氣啊。」

「不要。如果那邊有我喜歡的男孩子那還好說，可是全是些髒兮兮的男人啊。」

「雷娜小姐……妳這話有點過分耶。所以我們要怎麼做？」

她們的工作是護衛土木工人，討伐窩藏在地底的魔物。探索遺跡內部這件事不包含在委託的範圍內，更何況她們並未獲得探索的許可。

既然這樣，該怎麼做就很清楚了。

「繼續進行護衛任務比較好吧。擅自行動成了罪犯的話只是浪費時間，會無法和可愛的ＢＯＹ互訴情衷的。」

「無論如何都會貫徹妳的愛好啊……以某方面而言妳是個非常值得信賴的傭兵呢。雖然是我無法理解的領域。」

「美少年很棒喔？不僅一點都不髒，又很純真可愛。成了大人的話，就只是汙穢到不行，荒廢於現實的波濤中的玩意。」

「雷娜小姐……那個一般來說就是犯罪喔？」

雷娜堅定不移。不管到哪裡都是個沉著冷靜的正太控。

之所以不去探索遺跡，也是因為她覺得被當成罪犯給逮捕太浪費時間，而那些時間她可以和少年們做多少快樂的事情。

她完全是為了那扭曲的愛而生。

先不管這件事，在鬥毆的男人之中也有幾個有點小聰明的狡猾傢伙。是一些連絕對不能捨棄的尊嚴都沒有的小奸小惡之徒。

這男人從亂鬥中逃了出來，一個人偷偷跑向都市遺跡的城門。

「哈，就讓那些笨蛋自己去打他們的吧。寶物就由我來……嘿嘿嘿。」

就算個性很不像話，但能夠一對一跟人互毆的傢伙還多少能夠信任。

然而連這種人都算不上，只知道賣弄小聰明、短視近利的惡徒會毫不猶豫地趁隙搶先他人行動。待在強者身邊，虎視眈眈地瞄準可以撈油水的機會。這男人正是其中之一。

男人的眼前有幾個走起路來搖搖晃晃的傭兵們朝這裡走了過來。

總共有四人。而且男人認得這些傭兵。

「莫、莫可斯！還有波奇諾夫……你們還活著嗎！」

那些傭兵是男人的夥伴。

前天一起喝了酒之後，在男人宿醉未醒時，他的夥伴們便搶先跑進了遺跡內部。

然後就再也沒有回來了。

「喂、喂……你們沒事吧。」

「啊……啊啊……」

似乎是碰上了相當恐怖的事，夥伴發出的聲音不成話語。

看到他們的樣子，男人開始猶豫起要不要進去城門裡。

名為莫可斯的傭兵是個不知恐懼為何物的大膽男人。說得難聽點是粗魯又沒大腦，可是戰鬥時沒有比這更可靠的人了。

而那樣的男人卻一臉憔悴，毫無生氣地走著。

因為死靈會強制性地奪走生者身上的魔力，男人認為夥伴們可能是受了這個原因影響。

不管怎樣，要是他放著孱弱的夥伴不管，便會失去大多數傭兵的信任。

雖然這些人也不是他打從心底互相信賴的夥伴，可是考慮到旁人的目光，他無可奈何地靠近莫可斯。正因為他有些小聰明，才會在意周遭的觀感。

「喂，莫可斯！你是怎……！」

男人靠近的瞬間，被他喚作莫可斯的男人抱住了他，咬上他的脖子。

接著以全力撕咬下他身上的肉。

「嘎啊啊啊啊啊啊啊啊啊啊啊啊啊啊啊啊！」

慘叫聲隨著大量的鮮血飛濺而出，這叫聲讓大亂鬥停了下來。

所有人都回過頭，把目光停留在吃著流血倒地的男人的傭兵們身上。

「喂、喂……那些傢伙……在做什麼？」

「他們是在吃……人嗎……？」

「那、那個……該不會是……」

「『食屍鬼』……不會吧，那些傢伙不久之前還是正常人啊……」

「等一下，你們看裡面！」

從拓展在城門另一側的黑暗之中，骷髏們接連竄了出來。

其中也混著一些他們曾經看過的人。

「難道他們這麼快就變成食屍鬼了嗎？這怎麼可能……」

「而且那些骷髏的數量……那個魔導士在幹什麼啊！」

「他再怎麼強也只有一個人啊！裡頭相當寬闊的話，一個人是沒辦法完全處理掉的吧！」

接連增加的不死系魔物。

這樣下去的話這裡會被大量的骷髏和食屍鬼給塞滿。

「嘖！小子們，快點做出防護牆！」

「「「喔！『蓋亞操控』、『岩石塑造』！」」」

率先行動的是飯場土木工程公司的工匠們。

他們迅速地動了起來，做出了防護牆。他們早已習慣碰上這些可怕的亂象了。

「集中攻擊那些越過防護牆的傢伙！」

「「「喔喔喔喔喔喔喔喔喔喔喔喔喔喔喔喔喔喔！」」」

被長時間隔離的食屍鬼和骷髏幾乎沒有思考能力。

就像是只會襲擊生者，吸收生氣來維持自身存續的機械。他們的動作就是如此單調，然而數量非常多。

「我們也上吧，伊莉絲幫忙用魔法減少敵人的數量！」

「了解！」

「我會盡可能地減少骷髏的數量。因為傭兵的人數也不少，小心別打到自己人了喔。」

骷髏和食屍鬼打算翻越防護牆，但是翻不太過來。

又因為動作遲緩的緣故，要分別打倒這些魔物並非難事。

在這情況下特別活躍，令人眼睛一亮的是飯場土木工程公司的工人。

「喝啊！儘管放馬過來，我要把你們全都敲碎！」

「我們身上可是累積了一堆無法工作的壓力啊！看我打爛你們！」

「這些人是工匠吧？為什麼會這麼強啊……」

「天曉得。我們到底是找了多不得了的傢伙們打架啊……」

矮人們揮舞的斧頭和鎚子輕易地粉碎了骷髏。

骷髏的等級比現場的傭兵們都還要高上許多，矮人們卻一擊就打倒了骷髏。也莫怪傭兵們會如此驚訝。

原因有很大一部分是出自矮人們總是在使用的土木工程魔法。

矮人的魔力雖高，但基本上屬於戰士系。而他們因為平日的土木工程而提昇了操控魔力的能力以及持有的魔力量，自然而然地變得可以自由操控魔力了。

骷髏和靈體實體化的「小惡魔」或「惡魔」不同，是偏靈體且非常脆弱的魔物。靈體寄宿的骨頭要是受到帶有魔力的武器直接攻擊，武器上的魔力效果會順著寄宿的骨頭傳導，直接對靈體本身造成傷害。

這傷害會使得靈體的力量擴散開來，無法維持自身的存在而消滅。

就算不管這些背後的原理，矮人們威風凜凜地挑戰成群的骷髏，並將骷髏一一打倒的樣子實在太震撼了，讓本業的傭兵們啞口無言。

以戰鬥為本業的傭兵們簡直無地自容。

「你們不要呆站在那裡！在那邊動作慢吞吞的話，我就把你們拿去灌在地基的水泥裡喔！」

「「「是！老大！」」」

那古里掌控了傭兵。

傭兵——本來應該是戰鬥的專家，工匠卻比他們強上太多了。

既然如此，站在指揮工匠立場的那古里也自然地指揮起傭兵們。

因為傭兵中沒有可靠的人，這也是無可奈何的事。

「嘖，又有一整團過來啦。」

「無所謂，只要全都打碎就好啦！」

揮動巨大鎚子橫掃骷髏、把鐵鍬當作迴力標那樣靈活的運用、用鏟子將魔物劈成兩半、利用讓起重機上下移動的鏈條使出攻防一體的攻擊。

工匠們擅長戰鬥到了讓人無法判斷他們到底是不是工匠的程度。

工業戰士們是能夠巧妙地運用建築職業和戰鬥職業的專家。

「要用魔法攻擊囉～～～！『氣流爆破』！」

在地底下也不好用火焰系的魔法，伊莉絲使用風系魔法將骷髏和食屍鬼給擊飛出去。將聚集在一處的骷髏給一網打盡，食屍鬼也因為全身骨折而動彈不得。

反正原本就是屍體了，沒什麼好顧慮的。

「喝啊！」

嘉內用大劍斬斷食屍鬼後，順勢破壞了接近的骷髏，並且發動封入劍裡的魔法，燒光了後方的骷髏。

這是以前傑羅斯製作的劍，只要注入魔力，劍上就會纏繞著火焰，也可以將火焰當成「火球」擊出。是通常會被稱作是魔劍的武器。

「嘉內，妳不要四處放火喔？要是在這種地方引起火災那就糟了。」

「我才不是在放火！」

雷娜用盾擋下骷髏的劍之後，順勢化解骷髏的攻擊，用彎刀敲碎骷髏的頭部。

不斷移動避免被包圍，找到機會就在彎刀中注入魔力攻擊敵人。

她恐怕是三人中最具技巧性的吧。要是沒有奇怪的嗜好，就是個再好不過的傭兵了，但就是這點很遺憾。

「骷髏這東西沒什麼打倒了的感覺耶。因為只有骨頭，沒什麼手感。」

「因為是陳年老骨頭所以很脆弱這點真是得救了。如果是新的骨頭就不好應付了呢……食屍鬼就很難纏。」

「感覺事情好像變得麻煩起來了……我要一口氣淨化喔！『魔力淨化』！」

對不死系魔物用的大範圍淨化魔法拓展開來，消滅了骷髏和食屍鬼。

儘管如此數量還是很多，從門的那邊不斷湧出新的魔物。唯一能慶幸的只有魔物的移動速度很慢這點吧。

「『魔力爆破』七連發！」

精純的高密度魔力彈一邊前進，一邊消滅了好幾群聚在一起的骷髏。

魔法的效果範圍內全是悽慘地碎裂的骷髏殘骸。

「好強……我是不是也該學一下魔法啊？」

「你要去索利斯提亞商會買嗎？那個意外的很貴喔？」

「可是那個威力很吸引人耶。能夠拓展戰鬥時的對應方法。」

傭兵們想要購買魔法，必須接受傭兵公會的審核，獲得許可證才行。

這是因為傭兵中有許多素行不良的人，有淪落為盜賊後將魔法用來犯罪的案例。伊斯特魯魔法學院的學生因為在入學時就登錄過姓名了，可以比較自由的購買魔法，但可購買的魔法種類仍受限於成績或長袍的顏色階級。

特別是最近，傭兵購買魔法卷軸相關的法令又變得更嚴苛了，對此感到不滿的人也不在少數。

這是因為高層推測比過去的魔法更易於使用的新魔法公開後，發生犯罪的機率會因此提昇所作的對策。可是傭兵們對這種政治層面的事完全不感興趣。

所以他們才會為了多少撈些油水，不事先報告就入侵未曾探查的遺跡。

結果就是化為食屍鬼，落得悽慘的下場。

「食屍鬼真難纏啊。不僅動作比骷髏快，又很強……」

「是啊，那些傢伙也變成了那樣……還真是愚蠢的死法啊。」

食屍鬼基本上和骷髏差不多，是死靈依附在屍體上的魔物。

雖然會因為依附的死靈是單獨個體或是群體而有差異，但依附的靈體數量會影響其力量，也會使被操控的遺體的強化上限值產生變化。

因為原本就是屍體了，不需要顧慮肉體的極限，也因為會利用人類生前的記憶，所以如果是戰士，就具備相當的戰鬥能力。再加上屍體愈新，身體能力也就愈強。

綜合以上所述，新鮮的屍體被惡靈附身後所誕生的食屍鬼會擁有特別強大的力量。

而強大的食屍鬼正猛力衝刺，朝著伊莉絲奔去。

「伊莉絲！」

「危、危險！」

伊莉絲發現到猛然襲來的食屍鬼時，那隻食屍鬼已經來到她的眼前了。

食屍鬼揮劍，打算剷除礙事的敵人。

伊莉絲緊盯著食屍鬼，把手上的「盧恩木杖」轉了一圈，像是由下往上彈起來似地往上一揮，打碎了食屍鬼的下顎。

「嚓哩喔喔喔喔！」

伴隨著意義不明的吶喊聲，伊莉絲連續用木杖突刺，再用掌心將食屍鬼擊飛了出去。

這時又有其他食屍鬼從伊莉絲的背後揮劍襲來。

伊莉絲的身體微微避開後，食屍鬼的劍直接砍向了地面。伊莉絲沒放過這個機會，以木杖作為支點，給食屍鬼的頭來了一記迴旋踢。

「咕，啊啊啊……」

「看得到……我看得到食屍鬼的動作！謝謝你，梅凱師傅……」

伊莉絲抬頭看了一眼什麼都沒有的空中，只見那裡浮現出說著『咕咕，咕咕咕咕咕（動作不是用看的，而是要用全身去感受的東西）』，臉上還露出爽朗（？）笑容的純白色咕咕身影。

而咕咕們也教會了她，戰場上絕對不可輕忽大意這件事。

伊莉絲轉向倒在地上的食屍鬼，立刻發動魔法攻擊。

「『光輝噴射』！」

少女那小小的手握成拳頭「啪！」地搥向地面後，白色的光之流有如間歇泉一樣從地面噴射而出，吞沒了食屍鬼。食屍鬼飛向高空。

附在上頭的死靈被淨化，食屍鬼變回了普通的屍體。

原本對魔法使抱有憧憬的伊莉絲，在異世界徹底的轉變為「格鬥魔導士」了。

這雖然是在咕咕們的訓練下所得到的成果，可是以一個魔導士的角度來看，總覺得有哪裡不太對。

伊莉絲到底要往什麼方向發展，這點真令人在意。

「伊莉絲……她還是老樣子，很興奮呢。」

「咕咕們也很開心吧。」

「可是那個……已經不是魔導士的戰鬥方式了吧？」

「……是啊。嘉內也試著接受咕咕的鍛鍊如何？」

「……我不要。」

伊莉絲被夥伴們以異樣的眼光看著，但本人渾然不覺，她將火焰系的魔法纏繞在手臂上，燒光了骷髏們。

對著被燒成黑炭的骷髏說「燒起來了吧？」是一定要做的事。

總之，在工匠和傭兵們的努力之下，防堵了不死系魔物的來襲。

等到騎士團抵達這裡，已經是四天後的事了。

◇　◇　◇　◇　◇　◇　◇

「『雷電之雨』。」

傑羅斯用無數的雷掃光蔓延在四周的不死系魔物，悠哉地走在黑暗中。

僅有照明魔法發出的些許光線照亮他的前方，無論從黑暗中現身的是骷髏還是幽靈這種小嘍囉，還是皇帝骷髏這種大型魔物，一律殲滅。

特別是皇帝骷髏，要是不一口氣打倒就會分裂變為軍團。但要用「光輝新星」一口氣消滅的話，魔力的消耗又太劇烈了，他只能以自己為誘餌，將敵人們都吸引到同一處。

幸好不死系是不會隱藏魔力的魔物，只要利用「察覺魔力」的技能就能判別他們的所在位置。

他雖然想把潛伏在建築物內的死靈也徹底消滅，但數量實在多了點。

這座城鎮就是這麼地大。

『死靈或幽靈因為是魔力體，所以要察覺是很輕鬆啦，可是不管怎樣都會有漏網之魚呢～唉，反正也沒多強，就交給外面的傢伙吧。我也差不多該前往領事館了？』

判斷自己已經除掉了一定數量的魔物，傑羅斯決定轉向下一個行動。

『如果這裡和我所知的伊薩．蘭特城構造相同，可以控制「光照結晶」的管理室應該在領事館的正下方。只是這裡沒有「惡魔」存在是怎麼回事？既然有這麼多瘴氣和惡靈，會產生出「惡魔」也不奇怪啊……』

傑羅斯覺得不太對勁。

以前在妖精的聚落也曾說明過，「惡魔」是從被瘴氣侵蝕的魔力囤積處誕生的。

這座城鎮正是個巨大的魔力囤積處，基於兩千四百年以上都與世隔絕這點看來，沒有「惡魔」還比較奇怪。這裡的魔力濃度高到一般來說，就算有無數的「低等惡魔」盤踞於此都沒什麼好意外的，然而卻完全沒看到「惡魔」的影子。

「唉，總會知道原因的。不過這屍臭味真不得了啊。」

雖然城鎮已經被放置了超過兩千四百年，但他所到之處仍留有屍體特有的噁心臭味。理由應該是沒什麼空氣對流和就這樣長時間被放著沒人處理吧。

連傑羅斯都因這獨特的臭味而皺起了眉頭，想要逃跑。

『嗯？那、那個……該不會是！』

傑羅斯正想著要趕快完成目的走人，卻在往前走之後立刻發現了某樣東西。

那東西要說起來就是輛沒有車輪的機車。和這地底非常不搭調的東西隨意地倒在路邊。大叔不禁跑了過去。

「居、居然是『漂浮機車』！為什麼在地下都市裡會有這種東西……」

「漂浮機車」。如同字面上的意思，是能夠在空中移動的機車。

靠著控制重力的魔法具有漂浮能力，利用將空氣噴射出去的方式前進。

可利用噴射氣流和加裝在前方的空氣噴嘴來調整速度。是滿載夢想的超棒魔導具。

碰見這有如古代魔法文明高度象徵的東西，使大叔不禁屏息。

畢竟在「Sword and Sorcery」的世界裡，幾乎沒有現存的漂浮機車，大多都是在遺跡內發現的殘骸。

這在記憶中只有偶爾在多人共鬥任務中會看到NPC騎的稀有交通工具，也是無論是誰都會想要的便利道具，現在正隨便地放在他的眼前。

「這……這個，我可以收下吧？」

上頭堆滿了灰塵，金屬部分也生鏽了，但保存狀態良好。

要是沒在這裡取得這個，恐怕這一生都沒辦法再拿到了吧。

畢竟等國家騎士團來到此處，殘留在現場的所有魔導具都會被沒收。現在是最好的機會，而且大叔有辦法在不被人察覺的情況下把這東西給帶出去。

沒錯，因為他有名為道具欄的作弊收納空間。

只是在國家事業的工事現場偷竊可是重罪。更別提偷的還是古代的遺物。

『怎麼辦……我該怎麼辦才好……』

大叔看了看右邊。

沒有人。

也看了看左邊，還是沒有人。

露出邪惡笑容的大叔將「飄浮機車」收進了道具欄裡。

這天，大叔偷了東西。

在索利斯提亞魔法王國，偷竊古代遺物可是重罪。

但他還是無法抑止湧現的欲望。

而傑羅斯就這樣若無其事地離開了現場。還一邊開心地踩著小跳步……

讓人不禁覺得轉生者的能力實在太卑鄙了。

第七話　大叔痛揍惡魔

打倒襲來的骷髏和死靈，傑羅斯來到了城鎮的中心。

這裡原本應該是個美麗的市鎮吧，但現在完全看不出過往的榮景，行道樹早已枯萎倒下，四周滿是建築物的瓦礫。

傑羅斯無視在黑暗中看見的這些景象繼續前進，來到了應該是領事館的建築物前。

建築物本身的構造和其他地方的建築物都不同，硬要說的話，就像是科幻電影中會出現的奇特設計。不管怎麼看都跟現在這世界的感覺很不搭。

恐怕是以實用性為優先吧。進去裡面後立刻來到了寬敞的大廳。

「這裡……看起來像是櫃台，雖然沒什麼奇幻的感覺就是了。」

這裡的構造本身是傑羅斯熟悉的樣子，可是現在成了無人的廢墟。

過去也有許多的公務員在這個領事館內工作吧。

實際上這個大廳地上散落著化為白骨的屍體，其中甚至有頭部刺有小刀或菜刀的屍體。

從這狀況看來，傑羅斯了解到這些人應該是發生暴動後遭到了襲擊。他回想起在「Sword and Sorcery」中的活動關卡。

那個活動關卡的內容是伊薩．蘭特城的都市機能停止了，必須在暴動擴大前讓天頂上的「光照結晶」恢復運作才行。隨著時間經過狀況會逐漸惡化，最糟的情況下玩家會和暴徒戰鬥，強制結束遊戲。

要讓「光照結晶」運作，得啟動伊薩．蘭特最深處的地下動力設施，為此必須將經過特殊加工的魔石「魔晶石」嵌入設置於管理室的台座上才行。

『以現況來看，這座領事館的發展程度似乎不及那個世界，建築物本身也很狹小。文明要是繼續發展下去，現在世上應該會充滿各種先進的技術吧～哎呀哎呀，盛衰榮枯真是可怕啊。可是……像是那個中央的地上電梯，街景……雖然不太一樣，但圓形的都市構造和伊薩．蘭特很像呢～……不對，或許這邊才是原型？』

看了舊時代的都市構造，傑羅斯從自己朦朧的記憶中，想起了這裡和自己所知的伊薩．蘭特的相似之處。

儘管悠閒地想著『這下沒有懷疑的餘地了呢～』，傑羅斯還是朝著地下的管理室前進。

雖然建築物本身的構造和他在「Sword and Sorcery」中的記憶有出入，不過地下管理室和他記憶中的一樣。

地板和天花板，牆壁上全刻滿了幾何圖樣，並以強化魔法加強了強度。

看來這座城鎮是以城裡的二十根巨大柱子來支撐天頂的岩盤，並不斷地施加強化魔法，防止岩盤崩落。

「我很少去伊薩．蘭特城啊～畢竟那個時候我根本沒事需要去新手城嘛。」

因為他是高階玩家，所以據點在別的地方，很少會去新手玩家聚集的地下都市。就算去了也只是一時心血來潮，不會待太久，所以沒什麼印象。

就算在城裡，他也都待在據點忙著製作道具，偶爾才會為了販售道具而去其他城鎮，再來就是如同地獄般的狩獵生活。光是伊薩．蘭特城的事情還留在他的記憶中這件事本身就如同奇蹟了。

大叔一邊回想著這些事情，一邊探查周遭的氣息，來到了位於地下三樓的管理室。

「唔哇……這裡也全是化為白骨的屍體。總之『淨化』。」

不管哪裡都散落著白骨屍體，簡直是死之城。

儘管事前就預料到了，但這裡似乎不存在沒有白骨屍體的地方。

大叔嘆氣的同時對屍體使用了淨化魔法，果然有死靈依附在上面，死靈發出了令人戰慄的呻吟聲後消逝了。

『好了，儀表板在……喔，在這在這。』

用來操控「光照結晶」的儀表板是位在屋內一隅的石柱，注入魔力後便會展開。

他順著遊戲時的記憶，做出了同樣的行動後，石柱解開了好幾道鎖後朝四面展開，露出了儀表板。

在裡面的「魔晶石」是灰色的。

『魔力用盡了……這可不行啊。不過真沒想到在異世界也要跑這種初期的活動。』

「魔晶石」是一個約手掌大小，呈現漂亮六角形的棒狀物，裡面沒有魔力。看來是使用壽命告終了吧。然而傑羅斯手上有很多一樣的東西。

「魔晶石」的尺寸有統一的規格，經常用在大型魔導具上。傑羅斯製作的「哈里．雷霆十三世」也是使用這個作為操控動力的零件。

此外，由於在活動中經常會接到掌權者的訂單，就算身上存有很多也不會派不上用場。在適合用來賺取資金的活動中，要是交出比訂單需求更高品質的東西，就能獲得優渥的追加報酬這些事也讓他覺得十分懷念。

將新的「魔晶石」放到中間後，對魔力產生反應，台座開始自動關閉。

『這樣就能確保城裡的光源了吧？』

魔力流入刻在台座上的溝槽中，刻滿整個建築物細部的幾何圖樣接連發出光芒。

『……國，地下第七都市「伊薩．蘭特」，行政管理系統啟動。正在確認目前的系統狀況……無法與地上的空軍管理室通信。確認生命線已完全停止……』

「啊，果然是伊薩．蘭特啊。」

儘管在預料之內，但是出現了「Sword and Sorcery」的都市名稱，就算他不想也感覺得出兩者是有關聯性的。

『開始啟動照明系統……檢測魔力傳導路線……已確認路線。』

『魔力傳導系統正常運作中。』

『對中央龍脈管制系統開啟副迴路。目前的運作率為百分之三十二，連接主要中樞系統。魔力抵達「龍之心臟」。開啟龍脈迴路。』

『開始供給照明系統魔力。除毀損處外的都市機能完全恢復運作尚須六十分鐘。』

不帶感情的聲音系統報告著現況。

大叔一邊聽著這聲音，一邊心想著「這一點都不奇幻啊～」露出苦笑。不管怎麼看文明水準都差太多了。

硬要形容的話，現在的世界像是中世紀歐洲，古代魔法文明就像是現代地球文明。不，應該在地球文明之上吧。

『開始對照明系統供給魔力。』

『距離完全恢復運作所需時間約一小時。ＥＭＥＲＧＥＮＣＹ，在「龍之心臟」發現高密度魔力體。各位居民請立刻至避難所避難。ＥＭＥＲＧＥＮＣＹ……』

『開始掃描……魔力體危險度層級Ａ，資料檢索……確認為爵位級。』

『請立刻派遣防衛隊。ＥＭＥＲＧＥＮＣＹ……』

「Ｗｈａｔ'ｓ？」

看來有非常不得了的傢伙潛伏著。

『爵位級之名稱設定為「布耶爾」……確認魔力體的移動，正朝此處侵略中。』

「喂喂喂……果然誕生出惡魔了啊。爵位級？強度是哪種程度的啊？我不知道判斷基準啊……相當於『高等惡魔』嗎？」

在宗教類的書籍中，留有在魔法文明期會以爵位來表示被稱作惡魔的魔力體強度的記載。最強的是「魔王級」，在那之下是大公、公爵、侯爵、伯爵、子爵、男爵。

問題是用「布耶爾」來稱呼，他不知道這惡魔的實力到底有多強。真希望他們乾脆用戰鬥力來說明。

畢竟大叔的知識都來自輕小說和遊戲，惡魔總是有像種族那樣的名稱。舉例來說就像是「高等惡魔」和「低等惡魔」，再來就是用等級來判斷。

在這種重要場面用「布耶爾」來稱呼也只是徒增困擾。

『唉，在這裡戰鬥也不是什麼好主意。總之先移動到外頭去比較好吧。』

在傑羅斯跑出管理室的同時，響起了『接下來將啟動防衛系統。將關閉所有區域的閘門，請所有職員迅速離開』的警示廣播。

然後在傑羅斯穿過的瞬間，閘門便以驚人的速度阻斷了通道。

「等等啊，喂——————！」

儘管說要迅速離開，但這樣八成會被困在閘門內吧。

不知道是系統故障，還是程度在那之上的緊急事態造成的，但在通道上跑著的大叔一身冷汗，要是一個沒走好，他甚至有可能會被閘門給夾死。

以某方面來說這比爵位級的魔力體還要危險。

他以不得了的速度拚命穿過狹窄的通道，想辦法逃到了外頭，但老實說這對心臟真的很不好。

簡直像是哪個動作遊戲一樣，心裡壓力超大。

儘管大叔不覺得累，還是不停喘著氣。

『總算是……呼、呼，到外面……來了……』

在傑羅斯抵達外頭的同時，管理室也完全封了起來。恐怕在打倒高密度魔力體前閘門都不會打開吧。

領事館外面因為重獲魔力的緣故，「光照結晶」亮了起來，讓人可以看見天頂附近的狀況。只是光線沒有亮到足以照亮整個都市，現在附近還是有些昏暗。因為不是完全啟動，只有比剛穿過城門時稍微好一點的程度的光。

支撐著天頂的幾根柱子上有好幾道光的線條延伸著。

那圖樣簡直像是機械的底盤。

『好像順利啟動都市的機能了……沒想到會要我在時間緊迫的狀況下逃離那裡……該說系統完全沒想讓職員們避難呢，還是該說他們接受在緊急時必要的犧牲呢……』

大叔覺得有許多不能接受的地方。

可是這表示管理系統就是判斷有這等程度的危機，像這種自動系統一定有在緊急時必須實行的優先事項。

儘管不到怨恨系統的程度，但他還是忍不住希望這系統可以手下留情點，讓大家更容易避難。反過來說，碰到這種狀況本身就算是他運氣不好了吧。

「好了……來了嗎。」

他因龐大的魔力氣息而轉頭後，只見漆黑的魔力像是火焰般搖曳著。

判斷對方肯定很強的傑羅斯打開能力參數畫面，瞬間變換了身上的裝備。

順帶一提，他是在龍套村洗好澡時才發現可以這樣做的。

因為忽然冒出了『能不能像遊戲那樣迅速換裝啊？』這種念頭，傑羅斯試著玩了一下能力參數畫面的裝備欄位，發現辦得到這件事。

而他換上的，是被加上「殲滅者」這個別名時的漆黑裝備。

他自然地握緊了手上的「魔法杖」。

『看不出形體……是沒有化為實體嗎？不，這不可能。既然是如此高密度的魔力，要是不化為實體，消耗的魔力太大了。』

傑羅斯在心中碎唸著，並且片刻都未將目光從「惡魔」身上移開。

那個惡魔緩緩地凝聚魔力，化為了一個人類的樣貌。

令人背脊一震的端正相貌，金色眼睛和一頭藍髮。背上長有羽翼，穿著像是某種制服的衣服。硬要說的話有點像軍裝吧。

「惡魔」盯著傑羅斯，不帶惡意的微微一笑。

「哎呀，這真是，初次見面，低等的人類啊。雖然沒邀請你，還是歡迎你來到我的城池。」

「惡魔先生你還真會演戲呢。你該不會有名字吧？要是有的話，希望你能告訴我呢。」

「不不不，因為我從未從這裡出去過啊。所以沒有名字喔。」

「真遺憾。明明長得這麼好看，沒有名字的話，女性們會很困擾的。」

「既然這樣，你幫我取一個也行喔？那會成為你活過的證據。」

「別這麼說，我已經決定要壽滿天年而終，希望你這話是在跟我開玩笑呢。真的……」

儘管嘴上閒聊著，惡魔的眼神仍像盯上了獵物的野獸。

在「Sword and Sorcery」的世界中，惡魔是怨念和魔力的聚合體，是將死靈的記憶和人格全部合而為一的存在。

這個知識在異世界也通用的話，眼前的惡魔在兩千四百年前誕生後，未在途中消耗，作為一個獨立個體完成了進化。

從他將傑羅斯視為獵物這點來看，傑羅斯判斷他果然和遊戲裡一樣，會吃生者的魂魄和陽氣吧。

「很遺憾的，你要在這裡消失了喔。被我吃掉。」

「哈哈哈，又在說笑了。我可是一把年紀的大叔喔？這種話可以請你去對女性說嗎？」

「呵呵呵……你很有趣呢。不過我沒在開玩笑喔？而且性別對我來說沒有意義，因為活人全都是我的食物。」

「這話還真是可怕啊。看上我屁股的不能只有白猿嗎？」

「你真的很有趣呢。可恨地令我不爽到反胃的程度呢。」

惡魔的身影忽然消失了。

傑羅斯配合著眼前的情況揮動左手的「魔法杖」後，響起了「鏘！」的尖銳撞擊聲。

魔法杖上加裝的刀刃和從惡魔手上伸出的長長爪子碰撞在一起，迸出火花。

「真可怕啊。忽然就先出手攻擊？」

「呵呵呵，能夠接住這招的你也有相當的實力呢。和前幾天來的人顯然不同。」

惡魔毫不留情地用爪子接連使出攻擊，傑羅斯擋下那些攻擊，並趁隙反擊。

「過獎過獎，我畢竟年紀不小了，正想要悠哉地隱居呢。」

「被我吃了的話就能休息了喔？雖然是永遠的休息。」

「休息那麼久的話會胖的。我可是很注重健康的，可以的話我還想下田呢。」

「你話很多呢。我從現在開始就期待撕裂你的肚子期待得不得了了。」

「你辦得到嗎？別看我這樣，我啊，還滿強的喔？」

和說出的話相反，兩人展開了激烈的攻防戰。

傑羅斯使出突刺，惡魔就會避開並反擊，傑羅斯又以棒術擋開攻擊，再反擊。

他們在沒有任何觀眾的城裡進行著變化快到令人眼花的攻防戰。

「哼……不讓我輕易地殺掉啊。那這樣如何？」

「你要拿出什麼把戲啊？」

「這就敬請期待囉。呵呵呵。」

惡魔提昇魔力後，從魔力中出現了被青色火焰包圍的人類頭蓋骨。

那頭蓋骨像是有自我意識似地飛在空中，從四面八方襲向傑羅斯。

「相當有趣的把戲呢，作為回禮，『黑雷連彈』。」

傑羅斯在周遭創造出漆黑的雷球後，立刻迎擊頭蓋骨。

黑雷輕鬆地消滅了頭蓋骨，並且就這樣順勢襲向惡魔。

「哼，像這種東西……」

「你可以不要逃開嗎？因為這是剛剛的回禮，你不好好收下我會很困擾的。」

「這就容我拒絕……什麼！」

惡魔拚命地想要躲開，黑雷卻執拗地追了上來。

黑雷簡直像是追蹤著惡魔，不斷以高速逼近，就算避開也會變換方向，從別的角度襲來。

惡魔放棄躲避這件事，打算迎擊。

「啊，我忘了說，被那個打中很危險喔？」

「什……咕啊啊啊啊啊啊啊啊啊啊啊啊啊！」

在惡魔打算擋開黑雷的瞬間，黑雷在碰上他爪子的同時炸裂開來，放電攻擊封住了他的動作，其他黑雷也趁隙從四面八方襲向他。

惡魔想躲也躲不開，直接受到了黑雷的攻擊。就算擁有實體，惡魔仍是魔力體。魔法可以對他們造成有效的傷害。

這如果是普通魔導士的魔法，惡魔應該可以不當一回事吧，可是傑羅斯的魔法將魔力凝縮到誇張的程度。光是被擊中就會削去惡魔的魔力體。

『畢竟以魔力囤積處為巢穴，這種程度應該打倒不了他吧～還真是來了個麻煩的傢伙。』

大叔用覺得煩人到不行的表情盯著惡魔。

惡魔從外觀看來並未受到嚴重的損傷。

「雖然多少削減了一些魔力，但就是因為這樣『惡魔』才麻煩。因為很難光靠外觀就判斷出造成了多少傷害呢。」

「還滿有效的喔。以人類而言你很不好對付呢，讓我愈來愈想殺掉你了。」

「這我可是想避免呢～還有妻子和小孩在等我喔。」

「既然這樣，我就連你的妻子和小孩一起吃了吧。在那之前得先殺了你才行。」

儘管嘴上在說笑，彼此仍了解到對方是很難纏的對手。

一邊是龐大的魔力聚合體，一邊是不知道會拿出什麼招式的人類魔導士。儘管雙方都覺得對方是麻煩的對手，仍在思考該如何打倒對方。

然而搶得先機的是傑羅斯。

「解除延遲術式！『光輝新星』！」

「什、什麼……」

惡魔和傑羅斯一起被光給吞噬了。

這原本就是大範圍淨化魔法，同時也是破壞魔法。

既然化為實體了，身體便隨時都有要耗費魔力的負擔在，而淨化大幅地削減了他的魔力。

雖然傑羅斯自己也被攻擊魔法給擊中了，可是他還留有利用被稱作「移形替身」的道具來躲過攻擊的手段。

這個道具擁有僅限一次，但可以逃過各種攻擊的效果，不過他逃過的只有「光輝新星」產生的爆炸波，自己承受了淨化之光。

本來淨化之光就只對不死系魔物或魔力體有效，而且對惡魔也有顯著的效果。

「咕唔……沒想到你會讓自己也被捲入魔法攻擊中……」

「畢竟是從極近距離下攻擊，頂多削減了一條手臂份的魔力吧？唉，就算是這樣，以要削弱你的力量而言算是很有效果了。」

「你這傢伙……自己承受了那個攻擊，為什麼沒受影響……」

「這個嘛，我想應該沒有魔術師會把自己用的手法說出來喔？是說你的本性露出來了喔？」

儘管多少削弱了對方的力量，對手仍是不能大意的魔物。

特別是這個「惡魔」甚至可以抑制龐大的魔力，化為人形。

這表示他能夠完全掌控自身的魔力，換言之就是可以自由地操控魔力。

「區區人類，少得意忘形了啊啊啊啊啊啊啊啊啊啊啊啊啊！」

「意外地很急躁呢……變化成第二種型態這種事還真像漫畫會有的情節啊～」

惡魔的體型逐漸膨脹，化為了有如獨眼巨人般的巨大身軀。

肌膚化為紅銅色，頭上長出了彎曲的角，背上則是巨大的翅膀和長長的尾巴。

身上各處都覆滿了鱗片和剛硬的體毛。

「弱小的蟲子，明明只要乖乖交出性命就好了……你讓我真的動怒了！」

「拜託你不要說那種像是專門出來送死的敵方角色會說的台詞。在故事開頭用那麼了不起的方式登場，現在像是連載過了三回就會被打倒的嘍囉耶？」

「給我住嘴啊啊啊啊啊啊啊啊啊啊啊！」

惡魔長長的尾巴擊碎建築物，碎裂的瓦礫飛向傑羅斯。

傑羅斯在瓦礫中向前衝刺，以飛來的碎片為立足點，猛烈地逼近惡魔後，釋放延遲術式。

「『冰花霧散』、『黑雷連彈』、『怒炎噴射』、『風龍暴縛陣』、『重力引爆』。」

「咕啊啊啊啊啊啊啊啊啊啊啊啊啊啊啊！」

被冰凍、被黑雷貫穿後從內部焚燒、被噴發的熔岩燒融、被捲入巨大的龍捲風中受真空氣刃切割、被強大得令人無法行動的重力給壓毀。

受到這一連串般的攻擊，惡魔單方面地被蹂躪著。

大叔想到的打倒惡魔方法，就是「在對方拿出實力前就徹底地打趴他」。

本來他就沒說要堂堂正正的戰鬥。

壓倒性的火力充分發揮效果，在對手還在用舌頭舔嘴耍帥時，就將對手打得體無完膚。接下來只要冷靜並確實地解決對手就好了。

「『絕對零度』、『蓋亞重壓』、『破壞颶風』、『日珥新星』×5、『爆破』×7、『雷電放射』×20。」

「等、等一……」

「『日冕燒夷』×25、『嘆息之河』×3、『天地爆裂』、『無盡業火』、『冰山壓迫』×7、『墜落深淵』。」

「住……住手……拜託……聽我說…………」

儘管如此，強烈的魔法攻擊仍毫不留情朝惡魔身上傾注而下。

趁對方大意時徹底地施加攻擊，奪走對手能用的手牌，並創造出等對方發現時，自己早已站在地獄入口的狀況。

根本分不出誰才是惡魔了。

這不由分說且毫無道德可言的殲滅風暴，就這樣持續了好一陣子……

◇◇◇◇◇◇

「裡、裡面……是不是傳出了很不得了的聲音啊？」

「是啊……遺跡深處發生了什麼事？」

在城門前待機的傭兵們窺視稍微亮了起來的遺跡內部。

因為裡面還是有些陰暗，所以他們沒辦法看見遺跡深處的狀況，但是不時出現的驚人光芒，和隨著光芒連續響起的爆炸聲，讓傭兵們的臉色愈發蒼白。

這表示那裡有不用這種程度的魔法攻擊就贏不了的對手。要是他們剛剛基於興趣闖入其中，很有可能會被牽扯進去。

考慮到最糟糕的情況是自己會碰上那個被攻擊的對象，傭兵們不管再怎麼感謝阻止他們入侵遺跡的土木工人們都不夠。

「那個大叔……做得很誇張呢……」

「是啊。不過這就表示有那種程度的對手在吧？看來是相當危險的遺跡呢。」

「叔叔……似乎是認真的想殲滅對方。他到底是在跟什麼戰鬥啊。」

伊莉絲等人也窺看著裡頭的情況，不過她們對這破壞聲似乎沒那麼驚訝的樣子。

「這裡封鎖了有兩千年左右對吧？而且是魔力囤積處……」

「應該是吧。那又怎樣？」

「……說不定誕生出惡魔了吧？如果是這樣，就有兩千歲……相當強大呢。」

「伊莉絲……惡魔那種東西只存在於童話故事裡喔？實際上沒人看過。」

「可是有這麼多的屍體，就表示會產生相當程度的瘴氣吧？那些瘴氣流入魔力囤積處的話，我想應該會誕生出惡魔。」

「所以是怎樣？妳是想說大叔現在正獨自和惡魔在戰鬥嗎？」

伊莉絲的預測說中了。

她想起了以前在和「薔薇妖精」戰鬥時，傑羅斯說過「感覺快誕生出惡魔了呢」這種話的事。

而假設這個遺跡是伊薩．蘭特城的話，就完全符合惡魔出現的條件。就是位於最下層的動力。

「大概吧……叔叔好像也拿出了全力，我想應該是十分凶殘的對手。」

聽了伊莉絲的話，雷娜和嘉內都沉默了。

惡魔的存在只在童話故事中被傳承下來，現在沒有人知道在怎樣的條件下會誕生出惡魔這些詳細的情報。

她們兩個這才注意到，知道這些事情的伊莉絲也和傑羅斯一樣，是超乎常理的魔導士。

幸好伊莉絲的實力還在兩人的常識範圍內，不像傑羅斯那麼誇張。

她們一點都不想去想像讓那種非比尋常的魔導士必須認真一戰的對手。

而從遺跡深處傳來的破壞聲仍在持續著。

◇◇◇◇◇◇

傑羅斯正和惡魔熱烈戰鬥中。

儘管荒廢了，但伊薩．蘭特城作為遺跡仍保留了美麗的外觀。然而現在有一部分的區域完全失去了原有的街景。

那裡被狂亂的魔法風暴給徹底破壞了。

而不斷地將城鎮連同惡魔一併毀滅的當事人，正是佇立在瓦礫中的漆黑魔導士。

『還活著啊……真能撐，身為一個惡魔卻這麼囂張……』

這惡魔好像被稱為「布耶爾」，但他到現在還是不懂這個層級代表的意義。

「鑑定」技能似乎是心情不好，不願意告訴他惡魔的情報。真的非常隨興。

他甚至還沒能完全理解這個世界的常識，當然不可能知道舊魔法文明的常識。過去的才智和知識全都被人遺忘了。

這些事情先放一邊，大叔正在蹂躪的惡魔現在仍存在著。

大叔雖然以徹底的攻擊讓惡魔衰弱了不少，可是附近有彷彿纏繞著他的魔力，讓他注意到惡魔尚未被消滅。

問題是惡魔到底潛伏在何處，不過因為他不由分說地使出的魔法攻擊，讓惡魔的魔力擴散到了四周，使得他無法光靠魔力便察覺到惡魔的氣息。

『乾脆把這一帶都淨化了比較快吧？』

都已經徹底破壞到這種程度了，事到如今也沒什麼好客氣的。

就在傑羅斯這麼想，打算發動淨化魔法的同時，他的身上被施加了強大的壓力。

「咕、咕啊啊啊啊啊！」

「哼哼哼……你大意了呢，可惡的臭蟲！」

「嘖，居然解除了實體化嗎！惡魔怎麼會有這種能力……不對，既然妖精做得到，那惡魔做得到也不奇……咕啊啊啊啊啊啊啊！」

惡魔暫時解除了實體化並隱藏氣息，在找到機會的同時實體化，變成了長有角的蛇，纏住了傑羅斯。

纏繞帶來的壓力折磨著傑羅斯。

「我要就這樣絞死你……吃了你的魂魄！」

「呵、呵呵呵……你是……笨蛋嗎……」

「什麼？」

「消失吧……『光輝新星』！」

惡魔忘了傑羅斯會使出將自己也捲入其中的魔法攻擊。

既然能在強力的魔法攻擊中確保自己毫髮無傷，在戰鬥中便是相當大的威脅。畢竟這樣一來他就能在敵陣中恣意使用魔法。沒有比這更凶狠的攻擊了。

都已經遭受過一次這種攻擊了，惡魔應該要特別提防這件事的，可是惡魔至今從未和比自己更強的對手戰鬥過。相對的，傑羅斯在「Sword and Sorcery」的世界中和強者戰鬥過了無數次。

「咕喔喔喔喔喔喔喔喔喔喔喔喔喔喔喔喔！」

惡魔和傑羅斯一起被光之洪流給吞噬。

而在光消失之後，現場只剩下漆黑的魔導士。

「因為使用『移形替身』和『替身人偶』的自殺式攻擊，讓我吃了不少苦頭啊～……」

在遊戲裡，ＰＫ玩家經常會使用的攻擊，就是利用能使攻擊無效的道具做出的自殺式攻擊。傑羅斯等殲滅者為了反擊這些自殺式攻擊玩家，也採用了同樣的手法。

然而這樣一來，ＰＫ玩家也會準備大量的道具來，最後發展成自殺式攻擊大戰。道具用盡的一方就輸了，贏的一方也會遭受慘痛的損失，是種對雙方都沒好處的戰鬥。

「嗯～既然這樣，是不是該去看一下中樞的魔力點？真麻煩……」

既然誕生出了惡魔，表示這座城的中樞處也有許多屍體。要是不徹底淨化，可能會再出現不死系魔物。

大叔一邊抱怨一邊打算移動腳步時，發現地上掉了惡魔的黑角。

雖然機率不高，但魔力體的一部分有可能會變成掉落的道具。凝聚的魔力本來應該會消散在自然界的魔力中，不過有時也會變成固體殘留下來。

這種東西如果當成素材使用在武器上，會發揮一些特殊的效果。

像惡魔的角或爪子這類道具，作為強化武器用的優秀素材而言算是滿有名的。

「嗯……是『惡魔將軍』級的啊。說不定可以派上用場，先收起來吧。」

獲得了「惡魔之角」和「魔石」，傑羅斯再度踏入領事館內。

在前往屬於魔力囤積處的中樞區域的期間，大叔的攻擊毫不留情地淨化了死靈們。

伊薩．蘭特城就這樣被淨化完畢了，但是傑羅斯不知道，古老都市的機能復甦這件事在各地引起了多大的騷動。

大賢者自由到了無法無天的程度。

第八話　大叔又搞砸了

在大叔的奮鬥後過了四天，基於德魯薩西斯公爵的命令，一個中隊被送入了「伊魯瑪納斯地下大遺跡」之中。

和他們同行的歷史學者仔細地調查城鎮，從散落在城中的大量白骨遺體，判斷這些遺體是由於城鎮和外界完全隔絕，因此餓死的居民。

居民們恐怕是因為地盤崩陷而被困在地底，雖然在等待救援但食物不足，最後發生了暴動，領主也因此被殺害了吧。

飢餓的人們陷入了不吃屍體就活不下去的狀況，最後居民們也開始互相殘殺。

結果所有人都死了，這裡成了只有屍體散落在地的死之城。

城裡充滿了瘴氣，居民們成了不死系魔物。學者們下了這樣的結論，但想必事實正是如此吧。

傑羅斯自己也是這樣想的。

在那之後過了約一週，騎士們負責蒐集魔導具和珠寶飾品，土木工匠們則是從伊薩・蘭特城另一側的北門開始動工。似乎是想追回地底通道工程落後的進度。

在這座城裡發現的寶石幾乎都帶有詛咒，沒受詛咒的也大半都被瘴氣給汙染了。此外，發現的魔導具狀況也一樣，這樣魔導士們無法研究，要解析的話，就先得借用神官的力量淨化這些東西才行。

是說不管是再怎麼優秀的神官，都沒辦法一口氣淨化這些堆得像座小山的裝飾品和魔導具吧。而且以政治立場而言，現在要借用神官們的力量實在不妥。

是個相當令人頭痛的狀況。

前來視察遺跡的克雷斯頓找大叔商量這件事。

「……事情就是這樣。你有什麼辦法嗎？傑羅斯閣下。」

「雖然不是辦不到，但這還真是蒐集了不少呢。可是真沒想到克雷斯頓先生你會親自過來。」

「畢竟這是還活著的古代都市啊。讓老夫不禁拋下工作……咳咳！因為老夫對舊時代的研究很有興趣，所以才前來探查。」

『這個老爺子意外的很有行動力呢……』

雖說是隱居之身，但克雷斯頓還是有身為公爵家的工作要處理。

會拋下那些工作前來此處，代表他不是將這裡視為相當重要的據點，就是單純順著好奇心行動吧。

姑且不論這點，要是受詛咒的東西就這樣無法淨化，那些負債就得由公爵家來背負。因為受詛咒的道具數量非常多，就算不管政治層面的事，僱用神官來淨化也會被要求支付高額的費用。

真要說起來，讓神官們進入舊時代的都市等於輕易地把情報透露給他們，應該要盡可能避免這件事發生。神官們甚至有可能會找理由占領這裡。

也就是說以現況而言，他們能夠仰賴的只有大賢者了。

因為這樣，大量的魔導具被帶到了傑羅斯基於興趣在調查的管理室。這都是為了委託傑羅斯進行包含「鑑定」在內的淨化工作。

然而就算是大叔，也提不起勁調查大量的道具。

很遺憾，這裡頭沒有能夠挑起他興致的美妙道具。

「要用這個看看嗎？『淨解結晶』。」

「完全沒聽過的水晶……是『魔晶石』那類的東西嗎？」

「嗯，類似。雖然只能用一次，不過是被大量不死系魔物包圍時用的護身道具，裡頭封有強力的淨化魔法。解放後數秒就會爆發，因為完全不會對人造成傷害，所以很安全喔。」

「嗯，真要說起來老夫對這魔導具比較有興趣，但就讓老夫用看看吧。」

傑羅斯從道具欄中取出幾個結晶石，交給克雷斯頓。

克雷斯頓接下的道具「淨解結晶」，是大叔本來想人為製造出被稱作「爆裂結晶」的素材道具時失敗而誕生的產物。

雖然偶爾會在礦山發現「爆裂結晶」，可是這道具正如其名，只要受到衝擊就會引發爆炸。在這個異世界也是導致礦山發生事故的原因之一。主要的使用方式是削成粉末狀，用來替代火藥。

這毫無疑問的是天然的火藥，可是數量稀少，用在槍械等兵器上太不划算了，普通地製作火藥來使用還比較實在。

而大叔在企圖製作這個「爆裂結晶」的過程中失手製造出來的，是不帶有任何屬性的脆弱結晶體。

而且製作所需的素材全是高價的稀有素材，作為封入魔法使用的一次性道具而言實在不划算。

這時正好有個會出現大量不死系魔物的多人共鬥關卡，凱摩先生，也就是「凱摩·拉斐恩」提出了

『都做出來了不用也浪費，不如封入淨化魔法當成手榴彈來用吧？』的提案，大叔便因此做出了這個道具。

幸好這東西允許封入的魔法容量異常的高，可以封入威力強大的魔法。反過來說除此之外也沒什麼優點了。而且製作成功率異常的低。

「那麼老夫就立刻來用了，嘿。」

克雷斯頓解放了封入其中的魔法，將「淨解結晶」丟向隨意放置的大量道具。雖然堆得像座小山，但拿到這裡的還只是一小部分而已。

結晶碎裂開來，眩目的光芒包覆住堆疊在一起的道具們。

——喔喔喔喔喔喔喔喔喔喔喔喔喔喔喔！

有如從地獄深處傳來的痛苦哀嘆聲響徹周遭。

總之淨化似乎是成功了。

「裡頭到底封有多少怨念啊……」

「這老夫不可能知道吧。唉，總之這樣就能安心地調查魔導具了……是說，傑羅斯閣下你從剛剛開始就在做什麼？」

「我調查了一下這座城的管理機能。在什麼都不知道的魔導士們胡亂操作之前，先了解某種程度上的機能比較好吧。」

地下的管理設施分為好幾處，他們現在所在的位置是城鎮的防衛管理系統。

這個系統和地下都市內的環境維持系統有連動，也確認了有主要負責氣溫和換氣，並模擬各種氣候的系統存在。

過去似乎擁有驚人的高度文明，想到邪神那一擊就能摧毀這種超文明城鎮的力量，令人不禁打起寒顫。

『真虧邪神能毀滅這麼厲害的文明啊～這樣邪神根本是無敵的嘛？』

舊文明的遺物全都是靠魔力運作的，可是程式等系統層面的東西和傑羅斯所知的地球技術相比毫不遜色。使用的語言雖然不同，但在「自動翻譯技能」的運作下，傑羅斯順利地進行著調查工作。

傑羅斯敲著鍵盤，逐步了解各種管理機能。

「邪神……真虧他們能封印成功啊～不管怎麼想都打不贏吧，以連這種高度文明都能輕易毀滅的存在為對手，這絕對不可能贏啊……」

「然而勇者們賭上性命完成了這項壯舉。相當了不起吧。」

「很難說呢～他們是受到威脅，迫於無奈才順從的吧？被告知說『想回去原本的世界，只能打倒邪神』之類的……過去的勇者們在原本的世界也有家人啊。」

「這話還真是沒有夢想啊。不過如果是那個國家的前身，事情很有可能是這樣吧。因為他們在那之後就開始頻繁地召喚勇者。」

要召喚勇者需要耗費莫大的魔力。

在三十年間儲備魔力，利用這些魔力在時空上開出一個洞，藉此召喚勇者們。

然而傑羅斯認為，在時空上開洞的話，這些魔力只會被大量地消耗掉，不會還原到這個世界上。

畢竟是要聯繫到不同的世界。雖然是為了將要召喚的對象拉到這邊來，但也不是所有的世界都有魔力存在。實際上傑羅斯等人所居住的世界就沒有魔力。
在時空上開出一個洞並固定，做出可以把召喚對象拉過來的通道。光是這樣就得消耗大量的魔力了吧。同時魔力也會流到別的世界去。
這和使自然魔力變質化為現象的魔法有著決定性的不同。
至於每隔三十年就實行這件事的話會產生什麼後果，傑羅斯正在尋找這問題的答案。
「唉，這也只是我的假設啦。但就是因為這樣，我希望能讓他們無法再繼續召喚勇者。我無法忍受讓四神這種可疑的傢伙隨便亂來這種事。」
「召喚勇者是這麼危險的事嗎？老夫還是第一次聽到這種說法。」
「很危險喔。最糟的情況下，這個世界可能會連同周遭的異世界一起消滅。儘管只是有這個可能性，但是等事情發生後就太遲了。還是盡量剷除危險因子比較好。」
「的確……仔細想想，這是搞不懂原理的神祕技術啊。以要挑撥離間來說這或許是個不錯的切入點。畢竟他們的原則就是『可疑之徒均有罪』。」
今天的大叔非常認真。
就算在和克雷斯頓對話，他的視線也沒從古代魔法文明的螢幕上移開過。
他一邊敲著鍵盤，一邊仔細地檢查系統。視線掃過螢幕上出現的文字，解讀其全貌，確實地把握系統的內容。
在此同時，他也了解了古代魔導文明的狀況。
『太強了吧，連人工衛星都有嗎！這個高度發展的文明是怎樣啊……邪神戰爭莫非是發生在世紀末？文明水準太高了吧……』

逐漸明瞭的情報，讓他就算不願意，也了解到這文明的水準究竟有多高。

以地球來說明過去的魔法文明時代的話，從技術面來說在二十一世紀之上。在往更先進的時代發展的途中被毀滅了。

明明有如此先進的文明，卻採用了結合王權國家和民主主義的國家體制，以地球的國家來比喻就像是英國。

因為宗教理由和亞人種對立，將獸人族當成奴隸似乎是為了讓他們習得文明的救濟措施。

畢竟獸人們當時過著像是非洲或亞馬遜原住民那樣的生活。

就算在魔法方面較為遜色，但獸人族的戰鬥力作為士兵而言非常優秀。所以作為讓他們習慣文明的教育政策，才將他們收為奴隸，但是獸人族對此相當反彈。

結果就是雙方不斷有一些小規模的戰爭。

「該說是統一國家，還是多民族國家呢，看來是聚集了好幾個種族，創造了高度的文明呢。畢竟除了獸人族以外，和其他種族間並沒有發生宗教上的對立，引起戰爭的也只有當時的獸人族而已，和其他種族似乎相處得不錯喔？」

「這話還真有趣啊。沒想到能夠了解當時的世界情勢……是遠比現在更為先進的文明吧。真希望某個宗教國家的傢伙們能夠學學啊。」

「以文化水準來說，接近三年前被召喚來的勇者們的世界吧。不，以技術層面而言或許在那之上。本以為政治上相當亂來，但意外的很重視人權的樣子……哦？」

傑羅斯在螢幕上顯示的文字中，發現了「龍脈」的監視系統。

他沒多想的啟動了那個系統後，只見螢幕上出現了能夠確認在流動在世界上的魔力的狀態，並用線條表示出流動於地底的龐大魔力循環路線的影像。

透過人工衛星觀測到的世界的龍脈狀況，看起來就跟哈密瓜表皮一樣，呈現網狀。

而其中有不少地方有像是被蟲咬出的洞，這點令他有些在意——

「管制系統，現在龍脈的狀況如何？針對目前人類生活的範圍內的情形做報告。」

『了解。目前龍脈的狀況穩定，但發現部分地區有異常的魔力停滯。應為人為操作的結果。』

「可以把那個地點顯示出來嗎？我想確認一下。」

『了解。將從上空拍攝的影像傳送至螢幕。』

「這、這是……『瑪哈．魯塔特』嗎！居然可以從上空監視那個國家嗎……真是驚人的技術啊。」

儘管克雷斯頓看著影像驚愕不已，但傑羅斯的視線停留在不同的東西上。

在像是巨大神殿的建築物中，發現了魔力聚集於一點上的地方。

這恐怕就是用來召喚勇者的設施吧。

而他在意的，是化為影像後，在星球上各處出現的蟲咬洞。

「這個像是被蟲咬出的洞是什麼？」

『目前這個世界的魔力正在急速流失，這個洞是魔力濃度明顯低下的龍穴。分析狀況後，推測為超過兩千年以上的大規模魔力榨取行為所造成。距離魔力枯竭尚餘約一千五百年。』

「假設這個魔力集中的地點，每三十年會大量耗費魔力一次。可以檢測出造成這個原因的地點嗎？」

『搜尋中……若三十年耗費魔力一次，與現在狀況下的魔力消耗率吻合，此座標地點為原因的確率為83%……搜尋中。在顯示的建築物地下十公尺處，探索到不自然的魔力囤積，現在仍強制供給該處魔力中。推測該處設有從自然界聚集魔力的裝置。』

討厭的預感成真的感覺，讓傑羅斯的脖子附近竄過一股寒意。

傑羅斯下定決心，做好了詢問控制系統魔力急速收縮會發生什麼事情的覺悟。

「正在好在神殿的正中央附近嗎……要是失去魔力，對這個世界會造成什麼影響？」

『由於魔力枯竭，體內擁有魔力的生物將近乎全數滅絕。氣候變動將對自然生態系造成毀滅性的打擊，估計重生約需四十六萬年的時間。』

「這下確定了。召喚勇者對世界有害。會讓魔力急速從這個世界上流失……」

「你、你說什麼——————！」

大叔對勇者們胡謅的事情，真的形成了危機的狀況。

傑羅斯的背上流下不舒服的冷汗，在心中怒罵著『這什麼懲罰遊戲？謊言成真了這是怎樣？』他真心覺得要是這世上有神，他一定要向神抱怨。

這可一點都不好笑。

「不、不能想點辦法嗎？因為魔力枯竭而導致世界毀滅這種事……」

「就算你這麼說，要讓他們停止召喚的話，在現階段根本無能為力啊。再說神官們也不可能會聽魔導士的話……」

神官們對想要解開萬物法則的魔導士一向沒有好臉色。

更別說神官們很有可能認定這個世界上的魔力是永遠不會枯竭的。

魔力在這個世界上占有重要的地位，主要是會影響植物的成長和氣候的平衡。

要是失去了魔力，世界的環境就會往不好的方向發生劇烈的變化。

最糟的情況下，這個世界甚至有可能會化為一片荒漠。

「可以刻意改變這個地區的魔力流向嗎？具體來說就是讓魔力不要流到這個設施裡……」

『搜尋中……可以做到。已判別此流向是人為干涉造成。可藉由完全啟動各都市機能，和其他設施連動，將龍脈導回原本的流向。要恢復龍脈機能嗎？』

「做吧。給那些亂來的傢伙們沉痛的打擊……正義屬於我們！」

『了解。搜尋指令……啟動程式碼「審判」……解除安全鎖定。啟動防衛系統，敵方勢力目標位於D143125地點。固定座標，啟動攻擊衛星「梅塔特隆」。』

「「啥！」」

因為大叔隨意說出的指示，啟動了某個感覺很危險的系統。

不知道接下來會發生什麼事情，大叔和克雷斯頓茫然地看著程式運行。

『開始連結所有魔導都市的系統。ERROR，無法連接中央管制系統……主系統將移至本地端。開始強制連結魔導動力爐……「龍的心臟」進入激發態，開始同步……開始進行龍脈的同步與移動。魔力同步開始，進入干涉龍脈程序……5、4、3、2、1……』

——轟隆隆隆隆隆隆隆隆隆隆隆隆隆隆隆隆隆隆隆隆……

突然襲來的大規模搖晃。

以震度而言應該有芮氏規模6以上吧。

包含餘震在內，這個震動持續了超過二十分鐘。

『確認龍脈已移動並恢復穩定。解除同步。將啟動最終攻擊兵器「熾天使脈衝」。進入發射準備，確認程式開始運行。發射程序就緒。』

「總、總覺得……事情好像變得很危險……」

「嗯……肯定引發了什麼不妙的事態。」

充滿了危險的氣息。

老實說，他們的心中只有不好的預感。

「管制系統，『熾天使脈衝』是什麼啊！」

『「熾天使脈衝」。對地面用決戰兵器。是利用衛星軌道凝聚太陽光，射出高輸出能量的雷射兵器。可預期的彈著點損害預測為周遭……』

「等等，快停止！不妙，這很不妙啊！」

『啟動後無法中途停止。可調整輸出威力，需要調整嗎？』

「把輸出威力調到最低，只要打穿那個建築物就好！」

『了解，將輸出威力控制在10%。開始填充能源……形成重力扭曲場，確認太陽光之凝聚，發射準備程序完成。固定照準器，開始倒數……5、4、3、2、1，發射。』

被光束給籠罩的大神殿景象出現在兩人看著的螢幕上。

大叔和克雷斯頓面色鐵青，只能呆呆地看著眼前發生的一切。

「確認『熾天使脈衝』擊中目標。將再度回歸待機模式……」

管制系統那毫無感情地報告結果的聲音，和引發的損害巨大程度令他們說不出話。

甚至想不到可以說些什麼。

心中只有無處排解，沉重地壓上來的強烈罪惡感。

兩人沉默地看著顯示在螢幕上的地獄光景。

不管怎樣，這下就再也無法召喚勇者，也給設施造成了重大的打擊。

雖然這結果和大叔所期望的方向有些不同……

偶然真是件可怕的事。古代魔法文明擁有超乎傑羅斯想像的技術力。

「I、ID4星際終結者……」

好不容易擠出的話，只有這一句。

這場面和某部電影中，大樓被來自上空的攻擊給摧毀的瞬間極為相似。

就不知道宗教國家會不會將這天當成獨立紀念日了。

◇◇◇◇◇◇◇

「梅提斯聖法神國」聖都，「瑪哈・魯塔特」。

四神教的大本營，馬魯多哈恩德魯大神殿就位於此處接近正中央的位置。

大神殿不僅是宣揚神之教誨的聖域，同時也是維持國家運作的行政機關中樞。

不過這座神殿還有除此之外的用途。

在神殿中央的大聖堂正下方，那個地方就位於這個建構在地底下的空間裡。

和魔法文字不同系統的術式刻滿了天花板和牆壁，莫大的魔力正徐徐地積蓄於此。耗費三十年的時間，這個空間就能完成它本來的任務。

沒錯，就是「召喚勇者」。

「魔力的狀況穩定嗎？」

「對照上次的紀錄，目前沒有問題。召喚陣有正常地聚集魔力。」

「太花時間了。要再找活祭品來嗎？雖然只是些許的程度，但可以蒐集到魔力吧。」

「最近異端不多。既然無法找來獸人族，就無法以強硬的手段蒐集魔力。沒處理好的話，可以想見這裡會受到多大的損害。」

召喚魔法陣是非常不穩定的東西。

聚集魔力的狀況也時好時壞，有時也會忽然停止聚集魔力。

正因為是十分精密的魔法術式，所以有著就算僅有微乎其微的魔力逆流，就會讓機能停止的缺陷。

儘管如此仍有大量的神官管理著這個地方，為了聚集魔力而費盡了心思。

這個房間的地板上有著深黑色的汙漬。那是過去為了召喚勇者，有許多人成了活祭品的證據。這些活祭品大多是犯了罪的犯人，但是隨著時代推移，也殺害了大量的獸人。

排除魔導士是造成這行為的重要原因。

當初也有魔導士在管理這個召喚魔法陣，可是對於宗教國家的重要設施有魔導士這點有所不滿的人們群起叛變，獲得權勢後，將眾多的魔導士和資料一同抹殺了。

簡單來說就是基於「只要能召喚勇者就好了」的膚淺想法所做出的行動，可是他們同時將記有使用方法的研究資料也一併廢棄了。

而他們在各種錯誤嘗試後找出的方法，就是活祭品。

雖說把魔法陣和活祭品聯想在一起這也讓人不知道該說些什麼，可是掌權的人全是些完全不了解的魔術的人，會把召喚術想成是邪惡的儀式也是無可厚非。

結果許多的獸人族和犯罪者，甚至是冤罪的罪人都被當成活祭品殺害了。

然而實際上每隔三十年便會自動召喚勇者，所以根本沒必要進行獻上活祭品的儀式。

不，應該說由於失去了負責控制的魔導士，召喚系統無人管理，導致會毀滅世界的召喚從未停止，現在仍持續進行著。這是完全是無知與欲望造就的人為災害。

沒有負責管理的魔導士，神官們雖然拚命地調查了召喚魔法陣，但是靠著僅存的少許資料仍無法得知召喚魔法陣的全貌。

正因如此，他們做了好幾次包含獻上活祭品在內的實驗及驗證。

光是能從未被廢棄的文獻中找出幾種控制方法就可說是十分僥倖了。

而在召喚魔法陣的魔力到達界線時，神官們會全員出動，舉辦神聖的儀式。

這時召喚出勇者讓事情出現了極大的誤解。

因為勇者被召喚到了眼前，讓他們誤以為儀式是正確的，『只要累積魔力、執行儀式，就能夠召喚勇者』的這個想法完全固定下來了。

此外，他們也誤以為獻上活祭品的儀式是聚集魔力的重要因素，便持續無謂地殺害異教徒或亞人種。揭開了悲劇的序幕。

這就是真相，不過就算知道事實，他們也會堅決否定吧。

「狀況如何？阿佛納魯神官長。」

「愛德加大主教閣下！這問題果然還是出在魔力儲備不足上。就算獻上祭品也微不足道吧。」

「不能用這麼危險的說法喔。他們可是基於信仰……全都是逝去後前往了神的身邊的虔誠信眾們喔？不是該用那種駭人說法來形容的事。」

「非、非常抱歉。可是現階段是沒辦法召喚的。」

「這是很嚴重的問題。現在勇者們已經只剩下一半了。而且還因為某些在暗中作亂的人們，灌輸了他們一些多餘的想法。」

「賢者」。這號人物開始行動，而且正在貶低這個國家。

儘管抱著賢者畢竟是魔導士，總有一天會受到神罰的想法，但其實力遠勝過勇者。

要是與其敵對，我方也不可能平安無事吧。他們是這樣想的。

然而就算是賢者，他們也不能接受貶低信仰的存在。

「真有必要的話，可以強制性地聚集魔力吧？考慮到最糟的情況，說不定需要採用這個作法呢。」

「這、這個……」

那是他們從殘留下來的文獻中好不容易才解讀出的最終手段。

召喚陣在危急時可以強制性地聚集魔力。

可是會造成很大的影響，只要用了一次那個系統，就會失去這周遭的魔力。

具有使這一帶變為生者無法居住的不毛之地的危險性。

「沒錯，那怎麼說都只是最後的手段。不過還是有必要事先檢討一下實行的可能性吧。」

「強制奪取魔力……城裡的居民也會死嗎？」

「這也是無可奈何的事。這也是勇者們太沒用所造成的。」

以擅自召喚對方過來而言，這說法非常過分，可是他們在神的名下做出各種行為都是被允許的。

就算連勇者都當成用過即丟的棄子，他們仍認真地覺得自己沒有犯下任何罪過。

至少到這時為止還是這樣的，然而……

——轟隆隆隆隆隆隆隆隆隆隆隆隆隆隆隆隆隆！

突如其來的地震。

神官們原本就住在與地震無緣的地區，無法對應這突然發生的劇烈搖晃而倒地。認為這是神的怒氣。

「這、這股震動，到、到底是怎麼回事……」

「這是神的意志嗎？告訴我們不能使用最糟的手段……」

「少說傻話了……我們可是神的使徒喔？誰能對我們……」

「請等一下！召喚陣的機能停止了。魔力好像流向了其他地方。紀錄中從未發生過這種事！」

「怎麼會！趕快查明原因！要是不能召喚勇者，我們的未來就……」

神官們驚慌失措地開始行動。

然而就算想調查原因，他們也不清楚這個召喚陣的構造。

畢竟這是古老時代的產物，在沒有相關知識的情況下使用的他們是不可能查明原因的。這可是他們所有人都會被當作罪人處決的事態。

緊接著，一道光穿過天花板，在慌張的他們眼前刺入了召喚陣。

「這、這是在說我們做錯了嗎，四神……喔啊啊啊啊啊啊啊…………」

這只是一瞬間的事。

他們被光給吞噬了。

馬魯多哈恩德魯大神殿也因隨後而來的衝擊波而嚴重崩壞。

召喚陣就這樣從地上消失了。

伴隨著許多的犧牲者……

◇◇◇◇◇◇

「梅提斯聖法神國」的米哈洛夫法皇，這天因為公務而離開了馬魯多哈恩德魯大神殿。

在裝飾莊嚴的沉穩馬車中，米哈洛夫正和兩名少女做出淫穢地親密互動。利用騙術和財力取得現有地位的他，根本不在意神的教誨。

四神就連這樣的他都接納了，甚至給予他可以自由地指揮、決定各種事務的權限。

對他來說，不管四神是神還是邪神，只要能夠成為自己的利益都好。

表面上扮演著清廉無瑕的聖職者，背地裡卻做了不少血腥的事。

「居然這樣沉溺於快樂之中，妳們這樣也算是聖女嗎？真是的，太不像樣了。」

「……啊……嗯♡法皇大人～……那裡是……」

「太狡猾了～……我也想要更多～……啊，嗯……啊！」

令人想像不到他已是初老年紀的強烈性慾。

而且就算老了仍執著於權威，欲望沒有底限。

人無論是誰都將面臨老死。這是自然的法則，也是絕對不變的真理。

所以他才強烈地希望自己能在歷史上留名，未來永遠被視為是最偉大的存在，受眾人崇敬。

可是有一道小小的黑影正逼近這強大的野心，那就是「賢者」的存在。

「……「賢者」這種東西，為什麼事到如今了才……不，我不會讓他妨礙我的，不管對手是誰都一樣！」

「嗯啊！法皇大人……這麼激烈♡」

「討厭啦……我也要～」

米哈洛夫一邊貪求著少女們的身體，一邊思索著。

在眾所周知的英雄故事中，都將「賢者」描述成負責引導「勇者」的存在。

以權威性而言，賢者的知名度甚至遠比法皇還來得高。而這位「賢者」看穿了一切，擋在四神教的面前。

這樣一來，「賢者」和「法皇」哪一方的行為才是正確的，世間的輿論將會分成兩派，自己的行為舉止也會受到眾人的關注。

那他就很難像至今為止那樣，和那些負責進行不法勾當的人們接觸了。

「四神教血連同盟」手握米哈洛夫給予他們的免罪符，使神的名下不斷流著鮮血的盲信者們。

這些盲信者基於過度的信仰而做出的行為，讓他接到了許多神官的抱怨，但是對米哈洛夫而言，他們實在是極為方便的棋子。畢竟他們是群連死亡都毫不畏懼的傢伙。

然而，「賢者」的存在會令他與這些人的接觸受限。「賢者」認定四神教是世界的敵人，還不分種族的現身於戰場上。

為了與之對抗，他們不得不再召喚更多的「勇者」。

可是召喚勇者所需的魔力需要花三十年的時間來累積。這樣下去聖法神國那層鍍金的外皮將會被揭穿，被稱為邪教國也是遲早的事。

「什麼賢者啊，骯髒的魔導士！我絕對、絕對不會讓人妨礙我的！我要成為聖人！」

他絲毫沒有身為法皇的威嚴。只有被執念給囚禁的貪心男人那有如地獄業火般的野心。

他如同野獸般，將這激烈的渴望、野心、欲望發洩在剛成年的少女身體上。

醜陋的實在讓人想像不到他是站在聖職者頂點的人物。

他對於要留名於世這件事正是如此的執著。

換個角度來看，也可說他反映了人類的膚淺吧。

然後決定他命運的事情發生了。

就在他正好可以看見馬魯多哈恩德魯大神殿的大門時。

——轟隆隆隆隆隆隆隆隆隆隆隆隆隆隆隆隆隆！

「怎、怎麼回事！」

「「呀啊啊啊啊啊啊啊啊！」」

「地、地震……？」

突然發生左右搖晃的大地震。

米哈洛夫乘坐的馬車失去控制，橫倒在地。

因為他正沉溺於情慾中，整理凌亂的法衣花了不少時間。當他好不容易從翻倒的馬車中爬出來後，只見過去美麗的城鎮已經徹底化為瓦礫。

這裡原本就是採用將紅磚堆疊在周圍並圍出區塊，內部再以木製樑柱來打造階層的形式築成的，構造上不耐地震等天災。

因此城裡的建築物幾乎都全數崩毀，許多民眾都被埋在瓦礫之下。

造成了前所未聞的毀滅性損害。

「怎……怎麼會這樣。到底……發生了什麼事……」

至今為止這個國家從未發生過地震。

所以住在這個區域的人都沒有地震這種天災的相關知識。

不，應該說他們雖然知道地震這種自然現象，可是不知道實際發生大地震時會造成多大的損害。

這時米哈洛夫誤判了情勢。

對於住在「瑪哈．魯塔特」的民眾而言，他是理應信任的存在。看到法皇身影的民眾們為了尋求救援而聚集到了他的身邊。

「法皇大人！我妻子……她還在那堆瓦礫中……」

「請救救我們！我的孩子……孩子！」

「救救我……我的、我的手臂！」

「等、等一下……照順序來，要我幫助你們所有人，這……」

「你是不會治療嗎！我老爸快死了啊，趕快想點辦法！」

他無法安撫陷入混亂的居民。

他被聚集過來的民眾給包圍，動彈不得。

這時壓垮他的最後一根稻草來了。

「那、那是……什麼啊！」

一個男人用手指著天空。

明明還是白天，天空的另一端卻有個眩目的光點閃耀著。

那個光點最後成了射向地面的光箭。

——咻咚轟轟轟轟轟轟轟轟轟轟轟轟轟轟轟轟轟轟轟轟轟轟轟！

一道光箭破雲而出，貫穿了馬魯多哈恩德魯大神殿。

光箭擊中地面後產生衝擊波，使得神殿隨著爆炸一同毀滅了，僅留下左右的建築物。不，殘留下來的建築物受害情形也非同小可。

爆炸造成的衝擊波更是襲向了城鎮，以大神殿為起點，瑪哈·魯塔特城受到了嚴重的損害。

恐怕沒辦法再當成神殿來使用了吧。

如此強大的威力殘忍地瓦解了四神教的象徵。

「審、『審判之矢』……？怎麼會，四神啊……為什麼……」

四神應該認可了米哈洛夫的所作所為才對。

究竟是神背叛了自己，還是自己做了什麼觸犯神怒的事情。現在發生的事情只讓他覺得應該是這兩者之一造成的結果。

不管原因是哪個，他都沒有可以突破現況的對應之策。

「啊啊……神降下了怒氣……」

「這、這是為什麼……四神啊……我們明明一直遵循著您們的教誨……」

「為何要對虔誠的我們做出這種事情……如果這是試煉，也未免太殘酷了……」

這座城裡的居民全是虔誠的四神教信徒。

然而現在發生在他們眼前的事，就算說是神的試煉也太過分了。

這下他們肯定會放棄信仰。

『唔唔，這樣下去不妙。這樣下去的話……說不定連四神教本身都會有危險。』

米哈洛夫當上法皇時，從前任法皇口中得知了某個真相。

這個真相具有一個不小心就會讓整個四神教消失的重大意義，他終其一生都不能告訴任何人。

那個真相就是「四神」並非正式的神，只是「代理神」這件事。

如果四神是代理神，就表示另有本來負責管理這個世界的神存在。

而那個神現在降下了審判。

『如果那個……是新的神的力量，那我們……我的願望會……』

受到慘痛的攻擊，四神教的中樞遭受嚴重的打擊。

如果這是新的神降下的審判，區區代理神是無法與之抗衡的。

雖然要說和這次的事件有關或許言之過早，但之前神聖騎士團慘敗時，有賢者站在獸人族那邊也是事實。

只要聚集戰力就能對抗獸人族，可是他沒辦法無視真實身分不明的神的存在。米哈洛夫法皇內心十分焦躁不安。

『必須打倒新的神和賢者……！得立刻召喚勇者才行！』

儘管等同於四神教象徵的馬魯多哈恩德魯大神殿崩毀，心中懷抱的野心蒙上陰霾，米哈洛夫在強烈的焦躁感催促下仍一邊幫民眾治療，一邊拚命地來到了大神殿底下。

可是他在那裡看見的，是用來召喚弒神兵器「勇者」的召喚陣被徹底破壞的悽慘景象。

這一天，四神教失去了名為召喚勇者的王牌。

◇◇◇◇◇◇

透過螢幕從衛星軌道上看到神殿被破壞的樣子，傑羅斯和克雷斯頓都震驚得闔不上嘴。

他們的意識追不上這過於驚人的威力。

『為、為什麼會被邪神摧毀了啊？既然有那種程度的威力，應該有機會獲勝吧？』

在有些逃避現實的同時，傑羅斯想著這種無關緊要的事情。

顯示在眼前的現實就是如此的可怕。

「總、總之……我們避免世界陷入危機了呢。看來防止了召喚勇者這件事囉……哈哈哈。」

「……是、是啊。可是這種事情實在不能讓其他人知道……損害太嚴重了。」

僅用10％的輸出功率，就摧毀了巨大都市的中樞。

這種具有壓倒性力量的兵器不該存於這個世上吧。在此同時，他的腦中也不禁冒出了『舊文明為什麼會輸給邪神？』的疑問。

先不提這件事，問題是要是這件事情曝光，被追究起來，他也不可能說出『我為了阻止召喚勇者的行為，不小心就把一個國家的中樞給打爛了，欸嘿♡』這種話。

這才真的會引爆和梅提斯聖法神國之間的戰爭，沒弄好的話，甚至有可能會發展為以這個兵器為中心，連其他國家也牽扯進來的慘烈大戰。

這可真的一點都不好笑。

「這個……很不妙呢。」

「嗯……要是調查員們不小心觸動的話，應該會造成更無法挽回的事態吧。」

就在克雷斯頓如此擔心時。

『警告。發現軌道攻擊衛星「梅塔特隆」系統出現異常。對動力部造成極大負擔，推測是因設備老舊而造成的。即刻廢棄「梅塔特隆」。將以保持機密性為優先，爆破此衛星。』

系統做出了這樣的報告。

「太好了……看來避免了因為這個兵器而引爆的戰爭了喔？」

「那就好，不過應該有好幾個同樣的兵器吧？」

『「梅塔特隆」的防衛任務將轉移至「聖德芬」。設定為常時警戒狀態。此外，「聖德芬」上並未搭載「熾天使脈衝」……』

「是普通的軍事衛星嗎。沒有搭載危險的東西真是得救了……」

「雖然對那個國家不利就是對我等有利，可是古代兵器實在不是我等能夠負擔的東西。這下終於可以放心的利用伊薩．蘭特了。老夫一時還不知道該如何是好呢。」

傑羅斯和克雷斯頓鬆了一口氣。

知道沒有危險的兵器，不需要背負麻煩的東西就能了事便安心了。然而……

『即刻起，由對地面攻擊兵器進行的監視任務改由「永恆之槍」執行。啟動密碼將變為「諸神黃昏要開始啦！」，請諒解。』

「「什麼──────！」」

沒想到會來這一招，古代防衛系統一點都不客氣。

結果兩位魔導士還是得背負麻煩的玩意。

『為什麼、為什麼……攻擊衛星明明是用天使命名，對地面攻擊兵器卻是用北歐神話？在那之前，這個啟動密碼是誰想的？是說這種兵器是要一般人如何處置啊？』

不知為何，登錄為最高負責人的名字已經固定為「傑羅斯」了。

而且是包含臉部認證的完整登錄。似乎是這個系統擅自做出的判斷。

大叔只能逃避現實了。

發生了連想當成笑話來看待都辦不到的狀況。

「都是因為克雷斯頓先生你說了那種話，才會真的演變成這種麻煩的事情喔？」

「……不是老夫的錯吧。這只是巧合……應該是你平常做太多壞事了吧？」

大叔被迫接下了負擔不起的武器管理責任，不知道該如何是好。可以的話他真想把事情全都拋出去。要是曝光了，他一定會被黑西裝們給盯上。

結果大叔和克雷斯頓商量之後，決定利用閘門把這裡完全封鎖起來，讓任何人都無法進入這個管理室。當然也無法進入伊薩・蘭特的中樞。

雖然決定要讓這個危險的兵器葬送在不為人知的黑暗中了，大叔的心中無論如何都還是留有一絲不安。

因為還是很有可能會有人利用某些方法闖入這裡，可是這點大叔也無可奈何。

考慮到或許會有什麼萬一，他的頭就痛了起來。

大叔的心沒得休息……

第九話　大叔沒得休息

在化為瓦礫的馬魯多哈恩德魯大神殿上空，有一位女性用極為不悅的表情望著這片慘狀。

那位女性有著一頭藍髮，相貌端正，細長的眼睛給人理性且聰慧的印象。

身上纏著薄透到可以看見肌膚的布，毫無保留地展現出優美的體態。

從外觀看來是位美麗的女性，卻也同時讓人感覺到她是不同於人類的某種東西。

不，這位女性並非人類。

畢竟在她正下方的人們似乎無法感覺到她。沒有任何人注意到她的存在，人們忙著收拾前所未有的大災害所造成的慘狀。

許多的屍體被排在一起，旁邊有啜泣著的人，也有仍在尋找失蹤家人的人，或是終於和尋找的家人重逢而欣喜不已的人。

然而她在看的不是這些人。

『召喚陣被破壞了……這下無法召喚勇者了呢。』

破壞大神殿的力量並非魔法攻擊。

所以她才沒能察覺。也就是說這是物理性的攻擊造成的，這對她們來說是相當沉痛的打擊。

對她們而言，勇者是必要的存在，也是要改變這個世界的重要因素。

可是基於什麼人的攻擊，使她們的計畫告終了。

『第一次看到這種攻擊。感覺不到魔力或神力。是舊時代的兵器嗎？可是那種東西應該早就報廢了。』

「阿奎娜塔，狀況怎樣～？」

「佛雷勒絲……不是那傢伙的攻擊。這很明顯是人為造成的。」

阿奎娜塔沒被突然搭話的聲音嚇到，簡潔地做出回應。

在她身後站著一位頂著紅髮，年約十四歲的活潑少女。然而這裡是空中。

「這是人類做的？是的話就麻煩了呢。」

「豈止麻煩而已。攻擊是從比這個星球更高的上空，連我們都無法出手干涉的宇宙空間來的喔？而且對方不論何時都能攻擊這裡。」

「唔哇～糟透了～是誰做了這種事啊？」

「這個世界的人類是辦不到的，因為他們比以前笨多了……可能的只有活下來的勇者或轉生者……」

這個世界經歷過一次高度文明的毀滅，使得技術能力一口氣下降了許多。

生存在這種世界的人會使用古代技術的可能性很低。既然這樣，可能的人選就必然是勇者或是轉生者了。

「那些傢伙～？可是啊～勇者我還可以理解，轉生者是為什麼要攻擊這裡啊？我們是他們的救命恩人吧？」

「誰知道～？不過他們是有可能會把我們當成敵人。我是覺得應該不會，但他們或許是受了那邊的神的指示？」

「居然在這個世界亂來，不可饒恕！我要殺光所有轉生者！」

「也沒辦法那麼做呢。畢竟……他們比我們還強啊。我要那邊的傢伙讓我看一點轉生者的情報，結果清單裡面有幾個人的基本能力相當於附屬神……從妖精變化過來的我們是贏不了的……」

「為什麼會那麼強啊！太奇怪了吧！」

「讓他們轉生時，不該把事情全都丟給那些傢伙的。沒想到他們會從內部來動手腳。因為那些傢伙管理世界的能力在我們之上，就算設了什麼特別的陷阱也不奇怪。」

儘管她們的身分已經顯而易見了，不過她們正是四神中其中兩位，阿奎娜塔和佛雷勒絲。

先不提背後到底有沒有陰謀，破壞馬魯多哈恩德魯大神殿的肯定是轉生者。

她們雖然被交付了管理這個世界的任務，但她們的態度實在是太草率又隨便了。

最大的原因，就是因為她們是在還是妖精時，從創世神那裡獲得了神的權威與能力，因為這股力量而提昇了種族位階的存在。

把神的力量賦予只知享樂的妖精會怎麼樣呢？

答案就是她們會恣意地玩弄世界，就算世界會因此毀滅也一副事不關己的樣子。

問題就是她們毫無惡意，根本不知道自己隨興做出的行動使得世界即將毀滅，還有以結果而言給異世界的諸神們添了麻煩這些事。

她們完全沒有罪惡感。那種東西本來不存在她們的概念之中。

但是她們並非正式的神。頂多只能在有限的範圍內干涉世界，沒有干涉現象的能力。也沒有前往宇宙的力量。

所以她們根本不知道世界的狀況，儘管有可以掌握狀況的系統，但她們也從來沒用過。正確來說，她們只有訪問那個系統的權限。

所以她們沒辦法做出讓邪神的受害者轉生這種事，只是做了能讓轉生者生存在這個世界的手續而已，卻自稱是「救命恩人」。真正辛苦的是異世界的諸神。

真要說起來，在異世界的諸神說「讓死去的受害者轉生到那邊去給妳們照顧！事情是妳們造成的吧！」的時候，她們的回應是「可以啊，可是我們沒有能讓他們轉生的力量耶。不好意思，能不能你們處理啊？手續我們會先辦好。」全都仰賴異世界諸神的力量。

只會動些歪腦筋是她們從妖精時期就具備的特性吧。

就因為她們是這種性格，在處置轉生者時也想著「因為很有趣，就把他們送去危險的地方吧！」真的非常不負責任。

不過凡事都有例外。

現在她們因為四神絕對的權威開始遭受威脅而慌張了起來。

自從邪神復活事件以來就沒發生過這種事。

「就算想和他們對抗也召喚不了勇者，就算召喚來了也不是他們的對手。雖然有一個感覺打得贏，可是完全不知道哪個轉生者有怎樣的實力。」

「為什麼要把那種人送過來啊～！那邊那些傢伙是笨蛋嗎？要是世界壞掉了怎麼辦啊～！」

在這個情況下，破壞世界的其實是四神，遺憾的是她們自我中心到了極點。

不僅不知道因為召喚勇者而導致魔力幾近枯竭，最慘甚至連自己都有可能會面臨消失的危機，也沒打算去了解這件事。畢竟原本的個性就很糟，讓她們不會去思考到這一點。

這樣的她們所做出的行動，以結果而言正讓這個世界緩緩地迎向滅亡的危機。

不過她們就連這種事情都不介意，只要現在好玩就好了。

「要是可以向轉生者打聽情報就好了，我記得……那些傢伙有教過我們通訊的方法對吧？」

「只能用一次吧？而且也不能保證對方會聽我們的話。真要說起來，我們根本不知道有幾個人到了這裡來耶？」

「把事情全都丟給他們，導致結下了樑子呢。沒想到丟掉邪神這件事會讓狀況惡化到這種程度……」

「那些忘恩負義的傢伙們～絕對要痛揍他們一頓！」

「從正面進攻的話肯定會死呢。早知道會發生這種事，有跟他們要清單就好了。」

她們這時完全沒有想到自己召喚來的勇者的事。

她們完全沒想像過倖存下來的勇者們累積了相當的怒氣，正等待著復仇的機會這種事。被人們當成神崇敬的四神相當得意忘形，對自己是無上的存在這點深信不疑。

「哎呀，反正不管是前勇者，還是轉生者，打倒他們就對了。利用那些人類。」

「沒錯，讓僕人們去解決那些礙事的傢伙就好了！忘恩負義的傢伙就該殲滅！」

「去下達神諭吧。叫他們解決掉那些仇視神的愚蠢之徒。哪能讓那些傢伙恣意妄為啊！看著吧……

我們一定會把老鼠給逼出來的。」

因為她們認為自己的想法是對的，才會把事情想得這麼簡單。

可是人類的世界沒這麼單純。

其他國家現在都以冷漠的態度看待四神教，他們也失去了召喚勇者這個戰力的力量。

而且現在回復魔法還尚未流通，今後四神教只會愈來愈難確保自己的權勢。

再加上這次聖都的損害非常慘重，他們必須致力於修復政治中樞，救濟各地受害者的速度也會因此延遲。

眾人改以不信任的眼光看待四神教，也只是遲早的事了吧。

「可是啊～要怎樣找出轉生者啊？我們根本沒辦法分辨人類啊。」

「把事情都丟給人類啊。麻煩事交給那些傢伙去做就好。反正我們說什麼他們都會照做。」

「原來如此！那麼這件事也只要下達神諭就好了～可以輕鬆解決真是太好了。」

「就是這樣。人類的事情交給人類就好了。我們為什麼非得親自行動不可啊？麻煩死了。」

「對啊～那我們趕快去下達神諭吧。早點解決這些麻煩事。」

「是啊。真是的，給我們添麻煩……」

不負責任的神離開了現場。

連這麼做會更把自己逼入絕境都不知道。

阿奎娜塔看起來腦筋很好的樣子，但也只是順著現場情勢來做判斷，當然是不經思考，想到什麼就做什麼。

畢竟是以妖精為基礎，她們相當地忠於本能。

這個世界或許在各種意義上都陷入了危機。

◇◇◇◇◇◇◇

馬魯多哈恩德魯大神殿毀壞後一週，包含米哈洛夫法皇在內的眾多神官們，將據點移到了舊時代的聖堂。

被強大的「處刑之光」擊穿的恐懼，使得神官們的信仰之心嚴重動搖，有良心的神官開始審視過去的行為，欲望深沉的神官們則大多在不知何時會同樣被處決的恐懼下度日。

儘管如此他們還是必須復興城鎮，神官們在城內四處奔走，治療並救濟受傷的民眾，忙得暈頭轉向。大部分的神聖騎士團也為了復興城鎮被派去做粗活。

梅提斯聖法神國被逼到了連要徵稅都有困難的程度，就算向他國尋求援助，也因為「被神處刑的神國」的風聲傳開，陷入了連救援都求助無門的嚴苛狀況中。

在這時候，四神對聖女們下達了神諭。

「什麼？有轉生者……？」

「是的。在我們接到的神諭中提到，由於異界之神送入這裡的人在這個世界行動，那道光很有可能是那些人啟動了舊時代的遺物所造成的。」

「『賢者』該不會也是其中之一吧！」

「神諭中也有提到這個可能性很高。轉生者也很有可能是受了異界之神的指使……四神希望我們盡快找出並處決他們。」

「聖女瑪麗安奴啊，所謂的轉生者有多少人？知道那些人的名字嗎？」

「很遺憾，但沒能獲得那種程度的情報……」

「這樣啊……」

米哈洛夫煩惱得不得了。

沒有方法可以辨別從異世界被傳送過來的人。

就算想要執行神罰，沒能掌握他們的所在位置也無計可施，而且也還不知道他們的目的是什麼。

要說唯一知道的，就只有他們敵視四神教，並且確實地給四神教帶來了重大打擊這件事。

「只能派出勇者了嗎……嘉米爾大主教，立刻對勇者們下達敕命。要他們找出神的敵人轉生者，並執行神罰。」

「神聖騎士團呢？」

「讓他們先幫忙復興國家吧。人手不夠，現在還不清楚到底造成了多大的損害……」

「請等一下，法皇大人。」

聖女之一的瑪麗安奴有些猶豫地叫住了米哈洛夫。

「怎麼了？除此之外還有其他神諭嗎？」

「是的……轉生者似乎擁有遠比勇者們更強大的力量。雖不知有多少人受了異界之神的指使，可是隨意對轉生者出手可能會遭受更大的損害。」

聖堂內騷動起來。

他們很清楚勇者的實力。一開始確實很弱，可是隨著經驗累積，勇者的實力會壓倒性的勝過其他人。光是這樣就足以被稱作是最強的。

遠比那些勇者更強的話，就表示那是靠人數也無法應付的對手。

說白了點就是怪物。

「除此之外還有說些什麼嗎？任何關於轉生者的事情！」

「不……只說了『要懲罰神之敵』……」

「這樣啊……辛苦了。」

轉生者的存在令人恐懼。

為何異界之神要干涉這個世界。也不知道他們為什麼要展現出和四神敵對的態度。遠比勇者更強這點也是個問題。

到了這一步，其他國家開始聯手對梅提斯聖法神國施加政治壓力，還提出了「魔導士也能使用回復魔法」的說法。也有傳聞說那些國家獨立開發出了回復魔法。

至今為止他們藉由獨占回復魔法，以治療費為名目，要求人們支付高額的布施費用。

然而要是回復魔法開始流通於市面，神官的地位就會一落千丈。

就算想靠武力對外施壓，也已經無法再召喚相當於他們最大戰力的勇者了。

而找出轉生者這件事，要是請其他國家協助，對方反而會為了拉攏轉生者而行動吧。畢竟轉生者的實力比勇者更強。

他們陷入了進退兩難、無法行動的窘境。

「為什麼……為什麼偏偏在這種時候出了問題呢。這樣根本不知道該從何下手處理不是嗎……」

「法皇大人，請您振作點……首先該把重點放在恢復國力上。尋找轉生者這件事就交給勇者們，得避免讓他國有可趁之機才行……」

「是啊……不該淨化那個勇者的嗎。要是讓他活著，多少可以派上一點用場吧……」

「這也是沒辦法的事。那個人知道了多餘的事情……而且……」

「往後或許還會再出現這種人是吧。真是麻煩啊……最慘的情況下說不定連勇者都會與我們為敵。」

轉生者和勇者攜手共鬥，攻陷神之國。

回想至今為止發生的事，未來也不是不可能走到這一步。

「異界之神啊……雖不知道這些轉生者是何方神聖，但居然做出這種多餘的事。」

米哈洛夫甚至忘了做表面功夫，臉上浮現出醜陋的表情。

四神教崩解的話，自己的名聲也會敗壞。這是米哈洛夫絕對不能忽視的問題。

無法召喚勇者，失去了王牌的梅提斯聖法神國的未來滿是危機。

不，除了一小部分的人之外，他們還沒注意到與其說前途多難，不如說國家已經開始崩解了。

◇　◇　◇　◇　◇　◇　◇

伊魯瑪納斯地下大遺跡的通道，工事現場。

接連響起的金屬敲擊聲響徹周遭，傳來了男人們火熱的歌聲。其中也有人誇張地在嘶吼著，應該不用說也知道他們是誰了吧。

鐵鍬奮力地敲上岩石，徹底地粉碎堵住退路的岩塊。

正在做這件事的是身穿灰袍的魔導士，他再度用力揮下的鐵鍬又敲碎了一塊堅硬的岩石。

飯場土木工程公司以外的業者也趕到了這個工地，有許多的工人們正揮灑著汗水。現在也有不少工人和他成了點頭之交。

「唷，小哥。很努力嘛。是說快中午了，你怎麼打算？」

「已經是這個時間啦。那麼我事情做一個段落就去吃午餐吧。這個大洞也快開通了，要是因為太急躁而出包就沒意義了。」

「那就早一點去午休吧。只要下午早一點開始動工就好了吧。至今為止的工程延滯簡直像是假的。這樣應該可以照原訂的進度完工。哎呀～那時候我還不知道該怎麼辦呢。」

「哈哈哈，要說地洞生活中有什麼好期待的，也就只有吃飯了呢。真想早點回到地面上，我想喝冰涼的麥酒啊。」

「這話倒是真的。工作後的酒特別好喝啊。」

傑羅斯和工匠們一起暫時放下手邊的工作，拿起放在臨時事務所的便當布包，坐到建材上，解開布包並打開了便當。

便當是由廚師親手製作的。基於要讓食用者能夠均衡攝取各種營養的考量，打開便當後，裡頭色彩繽紛的料理便令人看得開心不已。白色的麥飯非常美麗。

他早已飢腸轆轆。為了填飽空空如也的胃袋，他一鼓作氣地扒起麥飯。稍微帶點鹹味的麥飯正適合撫慰疲勞的身體。

雖然是題外話，不過說到這種工事現場的飲食，以前的主流作法是將食材隨意丟進鍋裡煮大鍋菜。可是有時會煮出難吃的東西，在工人們之間的評價也不好。

而便當文化是最近才流行起來的，在工事現場也開始受到了重視。

「啊，可以幫我拿個茶嗎？」

「喔。你還是老樣子吃得很豪邁啊，有餓成這樣嗎？」

傑羅斯拿起水壺後，直接對嘴大口地喝下茶水。

「我記得阿爾特姆皇國那一邊也在持續進行挖掘作業吧？」

「是啊，應該還差一點就能會合了，但我們這邊的工程進度落後了嘛。不過也只差一點了。」

「哎呀，還好不用擴張通道就能了事了。畢竟獲得了一整個舊時代的城鎮嘛。」

「說是這樣說，可是要整理到能讓人生活的程度很難啊。水源好像是從某處的地底湖那邊引過來的，可是廢棄物之類的不知道該怎麼處理。老實說也無法掌握那座城鎮的構造。」

「唉，也是啦。不過跟建築相關的都市開發構想這種事我實在是不懂啊。」

傑羅斯一邊吃飯，一邊聽著工人們針對往後工程狀況的討論。

然後他這時發現了。

他突然想到了這個一時不察就會忽略的事實。

『啊！我、我是什麼時候變得這麼習慣土木工程的！』

後頭有飯場土木的矮人們在跳舞，附近則是一群幹體力活的工人們在吃飯。

而傑羅斯一手拿著便當，一手拿著水壺喝茶，完全融入了土木工程現場。

最像的是最近他在吃飯時會說出「呼～好吃！」這點吧。

傑羅斯幾乎是被人用綁架的方式帶來，葬送了惡魔和大量的不死系魔物，啟動了古代文明的遺物毀滅了一個都市，卻在不知不覺間習慣了粗活。

他那模樣不像魔導士，儼然變成了一個幹體力活的工人。

「看來你完全習慣建築業了呢……這可不是魔導士該做的事。」

「又說這種話～派那古里先生他們把我拐到這裡來的就是克雷斯頓先生吧！明明是這樣，為什麼說得一副事不關己的樣子啊！」

「不是……老夫也沒想到你會習慣到這種程度啊。這說不定是你的天職？」

「唉，反正還差一點就能開通了。這樣我就能好好休息了。」

這段時間克雷斯頓都駐紮在伊薩．蘭特，負責在第一線指揮各式各樣的古代遺物回收工作，不過今天似乎是來視察地底通道工程的。

這雖是公務的一環，但他有一半也只是來玩的。

隧道工程馬上就要竣工了，傑羅斯期待著自己能就此從麻煩的工作中得到解放。

他認真的期待著結束後就能休息了這件事，然而……

「說到這件事，可以請你去看一下阿爾特姆皇國的狀況嗎？本來應該是老夫要去的，可是必須把伊薩・蘭特的事情告訴德魯那傢伙才行。那個東西的存在……讓那東西埋藏在老夫的心中，對老夫而言負擔太重了。也包含魔力大量消失的危險性這件事。」

「真的假的！那個……也有可能要和王族見面嗎？」

「不，老夫只是希望你負責護送外交官。畢竟事情成了一個大趨勢，和伊薩拉斯王國間的貿易也得正式行動起來才行。沒什麼，只有一開始要忙喔？等送到之後就可以自由行動了。」

「Ｏｈ～怎麼會這樣。不但要我來勞動，還打算更進一步地使喚我嗎……克雷斯頓先生，你是沒血沒淚嗎！」

「既然是貴族，當然是沒有啊？事到如今你還在說些什麼啊，有能用的人才，不管用什麼手段都要盡可能地去用啊。」

得到了以某種意義上而言是正確的回答。

不愧是在魔窟中守住了權勢的大貴族。說出的話很有說服力。

「請你趕快變回人類。」

「只要緹娜回來，我馬上就會變回正直的人類喔？最近好寂寞啊……那邊好像有不好的蒼蠅在纏著緹娜就是了，呵呵呵呵呵……」

「迪歐，快逃啊──────！」

一點都不正直。而且公爵家的情報網實在太強了。

對瑟雷絲緹娜有好感的好青年的情報早已傳來。

迪歐已經被鎖定，只差對他放出必殺魔法而已。事情突然發展成了他真的會有生命危險的狀況。

「這件事情先放一邊，這裡開通之後要怎麼處置？要打造一座作為據點的城鎮嗎？」

「嗯，從地底通道出去後的山裡是有個名為『里沙克爾』的小鎮，不過似乎是個很偏遠的地方啊。要是有什麼能當作特產的東西就好了。」

「這很難吧。雖然不知道是規模多大的小鎮，但是是山間小鎮吧？沒有幾間旅館的話，使用這條地底通道的商人們也不會過去那裡吧。」

「期待那裡是沒有意義的。畢竟里沙克爾是前人夢想要開發舊礦山所遺留下來的。就算提供資金援助整理那裡，也要花上一段時間才有辦法維持經濟。」

「你會提供援助吧？而且飯場土木工程公司會出動……恐怕只要三天就能立刻建好旅館了。雖然工人們的臉上會掛著恍惚的笑容，跳著瘋狂的舞步，有如拉馬車的馬那樣不眠不休地持續工作就是了。」

「聽起來不像玩笑話這點很可怕啊。」

這不是在開玩笑。

飯場土木工程公司使出全力的話，的確有可以立刻建好兩、三間旅館的實力。

而且還是一邊跳舞一邊完成的。

飯場土木的工人們現在也沒抽空吃午餐，不眠不休地在工作，體力過人。

不對，仔細一看他們是在工作的同時吃著飯。

看來他們學會了新的技術……

「那個……不管怎麼看都不是一般該有的狀況吧？」

「如果那個是一般基準的話，其他建設業者會怎麼樣啊？」

「大家都被他們影響，展現出了很棒的舞步喔？表演時間可還沒結束呢。接下來才是重頭戲。」

「為什麼那樣可以順利的工作啊？也沒人受傷，真是不可思議……」

這個世界的一大謎團。

在普通情況下，邊跳舞邊工作只是浪費體力，不可能進行需要費心處理的工作。不如說失敗的可能性壓倒性的高。

然而就算是這樣，飯場土木工業還是辦到了。他們是會說出「土木工程是娛樂」這種話，毫不忌諱周遭目光的強者。

「小哥，差不多該工作嘍？」

「咦？才過了不到十五分鐘而已耶？」

「你在說什麼。工匠的休息時間只有五分鐘吧？我們是沒在休假的！以一週工作七天的精神，死也要做出最棒的成果啦！上工去！」

幹體力活的傢伙像是哪裡的重搖滾歌手一樣口出惡言，情緒高昂地拖走了傑羅斯。

「死也不會放開鐵鍬」是他們的座右銘。

這個世界沒有工會也沒有勞基法。商業公會組織也對此睜一隻眼閉一隻眼。

因為會被揍……

「等等，我還沒吃完午餐耶！克雷斯頓先生，救我……啊～……」

「可憐哪……德魯啊，我等好像把傑羅斯閣下推入了地獄……被怨恨的話可是你的錯喔。」

克雷斯頓老頭若無其事地把責任推到兒子身上。

大叔就在他的眼前被多娜多娜的帶走了。

就這樣放著吃到一半的便當……

順帶一提，傑羅斯這一天的勞動時間是二十小時。

大叔還是沒得休息。到地底通道開通之前……只能為他祈禱了。

第十話　大叔遇見了前勇者

伊魯瑪納斯地下大遺跡。

那裡是古老的矮人和舊時代的魔導士打造出的地下遺跡。

過去曾是聯繫著索利斯提亞魔法王國、阿爾特姆皇國、梅提斯聖法神國的國境等處的貿易通路，然而基於岩盤崩落和化為魔物繁殖處等原因，使用者逐漸減少，成了危險地帶，一度消失於歷史舞台。

而現在這座遺跡上將刻劃新的歷史。

從索利斯提亞魔法王國途經古代都市伊薩・蘭特，連接上阿爾特姆皇國和伊薩拉斯王國為了通商而打造的通道，讓靠著地上與地下連結在一起的安全通商路線復活了。

參與此工程的眾多工人們都引頸期盼著隧道開通的瞬間，而現在正是那個瞬間即將來臨之時。

整齊地排成一列的工匠們，就是為了這一刻在工地工作的。

「終於到了這個時候啊……」

「是啊……只差一點了。」

所有人都注視著眼前的岩壁，緊張地嚥下口水，期待那一刻到來的瞬間。

接著，矮人和人類的工頭現身在工人們眼前，他們因為這一刻終於來臨而充滿活力。

現在要進行的是為了紀念隧道開通的開通儀式。

「小子們，終於到了這個時候！我們期盼已久的瞬間！」

「雖然工程進度一度落後，但這一天終於到來了。所有人都睜大眼睛看吧！我們為歷史打造了新的軌跡！」

說話的一個是那古里，另一個是最近傑羅斯才認識的人類工人。

他是作為其他業者的工頭被派到這個工事現場來的，傑羅斯在工作中也受了他不少照顧。

這兩人都單手拿著鐵鍬，面對眼前的岩壁。

然後高高舉起鐵鍬，用力地一鼓作氣揮了下去。

——鏘啷！鏘啷！

揮下了好幾次的鐵鍬敲碎了岩壁。

微弱的光線從岩壁的另一側照射進來。

這面岩壁終於被打穿了。

「開……開通了……」

「開通了喔……唔喔喔喔喔喔喔喔喔喔喔喔喔喔喔喔喔喔喔！」

「「「喔喔喔喔喔喔喔喔喔喔喔喔喔喔！」」」

工人們一起放聲大吼。

有些人哭了、有些人抱緊彼此，也有些人因為喜悅而顫抖著。

「小子們，還沒結束啊！趕快動手完成最後的工作！」

「「「交給我們吧！老大！」」」

那古里一聲令下，工人們全都拿起了道具，為了完成最後的工作衝向岩壁。

「……這是怎樣？不過這個成就感……會上癮呢。」

傑羅斯覺得自己好像多少能夠理解土木工人的熱情。他拿出香菸，緩緩地點火。

煙霧傳遍他的肺部，一種難以言喻的充實感包圍著他。

「不准在工地裡抽菸！」

「噗喔！」

大叔被那古里揍了。

而且他是用靈活的腳步拉近距離，給大叔來了記漂亮的上鉤拳。實在不是腿短的矮人該有的動作。

工事現場是禁止吸菸的。

而禁止吸菸這件事在異世界的工事現場也流行了起來。

「可……可惡啊…………勇者……」

大叔因漂亮的上鉤拳飛在空中。

他高高地飛了上去，像是某部拳擊漫畫一樣，用頭部著地。

工人們正全力進行最後的工作，所以別說沒人回頭看他了，根本沒人想救他。畢竟有人在哪裡被揍了，對他們來說是稀鬆平常的事。

順帶一提，這個世界的香菸依據種類不同，也有具有藥效的種類存在。

和地球不同，香菸因為有藥效所以很受重視，可是勇者們仍用原本世界的常識來判斷事物，使得「香菸對身體有害」的說法蔓延開來。

對吸菸者而言相當痛苦，這世道真讓人難以生存。

「以……以前明明就可以在工地吸菸的……我……要變成吸菸難民了嗎……遺憾。」

無視墜入黑暗中的傑羅斯，最後的工作順利地進行著。

土木工人比作弊魔導士更無敵。

◇　◇　◇　◇　◇　◇

「穿過長長的隧道……便是雪國。」

多虧燃起幹勁的土木工人，隧道順利地開通了。穿過隧道來到外面後，便會來到阿爾特姆皇國的山區邊陲處。

到了冬天，阿爾特姆皇國會覆滿白雪。現在的氣溫也比索利斯提亞魔法王國低，周圍被高山給圍繞的這個地方也積了一些雪。

伊魯瑪納斯地下大遺跡中，從索利斯提亞魔法王國到伊薩．蘭特地下都市之間這一段被命名為「伊薩．蘭特地底通道」，從伊薩．蘭特地下都市到阿爾特姆皇國的這一段則命名為「伊魯瑪納斯地底通道」。

穿過這段伊魯瑪納斯地底通道後，立刻就會在山間看見一個小小的城鎮。

小鎮的西側是歐拉斯大河，周圍則是被蓊鬱的森林包圍著，處於大自然之中。

可以看出里沙克爾鎮是個與世無爭的山間鄉下小鎮。

「有點冷呢……要是真的開始下雪了，會無法使用道路吧？路面結凍就不妙了……」

在小鎮旁邊造有一條看來格外突兀的道路。恐怕是阿爾特姆皇國那邊的工人接下了這份工事。

或許是土木工人們充滿了幹勁吧，道路兩旁有雕刻作為裝飾，展現出他們非比尋常的熱情和堅持。

於是便打造出了和悠閒的小鎮十分不搭，整修得過於精美的道路。

『光是整修道路就已經是很麻煩的工作了……真虧他們還有餘力做這些玩意啊？』

大叔望著某個像是金剛力士像的雕刻，在心裡想著這種事。

阿爾特姆皇國這邊，也有在很久以前經由伊魯瑪納斯地下大遺跡來到這塊土地上定居的矮人們吧。恐怕和那古里他們是同類。

實際上，阿爾特姆皇國這邊的土木工人的矮人們，正在里沙克爾鎮前面慶祝道路完工，跳著夜來祭風格的舞蹈。他們的行動顯然和飯場土木工程是一樣的。

大叔不知道是所有的矮人都有這種習慣，還是這習慣只存於索利斯提亞和阿爾特姆兩國之間，但這畫面看起來實在是令人難受這點是肯定的。

『以要漂亮地展露舞蹈來說，他們的體格實在是太健壯了些。畢竟這裡是與其說沒有女性，不如說一個不小心就有可能會喪命的工事現場啊……不過這裡除了小鎮之外什麼都沒有呢。只有一片大自然。』

傑羅斯望著第一次見到的外國景象，這時有個人類土木工人走了過來。是個體格健壯，比傑羅斯年長的男性。

小平頭加上眼梢略吊的勞工外表，要是沒穿工作服，看起來就像是混黑道的吧。他是和那古里一起執行開通儀式的工頭「加特」。

他看起來實在不像一般人，今天也給人一種強烈的黑道印象。

「喔，小哥。你在這裡啊，宴會就要開始了喔？」

「你是說慶祝竣工的大吵大鬧嗎。因為那古里先生他們感覺會毫不留情地灌我酒啊……」

「哈哈哈，工匠就是那樣啦。工作結束了就大鬧一場，養精蓄銳，明天再去下一個工地現場。我們啊～是沒得休息的。」

「那個對勞工來說沒問題嗎？應該也有人想要見見家人吧。」

「因為這裡沒有什麼勞基法啊～一切都看工匠的決心。對底下的工匠來說或許有些難受，但習慣之後還滿有趣的喔？」

「畢竟也沒有職災啊……嗯？」

傑羅斯明顯察覺到不對勁。

眼前的男人確實說出了「勞基法」。

這個世界上沒有這種東西，知道這個法律的人相當有限。

大叔很快就得出答案了。

問題就在於他是那一種人。

「……這麼說來，我不知道你的名字耶。雖然都一起吃過好幾次飯了，但你可以告訴我嗎？我是知道你是加特先生，不過這不是全名吧？」

「哦？我好像真的沒說過……我叫『奎仁．加特』。」

「我叫傑羅斯。所以？你……是那一種人？」
「哪一種？你在說什麼啊？」
「也就是說……我在問你是『轉生者』還是『勇者』啊，『加藤』先生。」
空氣瞬間緊繃了起來。
自稱奎仁．加特的男人身上冒出殺氣，讓傑羅斯立刻擺出了警戒的姿勢。
這顯然不是一個建築工人會放出的殺氣。
他們雖用銳利的眼神瞪著彼此，同時也觀察著對方的態度。
「你……是什麼人？為什麼要找上我……」
「我想問的只有你是哪一種而已，沒打算要跟你互相殘殺。不過你要是攻過來的話，我還是會反擊的喔？」
「你為什麼會知道我是異世界的人？」
「這個世界可沒有勞基法那種東西。知道這個名詞的只有異世界的人。像我們這種的……」
「太大意了啊……明明拚命地隱瞞到現在，卻因為隨口說出的話被拆穿……嗯？這麼說來，你也說了『職災』……」
「我是……『轉生者』喔。你說隱瞞到現在，表示你是『勇者』嗎？這是我的推測，不過你是三十三年前被召喚來的吧。」
雙方都是異世界的人。
然而彼此都沒放下戒心。

「是啊……我們是在三十三年前的勇者召喚儀式中被他們召喚過來的。我的本名是『加藤貴仁』。除了我之外還有其他倖存者，但我是不會告訴你他們在哪裡的。理由你應該大概猜得到吧？」

「四神教想要你們的命，是這樣嗎？原來如此……這下我就有證據了。『召喚勇者』果然只是為了叫用過就丟的棄子來。」

「沒錯……那些傢伙……不，那些傢伙的高層把我們當成棋子，讓我們去戰鬥，藉此提昇他們的權勢，企圖掌控這個世界。會把勇者送回去什麼的全是謊言！我發現這件事情時，夥伴們已經幾乎都被他們給殺害了。這次召喚來的勇者應該也死了不少吧？」

「沒錯，已經有一半死了呢。我前陣子遇到了兩個勇者喔。問出了許多事情後，我還灌輸他們『四神教不可信任喔？』的想法。」

大叔說完這句話的瞬間，奎仁驚訝地瞪大了眼睛。

「噗……哈哈哈哈哈哈哈哈！看來你不是敵人啊。向勇者灌輸那種事，異端審問的傢伙們會出動的。最慘的情況下可是會被追殺喔？」

接著又放聲大笑。

看來他被召喚到這個世界後，至今為止也經歷了不少事情吧。

「哎呀，這點應該是不要緊啦。因為我比勇者還強啊，我是作弊玩家。」

「喂喂喂……所謂的『轉生者』啊～到底有多強啊。我們也是從等級1開始慢慢賺經驗值練上來的耶？太奇怪了吧。」

「那都要怪四神啊。看來四神好像惹其他諸神生氣了。」

「四神教那些傢伙幹了什麼好事？」

「把事情搞砸的是四神喔。證據就是另一邊的神把邪神送了回來，現在他們也不能召喚勇者了。周遭全是敵人，附近各國也都敵視那個國家。他們已經走投無路了呢。」

這是他透過保有所有情報的「邪神魂魄」、與勇者的對話、從伊薩・蘭特的控制系統得到的情報，以及自己實際搞砸的事情，再加上至今為止看過的報紙上所得來的情報所推測出的結果。

雖然多少還有些欠缺之處，不過多虧有眼前這個名為加特的活證人在，某些程度的推測變成了肯定。

「噗哈哈哈哈哈哈哈哈哈哈！活該～這是他們玩弄我們的懲罰。儘管受苦吧，那些混帳！太棒了！我從沒笑得這麼開心……呃，邪神？到底是幹了什麼好事啊！」

或許是累積了相當的恨意吧，奎仁抱著肚子大笑。

然而邪神這個名詞讓他停了下來。

「四神把邪神像是丟垃圾一樣地丟到了我們的世界……不知道能不能說是我們的呢。總之我們因此丟了小命。然後在讓我們轉生時，邪神也一併被送了回來。應該是原本世界的諸神們想要找四神的碴吧。」

正確來說是將邪神魂魄化為了結晶，但和轉生者一起送回來這點是沒說錯。

而大叔現在正順利地培育著要拿來當作邪神肉體的人工生命體。

「邪神……不要緊嗎？唉……那些傢伙仰賴的命脈消失了。現在應該亂成一團吧。」

「畢竟城鎮因為地震幾乎全毀，光是復興工程就會混亂個好幾年吧。那個國家會被要求要迅速地處理這些問題呢，對應愈慢愈會累積民眾的怨氣。」

「……原來如此。這樣一來，表面上先不論，底下那些傢伙很有可能會展開行動。」

「底下那些傢伙是？該不會是指那些異端審問官吧。」

「『四神教血連同盟』……是一群過激的盲信者。異端審問官是他們所屬的部屬之一。在原本的世界裡，宗教也會有派系之分吧？『～派修道士』或是『～系教會』之類的。把他們想像成是潛在的恐怖分子就對了。」

「啊～……的確有這種東西呢。老實說我沒辦法區分，不過盲信者的集團啊……」

「我也不會分宗教派系那種東西啦。但就算是這樣，血連同盟還是很危險。他們可是會裝出好人的樣子，笑著殺人的傢伙喔。嘴上說著什麼『殺死異教徒』之類的話。我們也曾多次被那些傢伙攻擊。他們甚至幹得出殺光民眾這種事，真的是一群瘋子。我們也很提防他們，所以才會使用假名。」

「四神教血連同盟」，是信奉四神，將四神視為至高神崇敬的集團。

這些為了守護權勢不惜虐殺他人的傢伙，會混在其他的神官中行動。勇者的身邊當然也有他們的存在，不過至少在「一条渚」和「田邊勝彥」身邊應該是沒有。

傑羅斯在勇者面前大肆批判四神。

如果他們身邊有血連同盟的人，應該會立刻盯上他才對。

「嗯……莫非他們的規模不大？要是勇者身邊就有這種人，我就算被攻擊也不是什麼奇怪的事。不對……或許他們是刻意不想鬧上檯面？」

「唉，因為那些盲信者很醒目，至少你瞧不起四神的話，他們就會立刻拿刀刺向你喔？」

「不，既然是在其他國家活動，應該會克制自己的情感吧。正因為是盲信者，反而能夠冷靜的行動才是。因為宗教家都是以自己的價值觀來行動的。雖然殺意應該是壓抑不了啦。」

既然魔力會對精神產生作用，感情當然也會產生出魔力的波動。

而「察覺魔力」的技能就能感應到這些魔力。技能等級愈高，就愈能察覺出對方是否藏著殺意或鬥爭心。

傑羅斯的「察覺魔力」等級已經是Max狀態了。以這個世界的基準來說算是有實力，像這種程度的人，他可以輕鬆地察覺到對方的殺意。

由於武術相關的技能也有「神」的等級，技能之間的相乘效果，察覺氣息這種事情對他而言簡直易如反掌。在對方具有敵意的瞬間就能輕易地判別出來。

「問題是他們會對你身邊的人出手吧？我們在逃亡時也有願意包庇我們的人在……但是那些傢伙把我們周遭的人全殺了。」

「有這種危險性這點的確是問題呢。唉，我是覺得那個公爵不會放過這種事啦……不過『可疑之徒均有罪』啊。以目前的狀態來說，這只會增加民眾對他們的不信任感吧。」

「公爵大人是你的靠山啊……我是不是也該尋求庇護呢？」

「這麼說來，為什麼那家會是公爵啊？既然有王室血統，應該是大公吧……」

「不是，這你問我我也不知道啊。畢竟我完全不清楚你的狀況。」

克雷斯頓和德魯薩西斯公爵有王室的血統。

以爵位的順序來說應該是大公的，實際上卻是公爵。

『是有什麼理由嗎？唉，也無所謂啦。』

只是心中浮現了單純的疑問，所以他也沒多想，就把這個疑問放水流了。

畢竟國家有林林總總的狀況，和身為一般市民的傑羅斯無關。

他認為沒必要去追究這件事。

「比起那種事，宴會差不多要開始嘍？按照習慣，工人們全都得參加。」

「我是不想去啦。和那些人喝上一整晚，隔天肯定會宿醉吧。」

「不行。這可是義務。不管怎樣都不想參加的話，需要做好被所有人痛揍一頓的覺悟喔。」

「我是喜歡喝酒，可是酒量沒那麼好啊。去了那裡的話，我一定會因為宿醉而暫時動彈不得的！因為那裡全是可以抱著酒桶狂喝的怪物啊！」

「……不要緊，只要喝到吐，就算你不願意，酒量也會變好的。這是人人都必經的過程。」

「我沒有選擇權嗎！」

「沒有。我說了吧，這是義務。廢話少說趕快去，無論是誰都得見過一次地獄啊！」

奎仁徹底從勇者習慣了勞工的環境。工匠業界是個不講理的縱向社會，就算是前勇者也越過了重重苦難。

他完美切合「勇者大人打倒魔王後就只是普通的人」這個標語，成功轉職成了貨真價實的土木工人。

轉職會大幅改變人的立場。就像剛出社會的輕浮大學生習慣了職場的環境一樣，奎仁現在也已經是優秀工頭的一員了。

接著奎仁便因為要強行帶傑羅斯去參加酒會，硬是把他拖到了鎮上。

傑羅斯那異常的身體能力不知為何只有這種時候不會發動。

異世界的法則真的很奇妙。

◇◇◇◇◇◇

鎮上的建築物全是木造建築，有著合掌造型的屋頂。

左右一致的陡峭三角形屋頂，讓這裡像是某個觀光勝地。

不過只是看起來像而已，這裡沒有任何值得觀光的地方。

這就是里沙克爾鎮。

過去雖是礦工們的村子，卻因為沒採掘多少礦物，礦山就封閉了，所以沒能發展起來，居民們過著簡樸的生活。不過現在成了阿爾特姆皇國的土木工人們待命時的據點。

用會在冬天結果，名為「露茲莓果」的果實釀造的酒在饕客間非常有名，可是因為數量稀少，沒在市面上流通，成了內行人才知道的名產。

不過沒有辦法大量製造，也就無法成為鎮上的收益來源。

「因為看起來是西式風格所以很難辨別，不過這簡直像是白川鄉嘛～該不會……」

「恐怕是比我更早來的勇者告訴他們的吧。只是住在這裡的不是日本人就是了。他們長有翅膀呢……」

「那是路菲伊爾族……這個世界最強的民族。」

鎮上的居民背上都長有翅膀。

他們是唯一可以輕鬆超越這個世界的平均最高等級Ｌｖ３００的種族，阿爾特姆皇國的國民平均等級是Ｌｖ４００。據說最高等級可以超過Ｌｖ６００。

這就是為什麼儘管人數不多，他們還是可以在和梅提斯聖法神國的戰爭間略占上風。不是等級到達Ｌｖ５００的勇者或是被稱作超越界線值的「超越者」，是當不了他們的對手的。

然而這過程實在太艱辛了。

他們的服裝設計也有點像日本的和服。

有種硬是加入了西洋要素的感覺。

身穿袖子、衣服下襬和領口繡有獨特的圖樣，以羊毛和蠶絲製成，相當豪華民族服裝。脖子上也普通地戴著翡翠製成的項鍊。

順帶一提，根據他在克雷斯頓的宅邸書庫中所看的書上記載，他們的王族是穿中式的民族服裝。

這也只是大叔看了畫在書上的圖後產生的主觀印象啦……

「這個國家是蠶絲的產地嗎？原來如此……難怪梅提斯聖法神國會盯上這裡。只要拿下這塊地，財政上也會豐潤許多吧。」

「因為貴族們都很愛用蠶絲。只要賣給其他國家的商人，價格就會翻倍。唉，雖然我只知道生絲的價格啦。」

「製成布匹、染色，加工製成洋裝的話，價格應該會往上翻個十倍就是了。」

還以為這裡是個什麼都沒有的鄉下小鎮，卻藏有不得了的寶物。

要是商人們頻繁利用地底通道，這座小鎮一定會發展起來。

「因為聯繫伊薩拉斯王國和阿爾特姆皇國的道路已經完工了。礦物資源讓財政上寬裕不少吧。畢竟那個國家目前很貧困啊～」

「你有去過伊薩拉斯王國嗎？」

「因為只是拓寬沿著山打造的道路，所以工事本身很輕鬆啦。道路很寬，阿爾特姆皇國附近又沒有魔物棲息。」

「畢竟索利斯提亞魔法王國那邊有地下都市遺跡呢～就算想繞開繼續挖，也會由於地形因素而造不出太大的通道吧。」

「我也去事前探勘過，那裡不是有鐘乳洞就是有地底湖，沒辦法繼續前進。和傭兵們一起探索時又被哥布林和地精襲擊，死了一半的傭兵。」

伊魯瑪納斯地下大遺跡中，梅提斯聖法神國那一側的地下都市由於岩層崩落而封閉起來，化為了大規模的魔物生息區域。所以要和阿爾特姆皇國那邊建起聯絡網的話，無論如何都必須先清除那裡的魔物。

然而那裡全是繁殖力強盛的魔物，魔物又繼續挖掘岩盤，讓地形變得更為複雜。地下是一片漆黑的世界，為了討伐魔物付出了莫大的犧牲。

魔物在暗處的視力和嗅覺都很好。就算是在地面上可以打倒的對手，地底下仍是魔物的獨擅勝場。

遭受無數次的襲擊、奇襲、陷阱攻擊，耗費了長達三十年的時間才靠著人海戰術掃蕩了魔物。用廢棄的石頭埋起了多餘的洞穴。

光是最近一次的討伐就有五十八人犧牲。以前的犧牲者因為是死刑犯或犯罪奴隸，所以沒有留下紀錄，但數量也很驚人吧。危險度簡直媲美迷宮。

地底通道的工程比傑羅斯所想的還要危險。

「還真是亂來啊……該怎麼向人家的遺族交代啊。」

「大概就是『他為國家獻上了性命，真的是非常勇敢又壯烈的犧牲』吧？」

兩位大叔不知道被送進危險場所的都是犯罪奴隸或素行不良的傭兵。

他們還以為是僱用普通的傭兵定期討伐。

「或是送信說被魔物給吃了吧～傭兵真是危險的工作啊……雖然忘了這件事，不過我是S級的。」

「你是怪物嗎！以前我有一個等級升到最高的夥伴找S級的傭兵麻煩，結果反而被人打回來了喔？」

「那是實戰經驗的差距吧。到了S級，不僅是魔物，應該也很習慣和人戰鬥了。就算等級一樣，只要經驗不同，我想應該會輕易的輸掉喔？持有的『技能』數量和等級也有很大的影響。」

根據這個世界的學會的說法，等級簡單來說是用來表示可以操控多少魔力的數值。依據可持有的魔力總量，在身體的強化上便會產生差距。

HP是透過魔力強化後的基礎身體能力所增加的總合數值，說得極端一點，擅長操控魔力的人，就能夠更有效率地讓魔力在體內循環，給予基礎體力強化補正的魔力總量也會大幅上升。

理論上甚至可以保有超人等級的體力，不過實際上沒經歷過相應的訓練或戰鬥的話，體力是不會達到那種程度的。

魔法之類的「身體強化」，是將強化魔法加在給予身體補正的魔力上，藉此強制性地提昇身體能力。

因為使用過度會導致肌肉痠痛，所以不是很建議這麼做，但這也是習得「操縱魔力」的必要訓練。一邊運動一邊使用強化魔法，也是為了更有效率的操控自身的魔力。

只是魔力總量和用來強化身體能力的魔力量不是一致的。能夠使之在體內循環的魔力量也有個人差距，再加上技能等級和數量，讓人無法掌握補正的效果。

結果不累積戰鬥經驗就展現不出效果……但這也是魔導士沒什麼體力的理由。魔力總量雖然會因為等級提昇而增加，可是魔導士不會去做讓魔力在體內循環的訓練。雖說體力比一般人高，可是以對應戰鬥的等級來說，實在無法讓人放心。

此外，魔力的循環也會受感情和環境所左右，所以在未視作是敵人的人面前，身體強化的數值會低到不能在低。簡單來說大多會維持在僅有基本身體能力的狀態。

傑羅斯會被那古里打飛，雖然一方面也是因為事出突然，但一方面也是因為他沒將那古里當成敵人來看待。

儘管如此他仍毫髮無傷，只是暈過去而已，可見大叔非常的強壯。

這就是這個世界中所說的等級的概要。實際上因為個人差距的範圍實在太大了，想要調查是極為困難的事。

到了傑羅斯這種程度則是完全不在討論範圍內。雖然只要比較平常時的體力和戰鬥時的體力就能得出答案了，可是實際感受到自己到底有多作弊這點會讓他陷入自我厭惡的情緒中，所以傑羅斯本身是不想做這件事。

大叔的力量狡猾到了卑鄙的程度。

「我的戰鬥技能和土木工程技能是很高啦。在逃離那些傢伙時也需要錢，我就開始靠著做粗活來賺取收入。畢竟當傭兵的話馬上就會被發現我在哪裡，而工人需要經常在各地移動，最適合需要躲藏的我了。結果我在不知不覺間就成了工人。」

「你就這樣隨波逐流，回過神來時就在索利斯提亞定居下來了嗎。畢竟不知道何時會被發現，所以也無法結婚吧。對養育小孩來說也是個無法安心的世界。」

「不……我結婚了喔？雖然是和跟我一起被召喚來的同學啦，也有了五個小孩，現在在桑特魯城有棟自己的房子，他們正等著我回去呢。」

『現充……去死吧！』

奎仁和逃走的夥伴中的其中一人墜入情網，在二十年前結了婚。現在在索利斯提亞魔法王國過著平穩的生活。

這對單身的大叔而言實在很令人羨慕。

「不過……雪是個問題呢。接下來的季節路面凍結的情況會很嚴重吧。」

「通道也很危險啊。特別是這一帶好像是會降下大雪的地帶。」

「要是有什麼可以讓雪融解的方法就好了……是說那古里先生他們聚集起來了耶？是怎麼了啊。」

「不知道……是不是有股臭味啊？」

矮人們聚集在里沙克爾鎮中間的水井處洗衣服。

他們在工程期間幾乎不換衣服。最糟的情況下同一件衣服甚至會穿超過一個月，那個臭味已經是惡臭的等級。不，說是殺人兵器也不為過。

這個世界上能夠泡溫水澡的只有貴族或王族，民眾大半都是洗冷水澡。可是工事現場沒有那種東西。

在地下，水是十分珍貴的資源，就算要擦拭身體也得省著用，也無法盡情地洗衣服。

所以工人們都習慣了這股惡臭，至今為止都沒注意到這股臭氣。

然而鎮上的人不可能會給他們好臉色看的。

「我……每天都有換衣服喔？我會一早洗好衣服，傍晚再收回……」

「我也是喔……我會用魔法將汗水分解成氫和氧，穢物就……做成『火藥』的材料。」

「你剛剛是不是說了很不得了的事？火藥是指硝石？」

「我手上正好有不錯的道具。只要把穢物放進去發酵，就能製成硝石喔。順帶一提，不但完全無臭，抗菌效果也是一流的喔？」

「我……覺得你很恐怖耶。你做這種東西是想幹嘛啊。」

「我想做把獵槍。因為磁軌砲威力太強了，會讓獵物整個消失不見。」

「…………」

奎仁開始怕起眼前的魔導士了。感覺他會做出什麼不得了的事情，令人不安。比血連同盟還可怕。

那古里發現了他們兩人，急急忙忙地朝他們跑來。

「唷，傑羅斯先生啊。你來得正好。」

「啊……總覺得我大概知道你要說些什麼。」

「那事情就好辦了。接下來想辦宴會，但我們的身體實在太臭了，衣服也染上了惡臭，臭到鎮上的人都逃跑了。」

「也就是說你想問我有沒有可以用來洗衣服的道具吧？唉，是有還在試作階段的東西啦……可是沒什麼實用性。」

「什麼都好，借我用吧。有水的地方幾乎都被工人們給占去了，洗衣服的速度追不上啊。」

「我……是什麼藍色機器人嗎？唉，正好可以試驗一下試作機啦。」

然後他就從四次元口——應該說道具欄中拿出了洗衣機。

雖然他試作了二十一台，可是基於魔力的持續時間等諸多問題，作為商品而言沒什麼價值。

他拿出了其中比較像樣的十六台。

「這個要怎麼用？」

「首先把要洗的衣服放進去，蓋上蓋子之後把魔力注入旁邊的面板上。接下來就會自動清洗衣服了喔。啊，要放洗劑進去喔？只要放少許的肥皂絲進去就可以了。」

「意外的簡單啊。」

「喂，水要怎麼辦啊。不放水進去就不能用吧。」

「呵……奎仁先生。水是怎麼形成的？是氫和氧結合對吧？」

「啊……是凝聚大氣中的氫和氧做成水啊。」

沒錯，這台洗衣機裡面不需要加水進去。

這台洗衣機可以凝聚大氣中的氫和氧，自行創造出水。雖然因為這個緣故要耗費大量的魔力，可是只要有水，接下來就輕鬆了。汙水也會自動排出，不用費任何功夫處理。

聽到這個道具如此方便，讓那古里認真的想要這個魔導具了。畢竟這在有許多髒衣服的工事現場會是相當便利的道具。

那古里將工作服放入洗衣機中，蓋上蓋子，將魔力注入面板，洗衣機便照著規定開始運作，洗起衣服。

「這個真不錯……可以賣給我們嗎？要多少錢我都付。」

「等完成後我會交給索利斯提亞商會，請從那裡購買。現階段還沒辦法拿去販售。」

「這沒辦法拿來賣嗎？」

「有些問題啊。那古里先生，你要看看別台試作機嗎？看了你就知道理由了。」

接著大叔就拿出了和正在運作的東西不同的試作機。

「那麼，啟動開關！」

傑羅斯將魔力注入面板後，洗衣機開始快速地製造出水，裡面的洗衣槽開始旋轉。

可是洗衣機最後開始劇烈的震動，從正下方噴出大量的水。

「這樣懂了嗎？防水加工做得不夠好，漏水的情形很嚴重啊。要耗費的魔力也太大了，就算可以運作，洗衣槽的回轉數也不夠穩定。要做出完成品，還得再多試作幾台才行。」

「喂，差不多該讓它停下來了。這附近都要泡在水裡了喔？」

「只要開始運作，到清洗結束前都不會停下來呢。構造上也不能加裝太大的零件。明明是全自動卻可以手動控制的精密零件，像那種東西我怎麼可能做得出來啊。」

從洗衣機正下方噴出的水勢愈來愈激烈，最化成了水流，導致洗衣機本體像是會在地面上旋轉的煙火那樣轉了起來。

旋轉的力道逐漸加大，洗衣機開始一邊高速旋轉，一邊挖起了地面。

「喂……洗衣機要埋進土裡了喔？」

「簡直像是在鑿井時的鑽掘工程。」

「因為是使用大氣中的魔力，所以到洗衣結束前都不會停。在那之前這個狀態都會一直持續下去喔。作為商品來說毫無價值可言。而且運轉時間也有個體差異，不知道什麼時候才會停下來呢～這個……」

洗衣機繼續挖掘著地面，最後埋進了地底下。

這一天，洗衣機攻陷了地底。

持續挖掘著地面的洗衣機不僅完全沒有要停下的意思，回轉速度甚至又更快了，逐漸消失在地底深處。

洗衣機捲起了漫天土砂，貫穿岩盤，用以世界的另一側為目標的氣勢持續挖掘著。

最後終於……

——轟轟轟轟……

「怎、怎麼了？」

「是挖到地下水了嗎？」
「不對……好像不太對勁喔？」
從洗衣機挖出的洞裡噴出了大量的水。
而且是溫水。
「到底是挖到哪裡去了啊，這也太快了吧！」
「好像是挖到溫泉了，不是石油這真是太好了呢。」
「這可以用在工地嗎？感覺可以提昇工作效率耶……」
這一天，洗衣機挖出了溫泉。
拜此所賜，里沙克爾鎮後來成了有名的溫泉街，但事情的起因真的是無聊透頂。
土木工人們也沒空舉辦慶祝通道竣工的宴會，立刻進入了下一份工作。
畢竟不能讓整個小鎮泡在溫水裡。
土木工人是沒得休息的。而大叔也是……
雖然是題外話，但洗衣機被間歇泉給噴飛出去，隔天在森林裡找到了洗衣機的殘骸。
失敗作的洗衣機完成了創造小鎮發展的契機這優秀的工作。
洗衣機本體的金屬外殼像是久戰後疲憊的戰士，儘管扭曲變形，仍閃耀著高貴的光輝。

第十一話　大叔再度接下了護衛委託

大叔被綁架之後過了一個月。

里沙克爾鎮上打造了溫泉大眾池和溫水浴場，得意忘形的土木工人甚至建了一座溫泉旅館。

算是對害小鎮泡在水裡一事賠罪，所有的工程都是免費的。

不，或許有一半是他們基於興趣才打造的吧。

這結果使得里沙克爾鎮變成了一座溫泉小鎮。

然後現在，完成大工程後的土木工人們需要消除疲勞，正在大眾池內泡著溫泉喝酒。

「哎呀～真沒想到泡溫泉會是這麼舒服的事呢。」

「的確很奢侈啊。有三溫暖無法比擬的舒適感。受不了啊～」

「工作後的溫泉格外舒暢啊～真想把這告訴我老婆。這真是個好東西吶～」

在工匠們之間，泡溫泉似乎成了一股風潮。

而且這還是露天溫泉。

沉浸在開放感與舒適的溫泉中，讓他們的心情好得不得了。

「回不去……為什麼會變成這樣……路賽莉絲小姐是不是很擔心呢？」

另一邊的傑羅斯無法打從心底盡情地享受溫泉。

放眼望去全是體格健壯的勞工，他已經不想再看這種沒有看頭，全是臭男人的景象了。

只有雪景的話還有自然之美能欣賞，然而前面卻有一群肌肉壯漢在豪爽地大口喝酒，是個完全感覺不到日本侘寂之美的慘烈景象。

「溫泉真棒啊～雖然這裡全是些肌肉壯漢……」

「奎仁先生，你為什麼要湊過來啊？泡溫泉就是該一個人獨占廣大的浴場吧。」

「不，可以的話我想跟老婆一起泡啊？可是啊，也有男人間的友情嘛。」

「你去死算了……而且這感覺會被拿去當某種同人誌的題材，我才不想……某個宗教國家好像有在宣揚腐教喔？」

「啊啊～……我大概知道是哪裡。以前有聽說認識的人在從事那樣的工作。」

「為什麼不處理掉啊？那種腐敗的文化，現在已經蔓延到各個國家裡了喔。還大量印刷販售，連年幼的孩子們都能輕易接觸到。」

「糟糕……要是我家孩子窩在家裡，開始畫起肌肉男男本該怎麼辦……應該趁現在趕快毀滅那個國家吧？」

「這點我是非常同意啦……唉，要是真有什麼萬一，請你溫柔地守護孩子喔。」

「不要啊啊啊啊啊啊啊啊啊啊！」

某個宗教國家認可對一般家庭會帶來莫大困擾的腐教。

這在往後絕對會發展成國際問題吧。

『可是……為什麼要如此頻繁地召喚勇者？雖然宗教追求權勢是在歷史上常見的現象，可是我不認為沒責任感的四神會對這種事有興趣。該不會是為了將異世界的文化在這裡散播開來吧？這很有可能……不對，不會吧……』

傑羅斯認為人類和四神的行動目的是不同的。

梅提斯聖法神國為了擴張權勢而利用勇者，對週邊諸國施加軍事壓力。

然而考慮到四神只顧享樂的性質，不管怎樣都會覺得人類和四神所想的事情之間有些出入。

人類害怕並崇敬神，會毫無分別地對擁有強大力量的存在湧現信仰之心。會認同四神是神，也是因為人很弱小。

可是從四神的角度來看，這個世界和人又是什麼樣子呢。

『四神應該覺得這裡是個缺少娛樂，無聊又無趣的世界吧～所以才會持續召喚勇者……不過要說文明因此有所發展也很難說吧。畢竟十多歲的孩子們不可能讓文化有突破性的提昇，如果是大人，在這個時代會被視為是危險人物吧。有野心也很困擾，要說能否在這個時代重現某些技術也有難度。因為什麼契機而獲得國民的支持也很麻煩，最後只被拿來當成戰爭的工具。四神也是把信眾們當成方便的道具吧～所以才沒在管。唉，應該說是原本就沒想要管吧……』

整理至今為止所得到的情報後，可以推論出以武力和國力對他國施壓這點應該是出自人類方的盤算，四神則是為了打造能讓自己可以玩樂的環境而持續召喚勇者。

雖然不知道四神是以怎樣的頻率來下達神諭的，但考慮到四神的個性和性質，他不認為四神會好好地下指示。

對阿爾特姆皇國開戰，對伊薩拉斯王國則是採用強勢外交。這些從歷史上來看也是一般會有的國家戰略，但實在不像喜愛享樂的四神會想到的策略。

將四神那一方想像成自己的親姊姊「莎蘭娜」，也就是「大迫麗美」來探討的話，便能看出許多端倪。

要注意的是「為什麼四神可以將邪神丟到異世界？」這一點。

可以料想這恐怕是因為四神也和其他世界的諸神之間有交流。

把快復活的邪神丟進異世界。考慮到是因為這行為造成的不滿才讓傑羅斯他們轉生這件事，應該可以認定四神能夠去其他神管理的世界玩吧。

反過來想，就表示四神在異世界得知並體驗過了各式各樣的文明。

習慣了異世界的先進文化，四神很有可能會不禁思考地就想提昇這個世界的文明程度。畢竟四神本來就沒有好好地在管理這個世界，總是為所欲為。

以麗美來比喻的話，她在高中時曾經「擅自闖入朋友家裡，丟了大量的垃圾進去，裝作不知情的樣子回家」。當時，在這個事件發生之前麗美也有不少朋友，交遊廣闊，可是在事件發生後，再也沒有人願意接近她了。

雖然到現在他還是不知道麗美為什麼會做出這種事……

儘管只是憑感覺，但傑羅斯猜這件事一定跟男人有關。可能是因為要除掉礙事的人，有必要去丟大量的垃圾吧。傑羅斯現在還是這麼想的。

麗美當時也會拐騙不認識的男人，要對方請她吃飯，送她珠寶飾品，想做什麼就做什麼。

這種事情只要經歷了好幾次，就會開始覺得認真工作很愚蠢了。

四神們也是，在文明先進的其他世界大玩特玩，回來後重新審視自己的世界後會怎麼想呢。一定很羨慕充滿娛樂的其他世界吧。

就算四神是基於對文明低落這件事感到憤慨，才利用召喚來的勇者們，以仰賴他人的強硬手段企圖發展文明這也不奇怪吧。

『……所以才會追求娛樂！那些傢伙肯定接觸過我們……不對，應該說是跟我們相近的文明。只顧享樂、光會給其他人找麻煩的傢伙們，是不可能忍受這個世界的文明水準的。如果是那個邪魔歪道的同類那更是如此。』

這頂多只是臆測，可是大叔像是有確切證據一樣地如此斷言。

四神的個性就是這麼的像麗美。

她們有著恣意妄為到了極點、自我中心又不負責任、腦袋邏輯有問題這幾個共通點。

『四神教無法召喚勇者，戰力只會直直往下掉吧～而且要是回復魔法開始在市面上流通，神官們的價值也必然會下降。四神則是因不能召喚勇者而渴望獲得娛樂。四神們現在一定很不滿吧？在這段時間內國內情勢也會惡化，並且失去信徒呢～假設提昇文明水平是四神的目的，那要怎麼阻止自己的棋子衰退這點很有看頭呢。』

往後的梅提斯聖法神國無法再靠勇者來當戰力，也沒辦法誇耀被稱作神聖魔法的回復魔法的優越性。要是用外交對外施壓，周遭的小國們也會團結起來吧。

他們仍保有軍事實力，但那也是周遭諸國加強合作就能對抗的程度。

也就是說周遭滿是敵人。

「他們已經失去優勢了。雖說盛衰榮枯乃世間常態，還真是無常啊～」

「得毀滅才行……要從徹底地燒光那個國家……對了，也請那些傢伙幫忙吧。再拉攏其他的勇者們……呵呵呵呵呵。」

「喂，喂喂喂，奎仁先生？你有點恐怖耶……」

在仔細思考著各種事情的傑羅斯旁邊，前勇者正打算破壞腐教國家。

唉，從擔憂孩子教育的父母角度來看，絕對無法容許那種色色小薄本在世上蔓延開來吧。

「差不多該起來了。工作總算結束了呢，我要好好地休息一陣子。」

「是啊。總覺得好像有點泡昏頭了。這份工作結束後，我要回家一趟。必須檢查一下家裡有沒有色色小薄本。」

「要是這話不會成為你的死前遺言就好了。硬是檢查房間，翻出孩子不想被人看到的東西，反而會讓你被討厭吧？在精神層面上感覺會死……」

「不要說這種討厭的事。這對我來說可是很嚴重的問題！雖然我不想把孩子嫁出去，可是我也無法接受孩子變成不受歡迎的家裡蹲腐女啊！」

已經沒救了。大叔祈禱著奎仁不會面臨精神上的死亡，同時離開了大眾池。

在他身後，矮人們仍在喝著酒。他們就算在溫泉裡喝酒，別說不會喝到爛醉了，甚至不會對心臟造成負擔。肝臟也很強健。

這強健的身體實在讓傑羅斯有些羨慕。

不過相對的，他們會灌醉其他的工人。

大叔悄悄地從這裡撤退了。

◇◇◇◇◇◇

隔天早上，那個工作找上門來了。

「這裡有位名為傑羅斯閣下的魔導士嗎？依據索利斯提亞公爵的命令，有委託他協助護衛工作才是。」

「傑羅斯先生嗎？啊～他在喔。喂～傑羅斯先生啊～騎士來接你了喔。你是不是接了什麼委託啊？」

「啊啊～我從克雷斯頓先生那裡接到了護衛外交官的委託。說要護送到阿爾特姆皇國的皇都啦……」

騎士對於傑羅斯的發言似乎有些不滿。

傑羅斯的「察覺魔力」感受到了帶有些微惡意的魔力波動。

雖說是公爵家，但畢竟有王室分家的血統。只用「先生」來稱呼這樣的大人物，騎士會覺得他的態度太過失禮也是無可奈何的事。

「我就是傑羅斯，不過已經派遣外交官過來了嗎？動作還真快啊……表示那個國家就是如此的礙事嗎？」

「區區魔導士少在那邊說些多餘的話！你只要按照委託，專心護衛就好了。」

「我是有聽說魔導士和騎士的關係不好啦，可是會被討厭到這種程度啊？這樣不要緊嗎？索利斯提亞……」

「我應該叫你別說多餘的話了。你只要專心執行護衛任務就夠了！」

對方的態度相當蠻橫。

這也表示在軍事層面上，騎士和魔導士之間的對立就是如此嚴重吧。

「所以索利斯提亞公爵沒把什麼東西交給你嗎？既然正式接下了委託，你應該有帶委託文件來吧？」

「唔……這個就是了。」

傑羅斯接下委託文件確認後，收進了道具欄內。

「我確實收到了。是說我知道你們討厭魔導士，可是把自己國內的魔導士和我混為一談，我會很困擾的。護衛任務很重視合作，把我當成傭兵，用輕鬆的態度對待我，比較不會有多餘的摩擦喔。」

「唔……抱歉。一不小心就把閣下和王宮裡的魔導士們混淆了。我道歉。因為雖然最近好多了，可是優秀的魔導士裡還是有些傲慢的傢伙。」

「合作」這個詞讓騎士了解到眼前的魔導士和本國的魔導士團是不一樣的。

在改革前，有很多不會去想要怎樣和騎士團合作，擅自行動的魔導士。打從一開始就瞧不起騎士團，姿態很高，態度又蠻橫。

當然在改革後也還是有些討厭的魔導士存在，也讓他們總是會以帶有偏見的眼光來看魔導士。注意到這點的騎士老實地低頭謝罪。

「不會不會，我沒放在心上。那麼我們走吧。那古里先生，因為我要去執行別的任務了，接下來就算我不在現場也不要緊了吧？」

「嗯，已經越過難關了。剩下的靠我們就能解決。路上小心啊。道路前方似乎有些比較危險一點的地方。」

「我知道了。我會提高警戒來護衛的。」

傑羅斯對目送他離去的那古里揮了揮手，和騎士們朝著鎮上一座小小的廣場走去。

那裡停著一輛以八匹馬拉動的馬車，以及正在照顧馬匹的騎士們。所有人都是騎士，沒見到魔導士的身影。

「……沒有魔導士啊。」

「這次是基於德魯薩西斯公爵的要求才決定執行的外交任務。魔導士團似乎很不滿這一點，才故意找碴，拒絕派遣魔導士來吧。」

「這是國家重要的工作吧？在王都那裡，魔導士和騎士之間的對立有這麼嚴重嗎？據我所知應該有在改革了吧……」

「陛下對此也十分頭痛。資歷較久的魔導士現在仍忿忿不平，惱羞成怒地怨恨起開始販售優化後魔法的索利斯提亞派，對於那些魔法沒有優先交給他們這一點非常不滿。」

「啊～魔導士團那邊的收益應該少了很多吧？畢竟德魯薩西斯閣下很精明，應該立刻給他們帶來了重大打擊吧～想必背負了不少損失吧？」

「我們倒是很感激。那些傢伙根本不懂戰場是怎樣的地方。那種人怎麼可能規劃好軍事策略。要是他們會因此收斂一點，我們是再歡迎不過了。」

「我懂，他們不是只會用魔法，完全不能做近身戰鬥嗎。那樣到底要怎樣保護自己啊？」

在索利斯提亞公爵領地內，騎士和魔導士的合作十分密切。

在軍事上建立合作體系這點傑羅斯也覺得是理所當然的，可是從國家本身的狀況來看可不是這樣。魔導士團打算擴張自己的軍權，完全無視騎士團。

他們妄想魔術是絕對的，並且非常偏執，完全不接納騎士團的意見。

大叔又重新體認到索利斯提亞公爵領地是特別的這一點。

「嗯……閣下似乎和其他的魔導士不同呢。感覺也具有不像是一個平民會有的知識。閣下想不想來我們王國特務騎士團工作？陛下也很想要優秀的人才。」

「我不適合就任公職，想要悠哉地做自己的研究。」

「太遺憾了。真希望那些宮廷魔導士們能學學閣下的謙虛。啊，那麼護衛的事情就拜託閣下了。伊爾漢斯伯爵，我將傑羅斯閣下帶來了。」

騎士在馬車門前對著裡頭的貴族報告。

然而裡頭沒傳來任何回應。

「「……咦？」」

大叔和騎士面面相覷。

「抱歉，請他直接上馬車。我正在忙。而且可以的話，我希望能盡快抵達皇都。」

「「喔……」」

獲得了冷漠的回應。

「可以嗎？」

「伯爵是這麼說的。閣下就直接上馬車吧。」

「那麼我就打擾了。」

打開馬車門後，只見有個約二十來歲、有些神經質的青年正在與文件搏鬥著。

他反覆翻閱其他頁面和現在的頁面做比對，像是瞪著那些資料，重新檢視有出入的地方和預期獲得的交易利潤，一邊嘆氣一邊重複著一樣的動作。

「初次見面，我是……」

「招呼就免了。我現在沒有時間……因為這次的外交是會左右國家命運的重要任務。趕快上來吧，我想立刻出發前往阿斯拉。」

「喔……」

完全不給人搭話的空間。

伊爾漢斯伯爵是個一心只顧工作的人。

「那就失禮了。」

在傑羅斯坐上馬車的同時，馬匹發出嘶鳴聲，跑了起來。

就算馬車開始移動了，伊爾漢斯伯爵仍不發一語地默默工作著。

傑羅斯就這樣一下子從忙碌的工作轉到了閒適的工作。

大叔在馬車裡無聊的要命……

馬車持續朝著阿爾特姆皇國的皇都「阿斯拉」前進。

◇◇◇◇◇◇

時間回溯到數週前。

位於阿爾特姆皇國國境邊緣，梅提斯聖法神國的城塞。

這裡一方面是為了迎擊從法芙蘭大深綠地帶出現的魔物，一方面也是便於對「阿爾特姆皇國」施壓的侵略據點。

法芙蘭大深綠地帶雖然在阿爾特姆皇國所在的山區另一側，可是魔物會通過被稱作「邪神爪痕」的溪谷，一路跑到平原這裡來。

問題是攻來的魔物強大到了就連召喚來的勇者都無法打倒的程度。

要是魔物因為什麼理由而出現，神聖騎士團就必須拿出全力來應戰。

這個「修托馬爾要塞」就是為此而設的防衛據點。

在這要塞的某間房裡，神聖騎士團的騎士們正在和幾位少年少女協商。

「道路……嗎？」

一位像是負責代表夥伴們發言的少年反問眼前的騎士。

「是的。是一條建築在險峻山脈間的道路，看來連結到鄰國。」

「我是不知道這有什麼重要性，需要我們出場嗎？」

少年的地位在這些騎士之上。

這也是當然的，他們是從異世界被召喚過來的「勇者」。

他們據說有萬夫莫敵的實力，一般的對手無法勝過他們。由於其重要性，他們備受禮遇到了過頭的程度。

「目的是破壞那條道路嗎？是為了什麼……」

「『魔族』們可能會利用這條道路，和鄰國通商。當然，是和我們現在施加了政治壓力的『伊薩拉斯王國』……這樣會沒辦法攻陷那個邪教國家的。」

「可是那些傢伙很強喔？以我們現在的戰力有辦法獲勝嗎。之前的侵略作戰因為岩田那個笨蛋的緣故受了沉痛的打擊耶？現在沒有那種餘裕。」

「而且……要是對方再引魔物過來，這次我們真的會全滅。現在那些魔物也潛伏在這附近，沒有餘力分散部隊。」

「可是要是不處理那條道路，下次就會換我們被其他國家包圍了。因為周遭諸國都否定我國的正當性。」

神聖騎士團中也有負責偵察的人。

他們發現的是以迂迴的方式穿過位於歐拉斯大河周遭的山脈間的全新道路，根據報告，這條路一直延伸到山脈深處。

利用自然地形打造的道路，位在難以攻入的地點。

「周圍是陡峭的斷崖……要怎樣去到那裡啊？而且要是破壞的話，應該會使他們對這個國家更反感吧？而且這條路一直延伸到哪裡啊？」

「反感這件事可以之後再討論。現在的問題是周遭諸國和他們聯手的話，戰力上就會和我國相抗衡了。還有，關於最後的問題，看來那條道路一直延伸到伊魯瑪納斯地下大遺跡。說起來該說是地底通道吧。」

梅提斯聖法神國的高層相當焦急。

至今為止他們一直對周遭諸國施加脅迫性的外交壓力，可是在馬魯多哈恩德魯大神殿崩壞後，所有的事情都開始變調。國內現在正一片混亂。

由於「審判之矢」的影響，國內到處都是傷患，能夠使用回復魔法的神官、祭司、聖騎士等人而疲於奔命。

就在復興工作趕不上進度，受害日益嚴重的情況下，他們面對周遭諸國的可疑動靜，對應上也慢了一步。

他們對於明顯表現出敵對態度的各個國家束手無策，陷入了不得不使用勇者這個王牌的狀況。

順帶一提，在這裡的騎士團成員們不知道馬魯多哈恩德魯大神殿崩壞的事。

他們也不過就是遵從高層的指示在做事。

「而且又有他們共同開發出了『回復魔法』的傳聞……」

「回復魔法啊……這沒什麼不好的吧？要是回復魔法流通於市面上，就能幫助更多的人。我不知道這有什麼問題。」

「閣下在說什麼啊！回復魔法的存在等同於是在否定我等的神聖魔法喔？這樣會使大家失去信仰

的。」

「信仰……呵呵……是因為魔導士的回復魔法在市面上流通的話，就會降低神聖魔法的價值嗎？說不定會演變成其他國家主張魔導士的回復魔法和神聖魔法是同樣的魔法的事態。你們之所以會這麼慌張，是因為有這方面的問題吧？」

「姬島閣下！這話可不能說！」

四神教訂定了只有信奉四神教的人，才能使用身為神聖魔法的回復魔法這個原則。

可是魔導士開發出回復魔法的話，狀況就不一樣了。信眾們要是出現了「神聖魔法其實只是普通的魔法吧？」這樣的疑問，就會使他們的信仰產生動搖。

正因為他們至今為止十分強調神聖魔法的正當性，所以只要有些許的疑惑，就能輕易地瓦解他們過去所建立起的事物。

更何況仰賴神聖魔法的治療活動，是大多數的神官們賺取國家預算的重要來源。

要是其他國家開始販售回復魔法，神官們就得大幅降低治療費，梅提斯聖法神國的經濟也會因此受到嚴重的打擊。

「反正你們的國家變成怎樣，對我們來說根本無所謂。」

「姬島同學，妳說得太過分了！抱歉，她最近情緒比較激動……」

「不會……我們也知道，在那場敗戰後，她的樣子就變了……」

「是啊，而且要是沒了這個國家，我們也會無法過活吧。召喚魔法陣也是屬於這個國家的，要是國家有個什麼萬一，我們要怎麼回去原本的世界啊。」

「你真的覺得回得去？你為什麼敢斷言在這個世界死去的大家都在原本的世界普通的生活著？我已經不相信任何事了。」

「姬島，妳……」

在勇者中被譽為最強的五人中的其中一人，「姬島佳乃」的人格有了大幅的改變。

清純文靜的少女在非己所願的情況下被召喚到了這個異世界，在攻入阿爾特姆皇國時，和像是敵國將軍的人物交戰，並親眼目睹了朋友和青梅竹馬的少年消逝的景象。

在那之後她便被復仇心給囚禁，整個人都變了，連夥伴們都不知道該拿她如何是好。

「要是一条在就好了～那傢伙去蒐集邪神的情報了吧？只靠我們可沒轍啊。」

「沒辦法吧。有些人的能力不適合上戰場……一条不適合戰鬥，真要說的話比較像是支援型的。」

「我只要可以殺了那個魔族的將軍，之後的事情怎樣都無所謂。就算這個國家滅亡也一樣。」

「喂！」

「真嚴重啊……沒辦法，就請姬島同學參加這次的作戰吧。畢竟有可能會遇見妳的仇人。」

「那個要怎麼辦？還是帶去嗎？」

「帶去吧。不知道會發生什麼事，真有危險時可以拿來當成王牌。」

勇者們立刻做了結論，接受了在阿爾特姆皇國的「破壞道路作業」任務。

他們沒有這個國家的保護就無法生存。要是梅提斯聖法神國崩解了，他們就得靠自己的力量活下去。

因為他們活在狹隘的世界裡，得不到什麼情報，國家也不讓他們知道任何多餘的資訊，所以他們能夠用來當作判斷基準的材料很少。甚至害怕踏入廣大的世界。

「我們是勇者。是被神選上的存在才對……」

「那可難說。抱持那種想法，只會被人隨心所欲地操控到最後吧？」

「姬島同學……妳為什麼會變得這麼不相信人呢。為什麼……」

「要是邪神真的存在，乾脆毀滅這個世界吧。這一切……全都消失就好了。」

佳乃已經沒了活下去的動力。

她身上只剩下足以毀滅自身的殺意和復仇心。她已經聽不見夥伴的聲音，甚至不把其他勇者當成是夥伴了。

「總之……各位勇者們願意接下這個任務的話，那真是太感激了。請摧毀那些欠缺信仰者的邪惡企圖，宣揚神的旨意！」

「交給我們吧！我們會展現何謂正義的。」

「喔喔……神薙閣下，拜託您了。願神的祝福與諸位同在。」

他們各自為了做戰鬥的準備，懷著不同思緒離開了房裡。

勇者們深信自己的所作所為是「正義」。

不，或許他們只是想要相信自己是正義的罷了。

◇　◇　◇　◇　◇　◇　◇

「姬島同學！」

離開房間後，「神薙悟」叫住了佳乃。

「幹嘛？神薙……」

「妳剛剛那樣說不好吧。就算再怎麼有意見，像那樣毫不掩飾敵意的說些對他們不利的話，神官們也會不滿的。」

「那種事怎樣都好。你也知道他們很可疑吧？我覺得事到如今還在那邊說場面話根本沒意義。他們所說的是政治上的問題，裡頭根本沒有神。」

「就算是那樣，妳也知道自己做了危險的發言吧？一個沒搞好，可能會被輕率的信眾殺害的……」

「無所謂。反正是回不去原本的世界了。而且他們說起召喚的事情時別開了視線，絕對是隱瞞了些什麼。」

佳乃沒忽略掉最近神官們的態度變得格外不自然這件事。而且從發生地震後，他們更是過分地優待勇者們。

從神官們的態度來看，佳乃推測聖都「瑪哈．魯塔特」發生了什麼事。而且還是不能讓勇者知道的重大事件。

「他們在隱瞞些什麼。之前他們都會把國家的方針強加在我們身上的，這幾週卻沒再說這些了。而且還變得過分地顧慮我們。我想一定是發生了什麼重大的事。」

「就算是這樣，他們說不定也只是擔心我們啊。為什麼妳要用那種充滿敵意的態度對待他們啊。風間的事情跟他們無關吧。」

「當然有關！要是他們沒召喚我們過來，風間就不會死了！不只是他，百合和宏美也是……大家會死都是他們害的啊！」

「那是岩田的錯吧！不是那傢伙指揮的話……」

「就是因為只看表面而放棄思考，你才會沒注意到自己被騙了。不對，『就算知道自己被騙了，還是想甘於現況』才是正確答案吧？」

「！」

悟無法直視佳乃的眼睛。

這是因為他是最高興看到佳乃的青梅竹馬「風間卓實」死去的人。

理由是出自於他對佳乃那淡淡的愛慕之情。可是以結果來看，卓實的死反而讓佳乃想要追隨他而去。

別說心意相通了，佳乃的心反而去了更遠的地方，這讓悟覺得非常難受。

「那傢伙已經不在了！一直想著死去的人也無濟於事吧。」

「那是神薙你的想法吧？可以不要把你的價值觀強加在我身上嗎？」

「這……！」

佳乃拋出冷淡的回應。

不，不只是話語。佳乃也用冰冷的視線看著悟。

簡直像是在看垃圾一樣的輕蔑眼神。

「卓實他……說『這個國家很可疑』的時候，率先否定他的就是你吧？你就這麼想當勇者嗎？這麼喜歡和人互相殘殺嗎？」

「不、不對！我……我只是……」

「現在你可是隊長喔？太好了，你成為勇者了呢。不過把這種想法強加在我身上只會造成我的困擾，可以不要這樣嗎。」

「不是！我對妳……」

「是喔。不過我的心從一開始就決定好是屬於誰的了。對不起，我是不可能和你變成那種關係的。絕對不可能……」

儘管知道，但這拒絕的方法實在太殘酷了。

悟只是單純地喜歡著佳乃，但他對身為佳乃的青梅竹馬又有些御宅族氣質的卓實態度非常冷淡。然而悟的這種態度，造就了佳乃對他的厭惡感。

名為「風間卓實」的少年的確有些御宅族氣質又不擅長和人爭論，被召喚到這個世界後也因為無法當成戰力而被夥伴們敬而遠之。

可是實際上，他基於從輕小說中得來的知識，對梅提斯聖法神國抱有疑惑，也在精神面上支持著五位最強勇者之一的佳乃。

在執行阿爾特姆皇國侵略作戰時，他也比所有勇者都還早看穿敵人的陷阱，警告夥伴們，並在一片戰亂中挺身而出，保護了半數的勇者們。簡直就像是故事的主角。

就連當初在得知他死去時內心竊喜的悟，事後也因為風間卓實的存在比他所想像的還要重要而十分後悔。佳乃的心意有了一百八十度的轉變，腦中只想著復仇。

悟的聲音對於佳乃而言成了煩人的噪音，出於嫉妒而輕視風間卓實的事實，也讓悟和同樣是勇者的岩田一樣，被佳乃當成了輕視的對象。

正因為佳乃是悟的初戀，更讓他無法承受佳乃的轉變。

「風間那傢伙要是看到現在的姬島會說什麼呢。」

「還真是老套的說服方式啊。我想他會說『這樣很不像佳乃耶，妳平常的樣子比較好』吧。可是他已經不在了。」

「既然知道這件事，為什麼還只想著復仇啊！妳為風間著想的話……」

「請你不要說卓實的事。你懂什麼？你不是卓實，也無法取代他。」

「唔……」

不管說什麼都沒用了。

「我要追求什麼，都是我的個人意志。和神薙你無關。你想說的只有這些？那麼我要先走了。」

「等……」

悟沒能留住佳乃。

自己希望卓實死去這點是事實，而這個願望也已經實現了。

然而在那之後的結果又是另一個問題了。

「風間……那傢伙就連死了都還要妨礙我，可惡……」

是誰說死亡是最後的離別的。

根據情況不同，生者有可能會一直被死者給囚禁著。

由於佳乃對卓實的心意太過強烈，失去時所產生的反作用力也特別大。那就是她現在的狀況。沒有任何人的話能傳進她耳裡。

因為她已經墮落成了一味尋求名為復仇的死亡之處的惡鬼。

◇◇◇◇◇◇

在勇者們開始做出擊準備時，神官長和神聖騎士團的團長在修托馬爾要塞的勤務室裡碰面。

他們的表情十分嚴肅，可以看出他們在談重要的事。

「你說召喚之室被……馬魯多哈恩德魯大神殿崩壞了嗎！那麼，已經無法再召喚勇者了？」

「沒錯。所以才會先下了『給勇者們更好的待遇』的指示。幾乎是不可能再召喚勇者了，所以我們不能失去最大的戰力啊。」

「怎麼會這樣……而且……還有勝過勇者的轉生者嗎。『賢者』就是其中之一？」

「法皇大人是這麼推論的。那些人擁有能夠製造出強大武器的技術和知識，勇者岩田也是因為對方具備那樣的實力才會落敗。」

「真、真是難以置信。事情為什麼會變成這個樣子……」

根據從神官長那裡聽來的情報，轉生者是被異界諸神送到這個世界的。

那就表示四神接受轉生者進入這個世界。他不懂那些轉生者是為什麼會對他們抱有敵意。

「我們無從得知異界的邪神們在想些什麼。唯一知道的只有那些傢伙敵視我們，並為了毀滅我們而行動著。」

「可是不告訴勇者們轉生者的存在，這樣好嗎？」

「萬一他們和勇者接觸，把勇者拉攏過去就糟了。我們最大的戰力被對方奪走的話就完蛋了吧？」

「可是我們也有新的武器。勇者們是稱呼那為『火繩槍』吧。」

「可是那個武器有弱點，武器的數量也還不足以彌補。」

在勇者們之中有具有技術性知識的人，而以這些勇者們提供的情報做出的火繩槍是非常有效的武器。具有遠比弓箭還長的射程，可從敵方的有效射程外單方面地攻擊敵人。說是可以改變戰局的革命性武器也不為過吧。

除了雨會害火繩點不著，還有要裝填下一發彈藥很花時間的缺點外，在防衛戰時更是能夠發揮其威力，備受期待。

為此也需要大量生產才行。

「只要能夠量產，我等神國就能比其他國家更具優勢。現在應該先養精蓄銳、靜待時機。」

「我是有種不好的預感啦。特別是我們也不能保證轉生者不會做一樣的事。」

「…………」

要是轉生者和勇者們來自同一個世界，其中當然也可能會有了解槍枝構造的人。

其他國家利用轉生者造出高性能槍枝的話，戰力就會回到互相抗衡的狀態了吧。

他們十分擔憂「賢者」今後的動向。

「畢竟也只是邪教之徒。出現的話就他們見識一下神的旨意吧……」

「可是『賢者』說不定知道槍的弱點喔？要是這樣，我們可說完全不具優勢。」

「真是可恨啊。還有，淨化那個小姑娘的事就拜託你了。」

「姬島嗎？她的確很危險。我知道了……我安排血連同盟的人跟在勇者們身邊吧。」

「交給你了……不能有任何會讓信仰動搖的事情存在。無論如何都得想辦法越過這個難關……」

惡意在勇者們不知道的地方開始動了起來。

那裡只有不接受他人，深信自己的所作所為是正確的盲信者們。正因為他們的信仰十分單純，才會如此的邪惡且性質惡劣。

他們完全沒發現自己的行動充滿了惡意。

甚至不覺得自己有做錯任何事。

而這些惡意正襲向一位受絕望囚禁的少女。

第十二話　姬島佳乃的回憶

一年前，梅提斯聖法神國開始侵略阿爾特姆皇國。

戰況非常順利，儘管多少有遭遇一些抵抗，他們還是以壓倒性的數量將戰線往前推進。

進攻的速度比預期的還快，他們掌控的範圍拓展到了阿爾特姆皇國幾近中央的區域，只要再稍微往前推進一點，想必就能確實拿下勝利了。

然而在這狀況下，卻有一個人提出了反對意見。

他叫做「風間卓實」。是勇者中唯一的魔導士，也是最弱的勇者。

因為這樣，他的發言影響力遠比其他勇者們來的低，身為魔導士這點也讓神官們很厭惡他，然而卓實的表情隨著時日推移變得愈來愈認真。這一切「姬島佳乃」都看在眼裡。

這樣的卓實為了和侵略作戰的指揮官「岩田定滿」見面，來到了本陣。

他認為目前進展得太過順利的戰況很可疑，獨自蒐集情報做了驗證。

結果認為這很有可能是陷阱，才前來提出忠告。

「啥？你說這或許是陷阱？無所謂吧，如果是陷阱也只要強行突破就好了吧。你是笨蛋嗎。」

「岩田你不覺得奇怪嗎？城鎮和村裡沒有半個人，不僅如此，還連食糧都撤走了，我們得不到任何好處吧！」

「他們只是怕得逃跑了吧。少說這種無聊的事。現在可是絕佳的機會啊。」

「為什麼你敢斷言那不是陷阱。『總是要預先設想最糟糕的狀況』。這可是戰略的基本！」

「你是在對誰用那種了不起的口氣說話啊。勇者是最強的吧？而我在勇者中又是最強的。既然如此，那些魔族根本只是小嘍囉吧。」

定滿不聽卓實的忠告。

一直到最後都不願放棄的卓實被定滿給揍飛出去，神聖騎士團仍決定繼續進攻。

佳乃目擊了這場爭論，因為這不像卓實會做的事情，所以佳乃在幫他上藥時試著問了他原因。

「你沒事吧，卓……風間？」

「嗯，我沒事……岩田那傢伙，明明是個笨蛋還這樣用力地揍了過來。」

「可是你為什麼會去找岩田？你平常明明不會接近他的……」

「敵人的行動太奇怪了。從空中的奇襲、沒有任何人在的村莊和城鎮……乍看之下好像可以取勝，但我們忽略了很重要的事。」

「忽略了重要的事？可是這場戰爭結束後我們就能回去了吧？那麼就算只有一點也好，應該趁情勢對我們有利的時候進攻不是嗎？」

卓實的表情變得前所未有的認真。

接著他沉重地開口說道。

「……這很難說呢。我無法相信那些神官。我認為他們……只是在利用我們。」

「你為什麼……會這麼想？是有什麼根據嗎。」

「首先是召喚勇者的事，妳覺得為什麼勇者全都還未成年？我調查後，發現被召喚來的勇者不是和我們年齡相仿，就是稍微大一點而已。不，雖然也有大人……但意外死亡了。」

「咦？大人是……可是他們要召喚的話，年輕人的適應力比較好吧？」

「適應環境的能力？那種事情，只要能學會技能，總有辦法解決的。就算不是召喚我們這種小鬼來也沒問題才對。而且被召喚來的大人全都意外死亡了，這點也很令我在意。」

「這是什麼意思？」

「大人的勇者們，大概是對外裝作是意外，被私下處理掉了吧。我們的身邊一定也有負責暗殺我們的傢伙在。」

「等等，這樣的話……我們現在也被監視……」

「接下來的話我建議妳別說出口比較好。而且選擇年輕世代的理由，我想一定是因為這年紀正適合洗腦。只要給予優渥的待遇，大家就會隨波逐流，放棄思考。更何況這裡可是劍與魔法的世界喔？愛作夢的小鬼們將會沉溺於順心如意的美夢中。名為『勇者』的美夢。」

這話使得佳乃背脊一涼。

神官們特別禮遇勇者——特別是像岩田這種擁有強大技能的勇者。從金錢層面到低俗的為他們尋找晚上的女性床伴這種事都做。實在不是聖職者該做的事。

實際上岩田也愈來愈自大張狂，過著極盡奢侈的生活。

反過來說，也可以視為神官們是刻意誘導勇者們陷入沒有梅提斯聖法神國做靠山就活不下去的狀態。

「看看岩田和笹木吧。他們現在已經完全沉溺於現況了。甚至還說了根本不想回去。」

「販售寶石和洋裝的商人也來了我這裡好幾次。雖然說國家會支付所有開銷，可是我有點害怕，所以拒絕了……」

「……像這樣優待我們還有一個目的。這只是推測，但我們應該回不去原本的世界了。」

「……這、這是騙人的吧……」

這對於勇者們來說是帶來絕望的一句話。

「在書庫深處，有個實在很可疑的房間裡找到的文件上面記載著，被召喚來的大人幾乎全都用意外死亡的方式給處理掉了，其中也有不是人類的種族。佳乃妳知道這代表著什麼嗎？」

「這個……是指我們不是被選上的，只是召喚魔法陣偶然把我們召喚到了這裡？」

「八成是這樣。真要說起來，就算要召喚勇者，妳覺得這個世界之外還有多少世界？我想應該有近乎於無限的世界吧。要從中召喚好幾個特定的人物這是不可能的。就算辦得到，也只是設定一定的年齡範圍和人數而已，我想應該無法選擇召喚的世界。而且召喚魔法陣屬於魔導士的專業領域，實在不是神官該運用的東西。」

「可是我不認為光是這樣就能判定我們回不去喔？這不過是推測嘛。」

「問題是要在時空上開出一個洞，到底需要多少的能量。在我們之前，勇者被召喚過來已經是三十年前的事了。而且……到處都找不到他們回去的紀錄。」

他是勇者中唯一的魔導士，可以使用的魔法全是探索系的魔法，唯一能用在攻擊上的魔法只有「潛影術」。

然而這個國家也有藏了魔法卷軸的房間，他潛入裡頭，學到了很多的魔法。雖然他確實有在調查和召喚勇者相關的情報，可是會發現決定性的證據也不過是偶然罷了。

「這……這種事情……」

卓實的話對佳乃造成了莫大的衝擊。

「是真的。我想他們恐怕……全都死了。或是……」

「或是……什麼？」

「全都被他們給處理掉了。真相曝光的話或許會引發叛亂。他們為了避免這種事情便解決現任勇者，再召喚下一批勇者。每三十年才能召喚一次勇者這也是肯定的。」

「過分……這實在太過分了。一切都順著他們的意嘛！」

「這也只是我的推測就是了。不過要是有個什麼萬一，我有事想拜託佳乃……」

「拜託我？我……該做些什麼？」

卓實的表情像是他只想得到這個辦法了。

接著他靜靜地開口繼續說下去。

「這場戰爭往最壞的方向發展的話，我希望妳能帶著大家逃走。」

「咦？這、這意思是……」

「岩田那個笨蛋說要把我送上最前線去。而我想這場戰鬥我們肯定會輸。阿爾特姆皇國的戰力目前並未受損。他們和勇者差不多強喔。有很多等級４００～５００的戰士。都不知道哪邊才是受神祝福的一方了……」

被梅提斯聖法神國稱為「魔族」，身上長有翅膀的山岳民族。

卓實預測以他們的實力，應該能給神聖騎士團帶來大規模的損害，可是他們並未採用突擊等作戰，只不斷反覆的從天空展開奇襲以及夜襲。

也就是說，應該認為他們是基於某些策略才會夜襲的吧。

「這是陷阱。雖然很像是輕小說的發展，可是他們是在誘導我們。他們一定有能給我們帶來慘痛打擊的手段。所以才會把敵人引入懷中。簡直像是桶狹間。」（註：桶狹間之戰是一五六〇年發生於日本戰國時代的一場戰役。）

「桶狹間之戰？那麼，阿爾特姆皇國之所以不抵抗是……」

「沒錯。他們絕對不是笨蛋。我認為他們是考慮過要怎樣彌補雙方的戰力差距，刻意把敵人引進來的。」

勇者再強也只是小孩子。可以想見已經和梅提斯聖法神國戰鬥過許多次阿爾特姆皇國，一定想了好幾種防衛手段。

問題就是身為指揮官的定滿未能理解這一點，太過得意忘形了。

就算在迷宮裡提昇了等級，他們這些勇者仍幾乎沒有關於戰爭的知識。

無論是規劃作戰策略還是順應情勢做出對應，他們都欠缺太多東西了。

所以卓實考慮到最糟糕的狀況，才想拜託佳乃採取能讓大家盡可能地存活下來的手段。因為被送上最前線的卓實對此無能為力……

「佳乃……拜託妳。讓大家盡可能地逃走。幫幫我吧。」

「可是像我這種人……只會礙事而已。」

「我不覺得在岩田和笹木身邊的那些傢伙會聽我的話。這時要找不是戰力、負責支援的一条同學他們合作。畢竟我明天就會被送上最前線，只能拜託佳乃了。」

「嗯……嗯，我知道了。可是，卓實你……」

「我也不想死在這種世界啊。所以為了活命，我只能想辦法比神官和騎士們更早一步行動。可以不用想要救他們。我希望你們就算見死不救，也要全力逃跑。」

「我……辦得到嗎？」

「妳辦得到的。最慘，只要有一半的人活下來就算我們贏了。活下來的話就逃去其他國家吧。」

這是和青梅竹馬之間久違的，也是最後的對話。

隔天早上，神聖騎士團開始進攻，卓實的猜測成真了。

◇◇◇◇◇◇

地形像是群山被強大的力量給挖去一塊的大溪谷，「邪神的爪痕」。

梅提斯聖法神國騎士團終於攻到了阿爾特姆皇國的最終防衛線。

然而由於那裡的地形，使得神聖騎士團單方面地受到損傷。

畢竟天然的斷崖發揮了防壁的機能，敵軍利用斷崖使用弓和魔法攻擊，讓斷崖化為一座要塞。而沒有攻擊魔法的聖法神國根本無法對敵人造成損害。

此外不僅地利，「魔族」也會從空中單方面地攻擊過來，讓神聖騎士團這一方的人為受害大幅增加，隨著日數經過，受重傷的人數也愈來愈多。

就算想攻下這座天然要塞，人類也無法飛上天空。又因為他們缺乏能夠給予決定性攻擊的武器，戰鬥前線呈現膠著狀態。

數量雖然是神聖騎士團占有上風，可是回復和物資的補給速度卻跟不上。戰線一路延伸再加上不好走的山岳地形，難以輸送補給物資。在這段期間中傷者的數量仍持續增加，導致戰力大幅下降。

另一方面，阿爾特姆皇國也欠缺物資，只能仰賴魔法，所以無法隨便做出行動，只能採取反覆夜襲和奇襲這種像是在找人麻煩的戰鬥策略。

敵方因為有無法攻略的要塞在才能撐住，如果這裡是平原，肯定能靠數量壓制取勝吧。

然後——戰爭持續了七天。

戰況在那天的中午時分有了巨大的轉變。

「喂……那是什麼？」

一位騎士發現從溪谷的遠方有一大群什麼正揚起沙塵，朝著這邊靠近。

而那全都是魔物，數量遠勝過神聖騎士團。

更令人驚愕的是，魔物中還有全長超過三十公尺的超巨大生物存在。

這一大群魔物襲向神聖騎士團，讓原本處於膠著狀態的戰況完全改變。成了地獄的開端。

「居、居然是魔物！這些傢伙是怎樣啊……比我們還強！」

「勇者不是最強的嗎！為什麼會有這麼強大的魔物……」

一隻魔物的實力便非比尋常。

山怪的一擊瞬間掃倒騎士們，獸人中也有被稱作「獸人領主」的高階魔物混在其中。

「鑑定」後發現魔物的等級有700。連勇者都打不贏的凶惡存在開始恣意蹂躪騎士團。

前線輕易地崩解，逃走的騎士們也被高速移動的魔物襲擊，慘遭吞噬。

「救、救救我……」

「百合！不要啊啊啊啊啊啊啊啊啊啊啊啊啊啊啊！」

佳乃初次目擊朋友死亡的瞬間。

被巨大的魔物給踩爛，嬌小可愛的少女化為了悽慘的肉塊。

這已經不是戰場了。

是魔物單方面地捕食獵物的狩獵場。

阿爾特姆皇國那一方則是趁著這團混亂，出手攻擊騎士團。他們主動引誘敵人後使戰線陷入膠著狀態，再看準了這點，等待讓第三勢力從旁介入擾亂戰況，並使敵方戰力單方面的受到損耗。

在最終防衛線進行的籠城戰，只是為了爭取時間，等法芙蘭大深綠地帶的魔物抵達這裡而已。

在四處展開的駭人殺戮。

這是足以打碎「勇者是最強的」這個幻想的景象。

佳乃也身處於這化為混沌的戰場中，怕得無法動彈。

「佳乃，要逃跑了！」

「不、不要……我不要……」

「振作點。這樣下去的話我們也會被殺的！現在得拿出全力逃跑，風間是這樣說的吧！」

騎士被獨眼巨人吞噬、同學被大群的狂狼給撕裂、巨魔喜孜孜地不分對象攻擊，沉醉於血沫之中。其中也有被魔物玩弄，活生生被支解得四分五裂的人。

勇者們的心遭受重創。

太小看敵人，根本沒去想過戰爭到底是怎樣的東西，是他們重大的敗因。

平常就很囂張的岩田立刻逃跑，跟在他身邊的人都被阿爾特姆皇國的戰士們打倒了。專心一意地忙著逃跑的佳乃等人，已經記不得在這之後發生的事了。

在自己到底是朝著哪個方向都不清楚的狀況下，一味地拚命跑著。

唯一知道的，是他們完全輸給了阿爾特姆皇國。

他們因恐懼而顫抖，就這樣不斷逃跑了好一陣子，等回過神來時已經是深夜了。

騎士團也已經瓦解，大軍團早已不復存在，被徹底地擊潰了。

「已經……跑不動了……」

「什麼叫『勇者是最強的戰士』啊……魔物不是壓倒性的比我們還強嗎！」

「法皇那老頭……居然說謊騙我們。」

或許是遠離危險讓他們鬆了一口氣吧，夥伴們開始抱怨起來。

儘管這是因為性命得以延續的安心感而造成的，但他們這時忘了一件事。

這裡是敵陣。

「呀……」

「吉本！」

突然飛來的箭貫穿了少年的頭部。

黑色的影子從天而降，在一旁的騎士們被悽慘地肢解。鮮血隨風飛濺。

那道黑影再度上升，從空中施放魔法，優先解決掉因疲憊而無法動彈的人。

行動中毫無慈悲可言。

「什……」

「你們以為自己逃得掉嗎？侵略者們……既然攻入了我等的領地，至少做好喪命的覺悟了吧？」

聲音的主人是位女性。

她的身上穿著感覺帶點中國風的漆黑鎧甲，在夜空中展開漆黑的雙翼。

臉上戴著面具，讓人無法直接看到她的臉，但勇者們已經理解到這個對手是最凶惡的存在。

至於是為什麼……

「看、看不到她的等級……」

「騙人的吧……等級最高不是500嗎……」

勇者們的「鑑定」技能沒有發揮作用。

這是只有在雙方具有壓倒性實力差距時才會發生的現象，表示眼前的女戰士遠比勇者們還要強上許多。

「哼，被稱作勇者就得意忘形的愚蠢之徒……唉，算了。只要在這裡解決你們，往後的戰況就會有利於我等。戰爭是你們發起的。抱歉，要請你們死在這裡了。」

單方面的虐殺又再度開始了。

不是勇者們太弱，是這個女戰士太強了。

女戰士不僅以脫離常軌的刀法斬殺騎士和他們的夥伴，甚至輕鬆地打倒了追著勇者們過來的魔物。

簡直像是唯一的絕對強者。

僅只一擊，僅僅一瞬，便有眾多的性命消逝。

大量的血液濺灑而出，森林裡充滿了有如鐵鏽般的血腥味。

「不要……我還……不想死………」

「宏美！振作點，我現在就來救妳！」

儘管急忙想拿出回復藥水，她卻已經斷了氣。

佳乃又再度看到朋友死在自己的眼前。

「沒用的。你們太小看戰爭了。只要開戰就會有人死亡。好好認清這種理所當然的事都沒注意到，順著他人的指示就踏上戰場這件事，是多麼嚴重的錯誤吧。」

「我、我們也不是自己想要才來戰鬥的！」

「那你們為何會出現在戰場上？這可不是一句『無可奈何』就能帶過的事。你們打算殺害我等的同胞，參與了他們企圖從我等手中奪取土地的侵略行為。難道你們的世界沒有戰爭嗎？」

「那……那是……」

佳乃找不到話來反駁她。

他們的世界也有戰爭，確實發生過有許多人因此而死的歷史。

明明知道戰爭是多麼悲慘的事，卻順著他人的指示參戰，看著朋友和夥伴死去。

戰爭是人類間的互相殘殺。然而上戰場這件事無關乎士兵的個人意志，戰爭也是基於政治目的才開始的。在那裡，只有掌握國家或政治權力的人的利益而已。

就算不想戰鬥，只要上了一次戰場就得互相殘殺，自己也必須做好死亡的覺悟。既然要和對手互相殘殺，只有自己不想死這種事情是說不通的。

在被殺之前殺死對手。

在損害擴大前給對手造成損害。

為求獲勝不擇手段。

戰爭就是這樣的東西。

開戰的正當性是獲勝方決定的東西，道理或價值觀沒有任何意義。

強者就會獲勝。

戰爭就只是這樣利用兵力來進行的權力遊戲。

「懂了嗎？你們以玩樂的心態上了戰場，下場就是這樣。反正你們也只是被四神操縱的人偶，沒有任何尊嚴和信念。真是群無聊的傢伙。」

「妳說什……」

「要是隨便放妳活路，等妳跑來報仇了也很麻煩。我就讓妳輕鬆點吧……」

女戰士舉起劍，朝著佳乃揮下。

「哪能讓妳得逞──────『火炎之矛』！」

「唔！」

然而在千鈞一髮之際，有人使出魔法攻擊女戰士，使佳乃逃過一劫。幫助佳乃的是卓實。

不過那模樣實在太過悽慘，他受了重傷，好不容易才能讓身體動起來。他的傷口裂開，血滴了下來。

「阿、阿卓！」

「佳乃，快逃！這裡我會想辦法撐住。趕快，跑得愈遠愈好！」

「哦……也有比較像樣點的人在啊。為了同胞願意捨棄性命的覺悟……就讓我回應你那高尚的心意吧。」

女劍士將劍打橫，擺好架式，窺探著卓實的動向。

卓實拿起小刀，儘管他一邊施放魔法一邊拉近距離，攻擊仍全被躲開，小刀也被劍擋了下來。

「嗯……看來你很清楚自己的弱點，為了彌補弱點也下了不少功夫。真可惜，如果不是敵人，是我國想要的人才呢。」

「那還真是榮幸啊。不過啊，我可沒打算死在這裡！那個國家會變成怎樣我是不管，但我也不是會眼睜睜看著青梅竹馬被殺卻見死不救的垃圾。」

「看來你也看清了那些邪教徒啊。那麼你為什麼會參加這場戰爭？」

「因為我想找機會和夥伴們逃跑啊。也想過要亡命他鄉。雖然根本沒那個空閒！」

「原來如此……」

卓實果敢地用小刀進攻，並在極近距離下使出魔法，但對手一揮劍便讓他的攻擊煙消雲散了。

魔導士是欠缺體力的職業，但他靠技能補強了這點。

他隱藏實力，每天忙於蒐集情報和鍛鍊自己，為了活下去。

然而卓實的體力也快到極限了。因為他是勉強自己在戰鬥，每攻擊一次對手，體力便隨之流失。

「咕嗚……真是的，魔導士是個被討厭的職業……在這種時候可真是災難呢……」

卓實吐出鮮血，斷了的肋骨傷到了肺部。

他雖然判斷自己已經無法再戰多久了，可是找不到逃跑的機會。

「看來你已經到極限了。」

「似乎是啊……該死的，計畫趕不上變化啊，無計可施了啊，可惡……」

身為魔導士的卓實，由於神官和騎士，再加上岩田他們找碴的結果，沒能拿到多少回復藥一類的物資。

所以他節省地使用這些稀少的道具，硬是想辦法活到了現在。

可是這也是有極限的。

回復藥全數用盡，他已經沒有手段可以治療身上的傷了。

陷入了無計可施的狀況。

「我這就讓你輕鬆點。」

「我是不想死啊……唉，但看來我也就到此為止了。佳乃，快逃！這樣下去我會撐不住的！」

在卓實戰鬥的期間，佳乃一步也動不了。

是「一条渚」拉著她的手，跑了起來。

「趕快跑。這樣下去只會扯風間的後腿而已！」

「不……不要啊啊啊啊啊啊啊啊啊啊啊！」

被其他的夥伴給拉著，佳乃逐漸遠離卓實。

那是渾身是血仍奮戰著的青梅竹馬身影烙印在她腦海中的瞬間。

「怎麼……妳不追上去嗎？」

「我沒不知恥到會蔑視抱持尊嚴戰鬥的人。在回應你的尊嚴前，我會放過他們。」

「嘿嘿……真高興啊。那麼……就請妳再陪我一下吧？」

「好啊。」

卓實跑了起來。

這是他拚命擠出的最後一點力量。

揮出無論揮多少次都毫無效果的一擊，卓實將魔力聚集在掌心。

他揮出的小刀全被彈開，刀刃無法觸及對手。

然而這也在他的計算之中。

不斷揮出的斬擊讓卓實那便宜的小刀迎向了極限，粉碎散落。

女戰士的劍又揮了回來，逼近卓實。

「覺悟吧！」

「彼此彼此！『爆破』！」

「什麼！」

——轟轟轟轟轟轟轟轟轟轟轟轟轟轟轟轟轟轟轟轟轟轟！

伴隨著巨響，女戰士和卓實消失在爆炎之中。

「不要……不要啊，不要啊啊啊啊啊啊啊啊啊啊啊啊啊啊啊啊！」

炙熱的火焰擴散到四周，那裡已看不見她青梅竹馬的身影。

然而佳乃看見了，從熊熊燃燒的業火中展開的黑色羽翼……

「自爆……風間為了讓我們逃跑……」

「那傢伙原來這麼強嗎。為什麼要裝作一副很弱的樣子啊……可惡。」

多虧卓實的努力，和他比較親近的人總算是活了下來。

然而這代價實在是太大了。

從那天之後，佳乃就失去了笑容，終究被復仇心給囚禁。

◇　◇　◇　◇　◇　◇　◇

回過神來時，佳乃發現自己睡在帳篷裡。

她現在跟著隊伍，前來執行破壞通過阿爾特姆皇國山間道路的任務。

帳篷周圍傳來的聲音，來自騎士和身為自己夥伴的勇者們吧。

雖然只能聽到一些微弱的聲音，但看來他們找到方法渡過歐拉斯大河了。

佳乃似乎因為做了可怕的夢，鎧甲內的襯衣滿是汗水。

在積雪的山岳地帶中，這一個不小心可不是感冒就能了事的吧。體溫會被奪走，可能會凍死。

「夢……？那時候的……」

佳乃已經習慣了這見過無數次的惡夢。

而且，每當作了這個惡夢，她就會為自己的復仇心還未消失一事感到喜悅。

她露出了陰沉的笑容。

「姬島，妳醒了嗎？」

「是啊……所以說，知道道路的位置了嗎？」

「嗯，雖然要到對面有點麻煩……不過真是丟臉啊，明明被風間給救了，我們卻一直無法離開那個國家。」

「這也沒辦法。因為有負責監視的人在，我們也不能隨意行動。畢竟一個不小心，說不定會被毒殺啊。」

有部分的勇者早已不信任梅提斯聖法神國了。

可是就算想離開這個國家，也得謹慎行事才行。

這是因為他們身邊都有負責監視的人在。

那些人名義上是來輔佐勇者的，然而那只是找理由讓他們一起行動而已。他們已經確認過，就算離開城裡，也一定有人在監視他們。

「那些傢伙，開什麼玩笑……不過這次是個好機會吧？」

「是啊。不過不到緊要關頭，我們還是不要行動比較好喔？然後呢，要怎麼渡過歐拉斯大河？」

「依據偵察人員的情報，好像還是有座橋。只是非常老舊，感覺快垮了……」

「總比沒有好。做好多少會有些犧牲的覺悟吧……要是能夠盡量減少一些監視者就好了。」

「這期望太高了吧。而且他們有可能會拿『火繩槍』對著我們啊。」

「笹木也是，讓他們做了這種多餘的東西呢。真有什麼萬一的話……」

「就殺了他們嗎。不過神薙那傢伙要怎麼辦？你們覺得那傢伙會想跟我們走嗎？」

佳乃等幾名勇者訂立了叛離梅提斯聖法神國的計畫。

她當然沒有忘記復仇的事，只是認為這次的任務是同時適合復仇和逃走的絕佳機會。

然而只有「神薙悟」她無法信任，不知道該怎麼處置才好。

「不行吧……神薙覺得被風間救了是很屈辱的事，感覺他會阻止我們的行動。」

「所以才會說『火繩槍』啊。還真能幹。」

「比起那個，休息時間結束。差不多該去對岸了，不然騎士們會起疑的。」

「是啊。那我們走吧。」

佳乃起身離開帳篷，前往夥伴們身邊。

在那之後，他們不分晝夜地強行軍，來到了像是遺跡殘留物的橋。

儘管出現了數位犧牲者，他們還是通過了嚴重劣化崩壞到人要通過會有危險程度的橋樑，總算抵達了這次要破壞的目標道路。

然而看了現場後，他們面臨了很大的問題。

「……喂喂喂。這種道路要怎樣破壞啊？我們這裡可沒有魔導士喔？」

「用火藥炸毀吧。如果變得滿是坑洞，應該就不能使用了吧。」

「可是他們在短時間內就造出了這樣的道路耶？馬上就會被修好吧？」

「…………」

悟提出用火藥炸毀的作戰是可以理解。

可是真要說起來，對方整頓道路的速度根本快的不正常。

如果對方在短時間內就能整頓到這種程度，那麼自己等人就算把道路炸得坑坑洞洞的，也馬上就會被修好了吧。

也沒辦法駐留在這裡不斷進行破壞。悟終於注意到這個作戰有很大的缺失。

「要是風間還活著的話啊～……他就能用魔法幫忙增加損害了吧。」

「嘖……提起已經不在的傢伙也無濟於事吧！比起那種事，趕快設置火藥！」

「等等，趕快躲起來！」

他們急忙躲到森林中後，只見上空有「魔族」的戰士飛過。

看來是在巡邏道路的樣子。

「居然有派人巡邏啊……這可不好笑。這樣就算破壞工作成功了，也免不了要一戰嘛。」

「這就代表這條道路相當重要吧。所以才需要讓作戰成功啊。」

「可是啊，我可不想被人包圍後痛揍一頓。」

這裡比他們預料中還要警備森嚴。

每隔三十分鐘，負責巡邏的人就會從上空交錯飛過，完全沒辦法設置火藥。要是被發現了肯定會被包圍，周遭又都是岩山，藏身之處有限。

「這個作戰……已經卡關了吧？」

「……再稍微往前走一點吧。說不定哪裡會有對我們比較有利的地點。」

「無所謂。不過他們的警備格外森嚴耶？是除此之外還有什麼嗎。」

佳乃對於魔族的警備異常的多這件事有些疑問。

阿爾特姆皇國是位於山區間的狹小國家，戰力也很有限，要在各地都做出這種程度的防備是有困難的。

就算是為了做道路警備，巡邏的戰士數量感覺也太多了。

而且她在飛過上空的魔族中，看到了一個她曾見過的身影。

那是和卓實戰鬥的女戰士。

「她在。我要去追那個戰士。」

「等等，現在行動的話，連我們都會被發現的……不過姬島，妳確定是她嗎？」

「我確實看見了。肯定是她……和卓實戰鬥過的那個人。」

「那種程度的戰士，恐怕是指揮官階級的。如果是這樣的話，有什麼在這前面嗎？」

使恐懼深植於勇者們心中的漆黑女戰士。

從她是單獨行動這點看來，視她為精銳中的精銳這點絕對不會有錯。

這種人物不可能會來巡邏邊境道路的。

「追上去吧……說不定這前面隱藏了什麼重要的祕密。」

「神薙，這樣很危險吧？要是再也回不來了該怎麼辦啊。」

「我不覺得她只是來巡邏的。說不定是來護衛某國的重要人物……如果是這樣的話，就能說明眼下這個戒備森嚴的狀況了。那些傢伙一定是特務人員吧？要是殺了那個重要人物的話，你們覺得事情會變成怎樣？」

「雙方國家之間會產生衝突。可是事情會這麼順利嗎？不會反而煽起對方對我們的敵對心嗎？因為殺害重要人物，對阿爾特姆皇國也沒有任何好處喔？」

「姬島同學……妳到底是站在哪一邊的啊。然而這值得一試。畢竟我們這裡有『槍』。只要能夠狙擊對方，要逃就容易了。」

「神薙悟」異常積極地想要實行這個臨時想到的粗糙作戰。

他認為就算破壞道路，只要被修好就沒有意義了。而讓其他國家之間的合作出現裂痕是相當具有魅力的作戰。而且幸好他們是少數行動，之中又有約十位做過槍枝使用訓練的槍手。

「走吧。先確認狀況，再視情況臨機應變就行了。如果沒辦法狙擊，就回到原本的作戰，而且只要我們潛伏起來，就不會被發現吧？」

「事情會這麼順利嗎？」

「『坂本』……你也反對嗎？」

「沒有。我們只想回到原本的世界而已。」

沒人反對。

既然身處敵陣，有很多不確定要素也是無可奈何的事。

所以他們決定慎重行事，以確認前面有什麼為優先。

他們避開在空中巡邏的戰士們，在森林中走了一段路後，抵達了山間一個像是廣場的地方。八成是為了讓貨運馬車休息而整頓過了吧。

有著翅膀的戰士們聚集在那裡，列隊等待著什麼的樣子。

「……我記得騎士們說，往前面繼續走有地底通道對吧？以位置上來說，是連接到索利斯提亞魔法王國嗎？」

「可能性很高吧。如果是這樣，果然是來護衛重要人物的嗎……讓槍手隊去做準備。就算有飛行能力，用槍狙擊的話他們也無法隨意出手，畢竟這對他們來說是未知的武器。」

「哦？看來人好像到了。」

在勇者們的視線前方，有一輛被騎士們護衛著的馬車逐漸靠近。

馬車在廣場前減速，停在阿爾特姆皇國的戰士們前方。一位神官確認了刻在馬車上的紋章。

「交叉的杖加上張開翅膀的貓頭鷹的紋章……還有藥草『弗莉亞花』，這是索利斯提亞魔法王國的馬車。」

「……護衛有一個騎士小隊，還有一位魔導士……喂，那個魔導士拿的杖……不，那該不會是『槍』吧！而且那個大小是反戰車步槍。」

「上面還附有巨大的劍。是『槍刃』？明明不是遊戲，為什麼會有那種東西……他是想跟什麼戰鬥啊？」

「要是卓實看到應該會很高興吧……比起那個，看來索利斯提亞魔法王國有『槍』呢。梅提斯聖法神國已經步入絕境了吧？」

「真的假的？已經輸定了啦。那個武器怎麼看都是可以連發的類型耶？如果是靠魔法擊出子彈的話，根本不需要用到火藥，簡直糟透了啊。」

從馬車上下來的貴族男性，以及在他身邊的可疑灰袍魔導士。

然而那個魔導士拿著一把與身高相仿，像是巨大的劍和槍融合在一起的武器。

「那麼趕快狙擊重要人士然後逃走才是上策吧。」

「神薙，你有注意到嗎？有槍的是索利斯提亞，阿爾特姆皇國沒有『槍』的概念喔？就算狙擊成功，他們也會懷疑是梅提斯聖法神國做的。而且在戰力上也是我方不利，不管怎麼想我們都無法活著回去啊。」

「以技術而言對方占了上風嗎……那麼就先解決掉那個魔導士和貴族。接下來以森林做掩護逃走就好了。」

「我只要能和那個女戰士戰鬥就好了。之後的事情怎樣都無所謂。」

既然已經踏入了敵陣，他們無法什麼都不做就撤退。

可是他們的思慮實在太過鬆散了。

特別是佳乃只執著於為了復仇而戰。悟對於已經失去優勢這點也無法冷靜的做出判斷，滿腦子只想著要做出功績。

只要使用「鑑定」技能就能獲得某種程度的情報，勇者們卻因為對方有「槍」這件事大受衝擊而忘了做確認。

他們還不知道，灰袍魔導士是個超乎常理的存在。

第十三話　大叔迎擊

被馬車搖晃著的第三天，大叔閒得發慌。

因為實在太閒了，他甚至有空用魔導鍊成來製作玩具。

和大叔隔著一張桌子相對的伊爾漢斯伯爵還是老樣子看著文件，除了一開始的對話後就沒再說過半句話。因為始終沉默無言，也讓大叔覺得很無聊。

窗外的景色全是岩山和森林，雖說是雄壯的自然景觀，可是一直看著毫無變化的景色也是會膩。

大叔因此開始用起「魔導鍊成」。

他順著自己的興趣，開始反覆組裝和製作他在「Sword and Sorcery」時做到一半就放著的「槍刃」零件。

幸好，護送重要人物的馬車內部十分寬敞，就算放一些零件在裡頭也還有空間。

唉，完成的話應該會很礙事就是了。

『使用火藥的槍是男人的浪漫。可是硝石太少了。仔細想想也沒去採硫磺，沒辦法製作子彈。又要用「打火機」來點火了嗎。』

所謂的「打火機」是用來引發極小威力爆炸的魔導具，主要是在設置陷阱時使用。常被用在點燃放進木桶裡的大量火藥這種用完就丟的情況。因為非常輕便好用，名稱就自然被定為「打火機」了。

『雖然有陸續在製作零件，可是完成後的威力如何呢？唉，雖然沒什麼實用性啦……』

「槍刃」結合了劍和魔導具，聽起來是很帥，但實際上作為武器來說卻是個有缺陷的東西。

重量、作為劍使用時的重心、耐用程度，還有愈大就愈難使用。

特別是大到了反戰車步槍的程度，就算做過輕量化處理仍有相應的重量，在用劍刃部分來劈砍時很不好揮動。

設計成槍的形狀卻要拿來當劍揮舞也會使得重心不穩，劍路容易偏移。

此外由於構造複雜，具有內部在受到衝擊時容易毀損的缺點。

再加上為了彌補這個缺點而使用了優質的稀有金屬，重量更是超乎預期。

不管當劍還是當槍使用都有缺陷，然而還是要做，這正是所謂男人的浪漫吧。因為這不是追求實用性的武器，只是他的興趣。

『啊……在「Sword and Sorcery」裡對槍砲有設限，所以不能輕易製作，但是在這個世界上沒有限制。可以盡情地製作充滿浪漫情懷的武器……這是多麼美妙的事啊。』

沉浸在浪漫中的大叔忽然感覺到視線而抬起頭，只見伊爾漢斯伯爵正饒富趣味地看著「槍刃」。

「那個……有什麼事嗎？」

「你在做什麼？這個看起來像是武器，但完成之後應該相當大吧？」

「是啊。長度大概會跟我的身高差不多吧？要是加上劍的部分，重量就會等同於超重量級的大劍，是很挑使用者的缺陷武器呢。」

「嗯……所以呢？這是用來做什麼的武器？在我看來這應該是用來對付大型魔物的。」

「是用來和龍戰鬥的武器喔。唉，劍的部分是我個人的興趣就是了。」

伊爾漢斯伯爵以認真的神情一一拿起零件。

因為用了許多高精度的魔導具來當作零件，讓伯爵在心中暗暗對眼前的魔導士的手腕感到驚愕，同時也冷靜地調查這未知的武器。

「這……是完成圖嗎。雖然看起來像是莫名巨大的大劍，但這和弓一樣是射擊武器吧？我想這應該是用來擊出金屬的武器……真是太棒了。居然能夠做出這樣的魔導具。」

「很遺憾的是這個武器太重了。普通的騎士們也無法使用。威力強大就表示反作用力也很強。使用的話身體會因為衝擊而彈飛出去喔。」

「要多少等級的人才能靈活運用？」

「因為是改造武器，等級至少要超過８００吧。要當做劍來使用的話，等級沒在那之上是不可能運用的。作為個人武器來說是缺陷品呢。實在太重了。」

「８００！我、我是不認為這世上有那種怪物存在……不過把射擊武器的部分固定在城砦上的話呢？將這個設置在城塞，用在防衛上應該很有效吧。」

真是不妙的發展。大叔因為太閒玩了起來，卻被國家的重要人物給盯上了。

雖然覺得自己太大意了，但為時已晚。

「效果應該不錯吧。可是……方便的工具一定會被用在戰爭上。我不打算要販售這個喔。因為我不想變成大屠殺之父呢。」

「嗯……原來如此，你說的沒錯。要是拿到了這種程度的武器，愚蠢之徒們一定會發動戰爭吧。就算由國家管理，負責管理的也還是人。我也不認為高尚的精神可以永續長存。」

「就算是執政者，也是有以利益優先，不考慮損害的人在吧？要是被那些人利用的話，我會逃去其他國家的。我是認真的喔……」

「那會牽涉到我國的損失呢。你這話也就是『要做你們自己做』的意思吧？」

「說白了是那樣沒錯。自己製作的東西被用於戰爭上，對於生產職來說沒有比這更討厭的事了。」

別人製作的東西是無所謂，如果是自己製作的那又另當別論了。他不希望自己製作的東西被拿去當作互相殘殺的道具。

更何況在那之前，他根本沒打算把自己基於興趣製作的武器賣給其他人。

「不過零件還真多啊，這樣保養起來不會很費事嗎？」

「基於耐用程度上的考量，會有很多固定零件也是無可避免的事。唉，只要習慣了總會有辦法的。」

「以國家的角度來說，實在無法忽視你的才能，可是你真的想和龍戰鬥嗎？我只覺得這是個不智之舉喔。」

「唉，像飛龍之類的鱗片很硬，肉質也很強韌，靠普通的劍是打不倒的，想要貫穿那厚重的骨頭，不管怎樣都需要做到這麼大呢。」

「你的技術力真的很優秀呢……你想不想為了我國工作？」

「我沒有愛國精神那種東西，基本上需要背負責任的工作我也都會拒絕。老實說很累人呢……人際關係這種事。」

傑羅斯乾脆地拒絕了換成普通魔導士，肯定很樂意接受的就職邀約。

然而肩負國家重任的人物是很纏人的。

畢竟現在正在改革並重新整編魔導士團和騎士團。國家既想僱用優秀的人才，也想獲得能夠提昇國力的技術吧。

這點伊爾漢斯伯爵也是一樣的。

「唉，我是跟索利斯提亞公爵交好啦，但硬要勉強我的話，我會去其他國家的。我可一點都不想當什麼宮廷魔導士。」

「一般來說正好相反吧？我以為魔導士都想追求更高的位置。」

「我不想當掌權者喔。不背負任何事物，就能隨心所欲地做研究，膩了就可以去做別的東西。如果是在國家的研究機關，就沒辦法這樣為所欲為吧。唉，在別種意義上我是也以更高的境界為目標啦。」

「我想以你的才能應該可以自由的做研究才是，你還有什麼不滿的嗎？」

「相對的，我研究出來的東西必須提供給國家才行吧？我不希望自己不小心製作出的危險東西，在我不知道的地方被人拿去利用。照目前魔導士們的狀況來看，這非常有可能發生……」

「唔……」

「抱歉，宮廷魔導士的地位對我而言毫無魅力。」

「你不想把那份才能用來幫助其他人嗎？」

「我有在做喔？雖然是以自己的意志，去幫助自己所見範圍內的人。」

「你不考慮為了更多的人，做更大的事嗎？這豈不是浪費才能嗎。憑你的實力，要國家出多少研究資金都行吧。要是國王下令要招攬你的話，你會怎麼辦？」

「這是價值觀的差異呢。我說這話有些失禮，可是就算伯爵覺得我這樣是在浪費才能，但我是在自己能夠接受的前提下行動，所以不是浪費。要是強迫我為國家貢獻的話，我會立刻捨棄國家喔。」

伊爾漢斯伯爵以為眼前的魔導士和其他魔導士們一樣，只要給出更好的待遇，他就會上鉤了。然而對方反而說「一點都不想為國家工作」，徹底否決了這件事，令他內心十分驚愕。

最後甚至說要是靠權力強行招攬他，他會輕易地捨棄那個國家。放著眼前的魔導士不管很危險，可是強迫他，他又會輕易地跑去其他國家。

換言之，索利斯提亞魔法王國對他而言沒有任何價值。

不，他了解到國家和王室命令這些權力，對眼前的魔導士來說都不具任何意義。

「這方面的事情我和克雷斯頓前公爵閣下已經有共識了，事到如今不須再提。唉，我偶爾會接一些簡單的工作啦。」

「唔……索利斯提亞派嗎。幸好不是什麼奇怪的派系，不過可以的話還是希望你在國家的研究設施裡工作。可是你這樣就滿足了嗎？如果當上宮廷魔導士，就不需要煩惱研究資金的問題喔？」

「我現在也不煩惱啊？沒素材的話只要去採集或挖掘就好了。只要賣掉魔石之類的素材，資金也是要多少就有多少。雖然這已經不是我第一次說了，但宮廷魔導士對我來說毫無魅力。」

他是無敵的。

價值觀和其他魔導士有著根本性的差異，就算想交涉，也沒有東西能夠拿來當作交涉籌碼。

如果權勢不具有任何魅力，顯然不管跟他說什麼，他都沒打算要順從國家。

「那麼你為什麼會和克雷斯頓公爵閣下交好呢。你說你會承接那位閣下的工作吧。」

「沒什麼，也不是一直都這樣，因為我過得還滿自由的……非常感謝閣下的體諒，這件事情還請就此打住吧。」

也就是說，這是在委婉地表示「沒必要繼續討論下去」的拒絕之詞。

招攬他這件事從一開始就毫無意義。

「是說，我雖然接下了護衛委託，但未被告知預定的行程。委託人是說我只要負責護衛到阿爾特姆皇國的皇都，接下來就可以自由行動了。」

「這樣啊……按照預定，差不多要和阿爾特姆皇國的戰士團會合了。」

「戰士團？不是騎士團？」

「那個國家的人民幾乎全是戰士。大多數的國民都比騎士還強，緊急時會參與戰鬥。與其說是國家，或許該說是國家規模的聚落吧。」

「擁有翅膀的民族……『路菲伊爾族』是吧。創世神最初創造出來，後來被稱為是天使的種族。」

根據創世神教的傳說，創世神在創造世界後，創造出了七個種族。

最初被創造出的種族是有翅膀的民族，「路菲伊爾族」。

在那之後雖然創造了剩下的六個種族，但五個種族互相融合，分別成了許多種族。然而只有「路菲伊爾族」沒和其他種族融合，至今仍以過去的樣貌生存著。要說起來可說是純正的古代種吧。

追根究柢，這個情報是以前的民族學者所寫的，沒人知道實際的狀況是怎樣。

舊時代留有各式各樣的種族共同生活的痕跡，確實很有可能存有異種族交配的情況。大叔認為沒混血這種事是不可能的。

「難怪他們會被四神教討厭啊。創世神所創造出的最初的種族，這樣的種族如今仍存在的話，他們的教義哪天出現矛盾也不奇怪。」

「你還真清楚啊。沒錯，而且……因為現在仍保有太古的姿態，他們比勇者們還要更強。」

「不僅擅長魔法，體力也比人類更好。是唯一可以和龍正面戰鬥的種族。唉，雖然也是得靠團體戰啦……」

「嗯。所以我們才會想和他們攜手合作。他們的國家體制很特殊，但是同種族內絕對不會互相廝殺，非常和平。」

「路菲伊爾族」的國家——阿爾特姆皇國中確實有王族，而國政相關的事務全都是由王室的親族來處理的。

其他人則相對的比較自由，可以自由經商、務農，照自己喜歡的方式過活。

雖然容易給人鬆散的印象，但政治型態比較像是戰國時代的日本吧。而且王族擁有遠勝於其他路菲伊爾族的強大力量。

「不過我從他們那邊聽說過回復魔法失傳了的事情。現在他們和我們一樣，只會攻擊魔法和輔助魔法。魔法的威力雖然很強，但在擁有大量神官的梅提斯聖法神國的人海戰術前，威力幾乎全被神聖魔法給抵銷掉了。」

「失傳啊……是因為邪神戰爭吧。不過他們沒將魔法術式刻在石板上之類的嗎？這好歹是可以治療傷勢的魔法，很重要吧……」

其實路菲伊爾族在舊時代時，住在和伊薩・蘭特一樣的未來都市，可是都市因邪神的攻擊而毀滅了。當時不像現在這樣會把魔法術式畫在特殊的紙上，而是用安裝在類似電腦的機器中的形式來保存的。

就算有器材殘留下來也修不好，也無法取出回復魔法的術式檔案。到了現在幾乎沒人知道怎麼使用那個器材，器材也因此荒廢了。

倖存下來的人們在邪神戰爭後的混亂期中四處徘徊，尋求安居之處。最後落腳在現在居住的領域。在被之後的戰爭逼到山岳地帶前，他們曾有過不小的勢力。差點滅絕的他們花費了漫長的時間復興自己的民族。

「說人人到……他們在巡邏吧？」

「我們會在中間地點和阿爾特姆皇國的戰士團會合，從那裡開始他們也會加入護衛任務。畢竟他們正在和梅提斯聖法神國交戰中，不知道敵軍何時會來進行破壞工作的狀況下，會有所警戒也是當然的吧。」

「原來如此，不是簽署了停戰協定啊。現在或許也有敵軍的工作兵潛伏在國內嗎。」

傑羅斯一邊組裝著「槍刃」，一邊透過馬車的車窗眺望飛在空中的有翼種族。

在他組裝完危險的武器時，索利斯提亞魔法王國的外交官搭乘的馬車已平安的抵達指定的會合地點。全副武裝的空之戰士們整齊劃一地列隊在該處，迎接背負著雙方國家命運的重要人物。

和傑羅斯至今所見過的人不同，他從他們身上感覺到一股非比尋常的戰鬥意志。

『在「Sword and Sorcery」裡，他們應該不是這麼好戰的民族啊～……』

和自己的所知的路菲伊爾族不同的樣貌，令他有些困惑。

在「Sword and Sorcery」中，路菲伊爾族是相當重視規範的種族，被設定為是擅長魔法和近身戰鬥的NPC。總之能力方面非常的犯規，連玩家都拿他們沒轍。

儘管能力上特別擅長戰鬥，但路菲伊爾族只有在大規模的活動或任務時才會作為幫手參戰，基本上都是商人或負責製造高額道具的生產職業。

可是實際的路菲伊爾族不僅暴露在大國的威脅下，還在山上過著貧困的生活。

這也讓大叔體會到一度毀滅的文化，是不會再回來的虛幻事物。

◇◇◇◇◇◇

「路瑟伊．伊瑪拉將軍，可以看見索利斯提亞魔法王國的使節團了！」

「辛苦了，去迎接對方吧，千萬別失禮。因為和該國的會談，是會左右我國命運的重要會議。」

黑翼之將，路瑟伊．伊瑪拉將軍聽了部下的報告，並叮嚀他們別做出失禮的行為。

這位留有一頭齊肩黑髮的女性將軍，是在阿爾特姆皇國的戰士中排名前五的高手。所以她被喚作「黑天將軍」，也廣受臣民的信賴。

而她也到了適婚年齡。她的內心對於即將錯過婚期這件事十分焦急，持續在尋找有沒有哪裡有好對象，然而遺憾的是找不到配得上她的男性。

理由非常單純，就是她實在太強了。

儘管她有因為實力太強而受人敬畏的經驗，但從未有人將她視為女性來看待。

她過去曾公然宣言「我不可能和比自己弱的男人締結婚約」，這失言也讓她連相親都被拒絕了。

由於平常戴著遮住臉的面具，周遭的人都說「她為了守護國家而捨棄了身為女性的身分」。但那實際上是因為她極度怕生又容易臉紅，沒辦法露出臉和其他人面對面說話才採取的苦肉之計。

只有一小部分的人知道這個真相。

『不趕快找到對象的話，我……我會一輩子就這樣嫁不出去的。都已經二十二了耶。兒時玩伴和朋友們全都結婚了，為什麼我還是找不到對象啊。真不該說那種話……』

後悔莫及。自己的失言害慘了自己。

她也是女性，有著想要被強大男性守護這種少女的願望。

可是沒有足以守護她的強者。

不僅如此，周遭的人都將她視作武人。因為怕生而用來遮住臉的面具，也被視為是身為守護國家的戰士所展現出的決心。

與她的期望背道而馳，周遭的環境變得讓她愈來愈容易錯過婚期。

更不幸的是，她屬於這個國家皇族的末席，所以結婚對象也必須具有相應的地位。

『我不需要地位。沒有實力也行……我想要對象……』

雖然是想結婚的年紀，但她沒去思考結婚後的未來要如何規劃。

不，她不是沒去思考，而是她因為自己的失言而找不到戀人，去思考這些事根本沒有意義罷了。

「我這……笨蛋……」

就算再怎麼後悔，都無法收回過去的發言。

她的背後一片陰沉。

「路瑟伊將軍，使者似乎來了。過一會兒就會抵達此處。」

「是嗎，各自整隊，去迎接使者吧。我不認為那些邪教徒會乖乖的不做任何行動。大家隨時保持警戒。」

「是！」

他們是人民，同時也是戰士。重視禮儀與規律，對敵人毫不留情。

過去曾擁有和人類同等人口的路菲伊爾族，如今淪落為區區的少數民族。由於封閉的環境和同族的血脈越來越濃，現在正煩惱著少子化的問題。

他們已經預測到，要是不從外面接納新血，自己這一族遲早會滅亡。

這時從索利斯提亞魔法王國那裡來了整頓地底通道的提議。

那是距今超過三十年前的事。當時他們和梅提斯聖法神國間的對立正逐漸加深，考慮到戰爭時間拉長的可能性，以打造和同盟國之間的補給線為目的，他們決定參與這個計畫。

他們花費了數十年的歲月整頓連結到伊薩拉斯王國的通道。而祕密進行的伊魯瑪納斯地下大遺跡工程，在一邊驅除大量繁殖的魔物一邊動工的情況下，最近終於開通了。

因為打造了新的通路，負責整備原有繞路山道的人員就能去進行其他的工程了。於是他們便急忙整頓起聯繫三國的通路。

然後他們長年的願望終於實現，三個小國以通路聯繫在一起了。這下就會有許多的商人和物資往來，也能期待移民入住，生活或許也會獲得改善。

『會重生的岩壁居然是古代都市的外殼……工程雖然困難重重，但要是兩國的工程就那樣停擺的話，真不知道下場會是怎樣……索利斯提亞魔法王國成了同盟國這件事是多麼的可靠啊……有種得救了的感覺。』

儘管出了一些狀況，只要成功開通了，結果好一切都好。

接下來的問題就是和他們敵對的四神教大本營。

不殲滅那些召喚勇者、對世界有害的邪教徒，戰亂就會持續下去。

「還不能鬆懈。接下來才是真正的戰鬥。」

他們總算站到了起跑線上。

今後將更不讓敵人有可趁之機，持續戰鬥下去。

「看到了。哦……相當氣派的馬車呢。騎士們看來也歷經鍛鍊。」

「不過還不到能夠和勇者作戰的程度。不…………這什麼？有種非常驚人的氣息。這真的是人類散發出來的嗎？」

從奢華的馬車上傳出的魔力氣息，讓路瑟伊不停流下冷汗。

那裡確實有比自己還強的高手存在，她就算看不到對方的身影也能感覺得到。

「這、這氣息是……」

「看來有個很不得了的怪物來了。不過可別做出失禮的事。那個國家是我們的同盟國。」

「遵命。」

馬車在騎士的包圍下停了下來，車門打開後，身穿灰袍的魔導士走了出來。

這時一股有如落雷般的衝擊竄過路瑟伊全身。

『那……那是什麼，魔導士？可是……那個，和我們不一樣……』

拿著巨大劍型的杖，從馬車中現身的魔導士。

他身上散發出的氣息讓本身也是高手的路瑟伊憑直覺感受到了。

『眼前的人比自己還要強』……

一位衣著華貴的貴族跟在那個魔導士身後下了馬車。

「護衛任務，辛苦各位了。我是索利斯提亞魔法王國的外交特使，名叫伊爾漢斯。」

「我是阿爾特姆皇國特務戰士團的將領，路瑟伊．伊瑪拉。各位長途跋涉真是辛苦了。接下來我等也會負責護衛各位，還請多多指教。」

「喔，有『黑天』之將加入護衛，還真是讓人放心啊。」

「在下還不成材。比起這個，後面那位魔導士閣下是？閣下看來實力十分高強，方便請問閣下的稱呼嗎？」

「咦？我嗎？我只是被僱來的傭兵。不用在意。」

路瑟伊完全不覺得他只是普通的魔導士。

至今為止從未聽過持有等同身高的大劍，而且還能用單手輕鬆拿著的魔導士。

「不，我過去從未見過像閣下這樣的強者。要是與閣下一戰，我恐怕會落敗吧。既然是這種程度的強者，會想知道其名號也是武人的習性。」

「是這樣嗎？唉，既然這樣……那麼我重新自我介紹一下，我是名為傑羅斯的自由魔導士。」

「自由？擁有這等實力，卻沒為國家服務嗎？」

「為國家工作不合我的個性。我不喜歡被上位者命令。」

「居然……不，選擇怎樣的生存方式是個人自由。硬是收入麾下，遭到反抗也很困擾吧。這也是一種生存方式吧。」

「唉，雖然要我接一些簡單的工作是無所謂啦，但受人期待我也很困擾，悠哉的生活比較合我的個性啊。」

外觀看來十分可疑的灰袍魔導士。

然而仔細一看，他身上的裝備全是一流的。

長袍是以被稱作「貝希摩斯」的巨大魔物的皮製成的。

手上拿著的巨大劍型杖，與傳說中「屠龍者」武器極為相似。

「屠龍者」是殘存於阿爾特姆皇國的舊時代文獻上所記載的武器，據說有許多的戰士們拿著那個武器奔馳於戰場上，守護人民。

然而沒有現存的武器，過去發現的東西也因破損太過嚴重，無法使用。除此之外還留有「鋼之鳥」和「鋼鐵之象」等各式各樣的傳承和紀錄。

拿著那種武器的魔導士，就算再怎麼不想，都看得出他是一般魔導士根本無法比擬的高手。身為經驗豐富的戰士，路瑟伊的直覺甚至響起了「不能和他交戰」的警鐘。

「這樣啊……因為實力高強，被交付麻煩任務的可能性也很高吧。比起那個，我們差不多該繼續移動了。難保沒有低劣之徒潛伏於此。」

「說得也是，那麼護衛就麻煩……啊~有呢。正在偷看這裡的偷窺狂們……」

「「什、什麼？」」

說時遲那時快，魔導士將巨大的大劍武器水平舉起後，劍尖指著森林的方向，扣下了手中的板機。

——咚轟轟轟轟轟轟轟轟轟轟轟轟轟轟轟轟！

伴隨著劇烈的聲響，那看來像劍的武器射出了什麼東西。

擊出的東西穿過森林中的樹木後，樹木便發出啪嘰啪嘰的聲音倒下。

然後在看到從倒下的樹木後出現的人影，路瑟伊才注意到敵人早已侵入國內了。

「敵襲！」

阿爾特姆皇國的戰士和護衛的騎士們拿起武器和盾，立刻進入了備戰狀態。

戰士們為了打倒敵人，朝著森林奔去。然而……

——噠！噠噠噠噠噠噠噠噠噠！

「嘎啊啊啊啊！」

「咕啊啊啊啊啊！」

伴隨著和剛剛魔導士的武器不同的尖銳聲音，在前衛的戰士們接連倒下。

「什麼！那個武器……到底是……」

「那個是……種子島？火繩槍嗎！」

潛藏在森林中的敵人水平地拿著像杖一樣的東西，發動了攻擊。

儘管有威力上的差距，但可以看出和剛剛魔導士所用的是同一種攻擊方式。

「勇者們是想在這個世界上創造出悽慘的戰場嗎？要是生產了那種東西，戰爭可是會徹底改變喔。」

「閣下知道那種武器嗎！」

「是啊……那是勇者們的世界的武器。真要說起來是很久以前的武器啦。應該無法連續射擊，不過可以利用增加數量來彌補這個缺點。雖然是很煩人的武器，但只要同時在盾上使用屏障魔法應該就能擋下了。」

魔導士一邊說，一邊舉起巨大的劍，再度對敵人發動攻擊。

隨著巨響擊向前面森林的子彈，在擊中地面的同時將敵人連同土砂一併炸飛了出去。魔導士這方的威力遠勝過對方。

「我國勇敢的戰士們啊！舉起盾並使用防禦魔法！那個武器無法連續射擊。只要闖入敵陣，戰況就對我方有利！」

「「「「喔喔喔喔喔喔喔喔喔喔喔喔喔喔喔喔喔喔喔！」」」」

在路瑟伊的鼓舞下，戰士們各自用護盾魔法強化了盾的防禦力，從被敵人搶得先機的混亂狀況中重新振作起來，攻向敵人。

從火繩槍中擊出的鉛彈被盾和屏障魔法給擋下，無法給予有效的傷害。

接著森林中響起了慘叫聲。

第十四話　大叔完全不會看場合

包含勇者在內，梅提斯聖法神國神聖騎士團小隊將本來的破壞道路作戰改成了暗殺重要人物。他們潛藏在森林中，等待時機。

他們手上的「火繩槍」已經準備就緒，並讓槍手隊維持在只要一下令便能立刻發動攻擊的狀態下待機。

「喂，神薙……你覺得那個魔導士的武器威力有多大？」

「不知道。不過也只有一把。再怎麼可以連射，彈數還是有限吧。」

「可是啊，這裡是劍與魔法的世界耶？要是彈數無限，或是威力比看起來還要更強怎麼辦？」

「那只要先打倒那個魔導士就好了。我們就是為此才在樹上安排狙擊手的。」

「火繩槍在樹上有辦法好好瞄準嗎？那個武器的形狀可不適合用來狙擊喔？」

火繩槍沒有步槍那樣的槍托。

握把和板機的位置都在後方，用來狙擊相當的不穩定。

擊出子彈時的衝擊會讓火繩槍往上彈，命中率很低。要裝下一發子彈也很花時間，槍身燒起來的話也有爆炸的危險。

儘管是這樣充滿缺陷的武器，只要數量夠多，仍能發揮效用。

使用火繩槍攻擊的槍手隊，分別由射擊、填彈、等待槍身冷卻的人組成，以三人為一個小隊來行動。由於這樣的小隊有十組在，勇者們認為這樣可以減少裝彈時的空檔，做出近乎於連續射擊的攻擊。

然而照一般的想法來看，負責射擊的僅有十人，其他的人全是火繩槍的後備人員。

完全沒注意到，只要被實力強大的阿爾特姆皇國戰士們接近，就肯定會全軍覆沒，這是個急著立下功勞的拙劣作戰。

「如果這是動畫，就會進行得很順利吧……」

「對方也有知道槍的傢伙在。笹木那傢伙……至少做個鳥槍也好啊。」

要製作鳥槍及子彈，需要專用的工程機械和相對應的知識。

然而這個世界就算有鐵匠，也沒有精通機械工程的人。

就算日本人幾乎都知道槍枝的威脅性，卻很少人有製造相關的知識吧。

更何況勇者們是在國中時被召喚到異世界的，不可能具備那樣的知識。光是能做出火繩槍就已經很了不起了。

「先打倒那個魔導士比較好。要是他拿那個武器對著我們就糟了。那不管怎麼看都是我們無法在技術層面上取勝的東西……」

「姬島……妳對於殺人這件事一點猶豫都沒有嗎？」

「有啊。可是不殺的話，我們就會被殺。那不就只能殺了嗎。」

她是可以理解坂本想說的話，可是佳乃已經失去了生存的執著，只想殺死憎恨的對象。

「……打暗號給狙擊手，殺了那個魔導士。」

「了解。」

騎士抬起左手後，在後方的騎士也打了一樣的暗號，將攻擊命令傳達給在樹上的狙擊手。

在樹上的狙擊手持有的火繩槍，為了延長射程，槍身做成了兩倍長。

他們將長長的槍身固定在樹枝上，做了一些比較好狙擊的準備。

然後就在他們終於要發射火繩槍時，魔導士突然水平地舉起手上的「槍刃」，盯著狙擊手所在的方向。

——咚轟轟轟轟轟轟轟轟轟轟轟轟轟轟轟轟轟轟轟！

巨大的聲響在下一瞬間響徹周遭。

飛來的子彈掃倒並貫穿樹木，以驚人的威力打飛了狙擊手所在的樹木。

「搶、搶先迎擊？騙人的吧，為什麼會被他發現啊！」

答案是「殺氣」。既然魔力會反應出人的精神，當然也會反應出殺氣。

這魔力的波動被魔導士察覺，使他們反被攻擊。狙擊手無法抑制住自己的殺意。

一方面也是由於火繩槍那可以從對手的攻擊範圍外單方面攻擊對方的便利性，讓聖騎士們大意了吧。

他們親身體驗到就算對方看不見自己的身影，情況也未必有利這件事。

「可惡！舉槍，一起開槍射擊那些靠過來的傢伙！」

——噠！噠噠噠噠噠噠噠！

儘管被搶得先機，火繩槍還是發揮了效用。

開場讓「魔族」們動搖的作戰成功了。可是……

「那個武器不能連續射擊。同時使用盾和魔法屏障！轉為近身戰鬥！」

身穿黑色鎧甲的女戰士不斷對部下們下令。

其他戰士們也回應她的指示，舉起盾並展開魔法屏障。

「可惡，這個世界的傢伙應該不知道火繩槍的弱點才對……那個魔導士果然知道槍枝的事！人數上是我方不利。用裝好下一發子彈的一起射擊，趁機撤退！」

然而這個命令沒能實現。

敵方射出了無數次的子彈展現出遠比火繩槍強大的驚人威力。

僅僅一發子彈，便將拿著火繩槍的騎士們連同地面一同擊飛。

性能上具有根本性的巨大差距。

「那個太卑鄙了吧！那什麼威力啊！」

「這只是我的猜測，不過那個應該是預設要以大型魔物為對手而打造的武器。因為這裡是邊境國家，所以特地準備了吧。要是我是被召喚到那邊的話……」

「坂本，你……到底是站在那一邊的啊？」

敵人的槍擊具有更強大的威力。

火繩槍簡直像是玩具竹槍一樣，只要被抓到弱點就無計可施了。

於是陷入了一片混戰。

「我要去找那個女戰士。反正這種狀況下也逃不掉了，做好覺悟比較好。」

「可惡，為什麼事情會變成這樣啊！那種威力太犯規了吧！」

「就算抱怨也逃不掉的。真是的……感覺要跟風間那傢伙重逢了呢。」

勇者有五人，騎士有二十六人。

其中有半數被槍擊給擊飛，戰力上處於劣勢。以現實的角度來看，幾乎沒有可以逆轉情勢的要素了。

倒下的騎士們被綁了起來，周圍被敵人給包圍住。

這下根本逃不掉了。

四面楚歌的勇者們為了死中求活，拔出了劍開始突擊。

◇◇◇◇◇◇

「大概就是這樣吧？」

「威力真是驚人啊。簡直像是傳說中的『屠龍者』……」

「這是我參考『擊龍槍』後自製的『槍刃』喔？唉，雖然性能上我有多少調整了一下啦。因為是出於興趣做的，是一般人很難掌控的難搞性能就是了。」

「……為什麼要刻意做得讓人難以使用呢。這個武器若是能小型化並量產，應該能創下不錯的戰果吧？」

「這樣一來，戰場會變得非常悽慘喔，死者的數量會增加。這種東西不該被量產，而且這只是我基於興趣製作的武器喔，我完全沒打算要讓別人使用吶。」

傑羅斯的話讓路瑟伊十分感佩。

要是擁有這個武器那種壓倒性的破壞力，戰場會化為單方面的屠殺場吧。這樣一來其他國家也會開發殺戮用的武器，彼此反覆進行至今未有的大量虐殺行為。

對於殺害敵人這個行為，戰士必須了解生命的重量與自己所犯下的罪過。只是為了殺人而存在，不能被稱作是真正的戰士。

「的確……具有刀刃的東西是使用者的意志與信念，但這個武器只會以遊戲的感覺來奪走人命。」

「唉，也是有沉溺於血腥味，以殺人為樂的精神變態啦。好了，去打倒剩下的敵人吧。」

路菲伊爾族的確很強，但平均等級和勇者相當。由於經年累月的恨意不斷累積，讓他們會不知輕重地殺光敵人。

畢竟敵人是他們長年的宿敵，他們也歷經了無數臥薪嘗膽的日子。這憤怒不斷傳給子孫，說是某種基於民族性的洗腦教育也不為過。

「伊爾漢斯伯爵，請你在馬車中等候。我稍微去當一下他們的對手。」

「嗯……不過，不要緊嗎？」

「人數上是我方占有優勢喔。問題就看有沒有勇者在了。」

傑羅斯扛起槍刃後，以輕快的腳步走向前線。

先鋒早已進入混戰，四處傳來的慘叫聲響徹周遭。

『嗯～……莫非他們是為了破壞道路而來的？或者是在途中發現沒有意義，就改變了作戰計畫。既然有火繩槍，就有火藥吧。』

能以小隊規模進行的作戰有限。

傑羅斯從狀況研判對方是碰巧遇上了他們，打算改來暗殺重要人物，引發政治不安吧。

改變作戰這點本身是不錯，但沒留意實力差距這點該扣分。也沒有把撤退的事情考慮進去。

恐怕是因為持有火繩槍這個新武器而自覺占有優勢，因此大意了吧。想必沒想到對方會有類似的武器。

『唉，只能說他們運氣不好了。哦？』

「是勇者！有勇者在！想辦法抓住他們！」

兩位戰士從前方攻了過來。

以黑髮為特徵的青少年，怎麼看都不是這一帶民族的人。

「唷，勇者。初次見面。差不多該收手了吧？你們沒有要在這個世界戰鬥的理由吧。」

「什麼……你是日本人嗎？為什麼要妨礙我們！」

「那是因為我受僱於他們啊？這是工作。你看不出來嗎？」

「你也是勇者吧！為什麼要與我們為敵！」

「很遺憾，但我不是勇者喔。也不是被召喚來的。」

兩位勇者發現眼前的魔導士和自己一樣是日本人。

然而那個魔導士正是將他們逼入絕境的當事人，從對方已經拿起槍刃這點看來，他們認為魔導士是難以應付的敵人而警戒著。

「被人捧說是勇者就得意忘形，參加戰爭。明明已經有一半的夥伴被當成棄子了，你們還要戰鬥嗎？你們人會不會太好了啊。不對，或許只是在逃避現實而已吧？」

「工作……？你是被錢僱用的傭兵嗎！為了錢，你甚至願意協助魔族嗎！」

「魔族？啊……是在說路菲伊爾族啊。那是基於宗教對立的民族迫害吧。像這種事情，每個世界都會發生吧？無聊死了。」

「什……」

「對四神教來說啊，創世神最先創造出的種族實在是太礙事了。可以和龍戰鬥的種族太有威脅性了嘛～你們知道嗎？他們啊，過去可是被稱為是天使喔。你們有聽說過這件事嗎？」

「天、天使是……」

傑羅斯所說的事當然是引用自「Sword and Sorcery」的設定，不過基礎設定和這個世界的資訊是共通的。

只是勇者們自然無從得知此事。兩位勇者理所當然地開始搖擺不定。

看他們那藏不住表情的樣子，顯然什麼都不知道吧。

唉，雖然這也是早就知道的事……

「真的什麼都不知道呢。所以才會被人當成棄子啊。啊，這麼說來，之前我有見過你們的夥伴喔。一条小姐和田邊。」

「你見過他們？你該不會也灌輸了他們類似的事情吧！」

「真失禮。可以不要把人家說得像是騙子嗎？你們也多少注意到了吧？『好像有點奇怪』……然而為了回到原本的世界只能順從他們。就算那是謊言也一樣。」
「果然是謊言嗎……風間說的似乎是真的啊。」
「呵……」
大叔點燃香菸，慵懶地吐出一口煙霧。
「你們啊，是回不去的……」
「「什麼！」」
「用來召喚勇者的魔法陣沒有那種機能。而且也已經變得連召喚都辦不到了。因為大神殿崩壞，召喚魔法陣已經損毀了……」
「我們可沒聽說這種事！」
「哎呀，沒把召喚魔法陣損毀的事情告訴你們，一定是因為你們要是叛變了，他們會很困擾吧。他們很怕被你們敵視啊。這只是我的猜測，但你們的部下裡應該有人接到了暗殺命令吧？負責解決知道多餘情報的傢伙。真是可怕啊。」
「別開玩笑了！那樣的話，我們到底是為了什麼而戰的啊！」
「我不是說了嗎，你們是棄子啊，棄子。唉，我是無所謂啦。事情就是這樣，可以請你們束手就擒嗎？我想趕快解決麻煩事啊。」
眼前的魔導士看起來非常沒幹勁。
但是這個魔導士正是徹底破壞他們的作戰計畫，創造出目前狀況的人。
兩位勇者難以信任傑羅斯的話。

可是欠缺否定要素這也是事實。

「神薙……怎麼辦？如果相信這個大叔說的話，我們就算待在那個國家也只會被當成棄子而已。我可是不想被人利用喔！」

「坂本……你能相信這個人所說的話嗎？他很有可能是在說謊喔。」

「再告訴你們一件事，每三十年就召喚一次勇者這件事，讓這個世界迎向了滅亡的危機喔。再過一千五百年左右魔力就會枯竭，差點讓所有生物都死絕了呢。」

「等一下！不是利用四神的力量來召喚勇者的嗎？」

「那個啊……能夠在時空上開出一個洞的能量，不是隨隨便便會有的吧。四神是從這個世界上榨取魔力，不斷用來召喚勇者。雖然是碰巧，但前陣子我確認了這件事喔。」

「你、你說什麼！」

「梅提斯聖法神國將會步向毀滅吧。畢竟他們為了己身利益不斷召喚勇者，讓世界面臨了崩壞的危機。四神不會救助信徒，也沒打算要救。他們才沒有那種值得讚賞的情操，是群亂來的傢伙……我是不想說啦，但你們的同學死得毫無價值啊。」

傑羅斯一邊抽菸，一邊淡然地說著。

然而這對於兩位勇者來說是很重大的問題。畢竟他們忽然被塞了自己所不知道的真相，被迫要做出選擇。

而且現在處於戰爭中，選擇的結果將會決定自己的命運。

在煩惱的兩人面前，大叔悠哉地吞雲吐霧著。

「呼～……好吃的肉被大家給吃了……」

「肉？為什麼提起肉？這事情跟現在無關吧……」

「唉，好吃的肉先被家人吃掉這種事，在燒肉店也常發生……」

「用心製作的火腿和香腸，還有煙燻肉都很快就被附近的小孩子們發現，像是蝗蟲過境那樣的吃光了啊。想要拿來當作下酒菜，卻看見空空如也的倉庫時，那種絕望和焦躁……你們能夠理解這種無處可發洩的強烈失落感嗎？」

「──你的事情誰知道啊！為什麼要用那種硬派風格來說啊！」

「比起那個，你們可以趕快做出決定嗎？我想要盡快解決事情耶。」

「──是你扯開話題的吧！」

因為周遭一片殺戮之氣，所以大叔下定決心，試著搞笑了一下。

怒吼與死前的慘叫聲交錯、不時響起的槍聲、附近全是濃厚的血腥味。

老實說戰場的空氣非常的沉重。

以大叔的立場而言，他對勇者和聖騎士沒有恨意，雖然會為了保身而殺害對手，可是沒打算要率先動手殺人。

只有對他們抱有恨意的路菲伊爾族毫不留情地討伐著聖騎士們。

「唉，玩笑話就說到這裡，來說點認真的吧。如果無法下決定的話，你們就在這裡昏倒被人俘虜如何？只要做點政治性交涉，雖然會有人監視，但我想你們應該可以自由行動喔？」

「你能保證我們不會被殺嗎！」

「對啊！這個世界的戰爭可沒有人權保障啊！」

明明參加了戰爭，卻要求別人保障自身的安全。只能說他們的想法太天真了。就連他們在做這種事情的時候，敵對的對手都還充滿了敵意。

「既然參加了戰爭，這是自作自受吧？而且要是拿著武器擺出迎戰的態勢，阿爾特姆皇國應該會視你們有敵意，毫不猶豫的殺過來喔？現在該是你們做出決斷的時候了。」

「我們可是被人監視著！在這種狀態下，還留在那個國家的夥伴也會有危險不是嗎！要是因為我們而給他們添了麻煩的話……」

「哦……有注意到監視啊？那麼，你們應該也知道自己不受信任吧。對那個國家來說，異世界的人不管死多少都無所謂啊。」

「輕小說的發展中被騙的情況嗎……雖然知道，但這還真是沒臉見風間那傢伙啊……」

「很常聽你們提到呢～那個風間。明明是個被帶來災難的幼稚園兒童玩弄的名字……唉，因為被宗教國家利用了，跟被人玩弄也是同樣的意思啦。哈哈哈哈哈。」

「「真過分……」」

雖然有些抱歉，但大叔判斷沒在精神層面上將他們逼入絕境，他們是無法做出決斷的。

勇者們在這種狀態下一直戰鬥到了現在吧。只有半吊子的覺悟，又只能得到方便行事的情報，讓他們對周遭充滿了不信任感。

就因為作為敵人和他們戰鬥了，會讓他們覺得投降等於死這也是沒辦法的事。

「好了，趕快做出決定吧。繼續拖下去的話，我會直接攻擊讓你們暈過去喔？監視你們的傢伙看到了，應該會以為你們被敵人打倒了吧？」

「『在你像這樣跟我們說話的時候，這招就行不通了吧！』」

「投降吧。不然你們會跟身為你們前輩的前勇者一樣，有性命危險喔？不管怎樣，梅提斯聖法神國都沒打算讓你們活下去。因為我確認過了，這點肯定沒錯。所以啊～快點投降啦～」

「真的假的。是說重要的事情要說兩次這我也知道，可是最後超隨便的耶……你根本沒想說服我們吧。」

「嘖……沒辦法。我們會拋下武器投降。你可以保障我們的性命嗎？」

「這得看交涉情況呢。至今為止都和對方敵對，你們也知道這很困難吧？就算要出賣情報，你們也沒什麼了不起的情報可說的，我是會盡量幫你們求情啦……」

「『超、超不可靠……』」

因為上了前線，本來就沒什麼情報的勇者們，最後還是捨棄武器，選擇了投降這條路。不過兩人投降了，本以為其他勇者也會跟著投降，卻有一個人還在戰鬥。

那是「姬島佳乃」。她正在和路瑟伊激烈地互砍著。

「你們可以幫忙說服她嗎？」

「沒辦法……自從風間被殺之後，姬島那傢伙活著就只為了復仇了。」

「她為什麼對那種阿宅……為什麼我就不行啊。」

「呼……回憶是會在當事人死去後不斷被美化的東西。如果是愛上了那個風間，她應該不會停手吧。」

周遭的人不是被俘虜就是被殺害，現在還在戰鬥的只剩下敵我雙方的兩位女性。
「唉……沒辦法，我去幫忙仲裁一下吧。」
將抽完的香菸放入攜帶式煙灰缸後，傑羅斯搔著頭抱怨，一副受不了的樣子介入了她們的決鬥。

◇◇◇◇◇◇

佳乃尋找著烙印在她腦海中的女戰士。
她看也不看旁邊地甩開周圍的戰士們，筆直地朝著那個耳熟的聲音跑了過去。
在她前方，戴著面具的高挑女性拔出劍，正在指示部下們。
『找到了！』
佳乃一邊跑著一邊水平地舉起劍，順勢揮砍出去。
「喝啊啊啊啊啊啊啊啊啊啊！」
「嘿！」
女戰士把劍從左下往右上揮砍，彈飛了佳乃了劍。
佳乃立刻拔出備用的劍，以劍尖指著憎恨的對象。
「勇者嗎……這張臉，我有印象呢。」
「要請妳當我的對手了。讓我為大家報仇吧！」
「……好啊，我就來當妳的對手。」

兩人的劍相互交鋒，拉開距離後又再度碰撞在一起。

儘管攻防激烈變化，但以實力上而言佳乃明顯地處於劣勢。

本來雙方就有等級差距，佳乃的實戰經驗不足，受情感驅使也使得她的動作很容易被看穿。

「在一對一的戰鬥中，不夠冷靜的話馬上就會死了喔。不對，這正是妳的希望嗎？」

「的確，我是贏不過妳吧……可是我也沒打算就這樣死去！」

「嗯……做好了玉石俱焚的覺悟嗎。然而只要知道了，這就是沒有意義的事喔？」

佳乃也知道彼此有實力上的差距。畢竟不管她怎麼揮劍都無法傷到對方絲毫，對方只用最小限度的動作就避開了她所有的攻擊。

『知道歸知道，可是差距居然大成這樣……』

「真是看不慣啊。」

「什麼？」

「追根究柢，先開戰的是你們，而導致這個原因的是四神教的愚蠢之徒們吧？順著那些傢伙的好聽話，沒試圖認清事實的人，有復仇的權利嗎？」

「儘管如此！妳還是殺了我重要的人……我沒辦法只靠一句『無可奈何』就接受這件事！」

在決定參加戰爭時，就已經接受了殺害他人這件事。對方也有重要的人，這是理所當然的事情，而為了保護自己重要的人，殺害敵人這也是無可奈何的事。

佳乃知道自己的復仇很沒道理。就算將怒氣發洩在眼前的女戰士身上也無濟於事。

然而不將心中這些無處可去的情感發洩在哪裡，佳乃的心就快發狂了。

「這是因為妳沒做好覺悟吧？沒有信念，也沒有要守護的對象。薄弱的覺悟……不，是天真招致了你們的死。隨波逐流就是你們的犯下的罪吧。」

「儘管如此……儘管如此我還是痛恨殺了他的妳！我恨妳！」

「啊～……抱歉在氣氛正熱烈的時候打擾妳們。戰鬥差不多要結束了，可以請妳們找個段落收尾嗎？」

灰袍魔導士不知何時站在她們兩人激烈揮砍的劍光中。

而且還靈活地避開了兩人的劍。

「復仇啊、報復啊，這種事情太火爆了，我不喜歡呢～可以請妳們就此打住嗎？」

「「你也看一下場合！」」

兩人不禁以帶著吐槽的方式揮劍，但魔導士用空手俐落地接下了劍。被他握著的劍絲毫無法動彈。

灰袍魔導士徹底的破壞了現場的氣氛。

「什麼！（怎、怎麼會……就算我有手下留情，但他居然用手接下了我的斬擊？）」

「路瑟伊小姐。敵方的勇者有兩個人投降了喔。勇者好像還有三個人吧？」

「一個人就在眼前。另外兩個人……」

「將軍！我們俘虜了兩位勇者。」

「……看來解決了呢。」

輕鬆地被擄獲的勇者們。

剩下的只有佳乃一個人，但她的劍還是被握著，動彈不得。

被人從旁妨礙，佳乃憤怒的感情就要爆發了。

「不要妨礙我！這跟你無關！」

不，已經爆發了。

「有關吧。你們剛剛打算要狙擊我對吧？我為什麼得對這種人讓步啊？這裡是戰場，你們打算暗殺重要人物。光是這樣就是重罪了。」

「那種事情怎樣都無所謂！我的目的是這個女人！不要跑來妨礙我們的決鬥！」

「叫我不要礙事啊……但是我拒絕！阿爾特姆皇國也是，不能一直讓重要人物停留在這種地方，而我也想要趕快結束工作啊。」

「擅自把他帶走就好了吧！那跟我無關！」

「所～以～說～有關吧。你們是實行暗殺重要人物計畫的犯罪者，而我們是負責護衛的人。正義是屬於我們的喔？不能屈服於恐怖攻擊。這不是國際常識嗎？」

不管在他國再怎麼被說是勇者，擅自闖入別的國家，打算暗殺重要人物。這可是貨真價實的軍事恐怖行動。

其他國家的軍隊擅自闖入別的國家進行破壞行動的話，就會被視為是恐怖分子。勇者的名號只在梅提斯聖法神國內有用。

「就算妳是因為要幫某人復仇才來到這裡的，但妳接受了為此波及他人這件事。也就是說妳協助了恐怖行動。妳以為這樣的妳還有資格說任性話嗎？」

「那麼讓我跟這個女的戰鬥！其他事情我都無所謂！」

「不行。時間也很緊迫了，我們也沒必要做到那種地步。明明給不出任何回報，也沒有交涉籌碼，有什麼理由需要尊重你們的意見？你們啊，可是在戰爭中呢。」

「傑、傑羅斯閣下……閣下沒有尊重戰士尊嚴的心嗎？」

「沒有呢。不管說得再好聽，做的事情都是互相殘殺吧？我可沒打算要有什麼殺人者的尊嚴，只要有惡・即・斬這三個字就夠了。」（註：「惡・即・斬」是漫畫《神劍闖江湖》的齊藤一所奉行的信念。）

大叔的尊嚴是某對武士夫婦的尊嚴。

也是夠血腥了。

「妳和叫做風間的勇者是什麼關係？情侶……不是吧。我想大概是青梅竹馬？真是的，有這種美少女青梅竹馬在，耍帥死了不就沒意義了嗎。」

「什麼都不知道的人，不要說他的事情！」

「風間？你們是在說勇者風間的事嗎？他……還活著喔？」

「──啥！」」

路瑟伊突然的一句話，讓兩個人都一臉傻樣的愣住了。

以為已經死了的勇者還活著，他們會驚訝也是當然的。

「那個……路瑟伊小姐？我聽說那個勇者死了……可是他還活著嗎？真的？」

「嗯。他抱著同歸於盡的覺悟用範圍魔法攻擊我，受了瀕死的重傷。我靠著魔力屏障逃過了一劫，不過讓那樣的魔導士留在那個腐敗的國家實在太浪費了。」

「然後……妳就帶他回去治療了他？」

「是啊……不過他愛上了我們的公主大人……」

「「咦？」」

「公主她……以年齡來說，意外的像小……咳咳！年幼，似乎非常符合風間閣下的喜好。」

現場一片尷尬。

活著這件事是很讓人驚訝，可是和敵對國的公主墜入愛河這就讓人笑不出來了。

感情專一的少女聽到自己所愛的青梅竹馬還活著的瞬間露出了喜悅的神情，然而卻得到了對方已有戀人的衝擊情報。更何況對方還是公主，這簡直等同於受到了讓人無法重新振作起來的致命性打擊。

「一開始聽到公主的年齡時，他大喊著：『耶！是合法蘿莉！我墜入愛河了！好想大聲說～喜歡妳──────！』非常高興的樣子喔？真的嚇了我一跳。」

「……喂喂喂，居然是一見鍾情嗎？這下可要見血了。一點都不好笑啊……肯定要進修羅場了。」

「這、這麼說來……以前在打掃卓實的房間時，找出了年幼的魔法少女的動畫設定集……他也經常看著二頭身的角色模型，也把色色的動畫ＤＶＤ藏在壁櫥裡……卓實雖然說那是他哥哥的東西，但該不會……」

「嗯……是該懷疑呢。看來他是個徹底的蘿莉控。肯定是。光是沒做出犯罪行為就算是有良心了。」

「呵呵呵……我簡直像個笨蛋……沒想到他是個變態紳士……我明明從以前就很喜歡他的，這種失戀……太過分了啦～……」

佳乃化成了灰燼。

漫長的初戀悽慘的消逝了。不，應該說爆炸了才對吧。實在是太可憐了，連大叔都有點同情她。

「我受夠了……好想去死……」

「很嚴重呢。這真的一點都不好笑，她實在太可憐了……」

「我說了什麼不好的事情嗎？完全感覺不到剛剛的氣魄……」

「她的初戀徹底爆炸了喔。現在請先放著她別管吧……嗯？」

突然感覺到的些許殺氣，讓傑羅斯環視了周遭一圈。

附近只有被打倒的騎士們的屍體，還有阿爾特姆皇國的戰士們。

索利斯提亞魔法王國的騎士們已經拉開了距離，為了護衛伊魯漢斯伯爵而堅守在四周。

『嗯……殺氣是從哪裡來的呢。雖然知道對方潛伏在這附近……目的是什麼呢？勇者全都被俘虜了。那麼是為了別的目的而躲著嗎……嗯～……』

雖然有幾種可能性，可是每個都欠缺決定性的要素。

傑羅斯裝作沒有注意到殺氣，靠近佳乃身邊。

「妳的失戀確實很悽慘，不過不要認為喜歡一個人是壞事。那段戀情雖然結束了，但我不認為這是沒有意義的事。現在的妳或許很難受，但時間會解決這個問題的。雖然這台詞很老套。但不論結果如何，妳都獲得了很棒的經驗。」

「…………」

「唉，讓妳擔心到這種地步，我是覺得妳有揍那個風間的權利喔？」

「說得……也是呢。我想要直接碰面，給他一巴掌……為這段戀情做一個了斷。」

「就這麼做吧。好了，站起來。雖然還是會以逮捕的方式帶走妳，不過之後應該要問妳些情報吧？說些關於四神教那些腐敗的邪魔歪道的事，阿爾特姆皇國的人也會很高興的。畢竟不管是怎樣的新情報他們都會想要呢。」

傑羅斯這麼說的瞬間，剛剛察覺到的殺意高漲起來，倒在一旁的騎士一手拿著小刀站起來之後，突然朝著佳乃衝了過來。

「去死吧──────！汙穢的勇者──────！」

「什麼……！」

「你才該去死。」

然而在小刀即將刺向佳乃的瞬間，傑羅斯用單手隨意地揮動巨大的「槍刃」，揮開了騎士。被高高地甩上數公尺高空的騎士，就這樣以頭墜向了地面。

「原來如此，看來他的目的是要暗殺妳呢。妳在那邊說了批判四神教的話嗎？」

「……是的，以為卓實死了……的時候，我變得無法信任四神教和身邊的人……」

「根據我的推測，他們至今為止沒殺妳，是因為妳還有用途。然而你們在這裡落敗了。想到妳有可能會變成四神教的敵人，才事先下令要在這裡解決妳吧。唉，雖然是失敗了啦。」

「那個國家的人居然……」

「腐敗到了這種程度呢～以前被召喚來的勇者恐怕也是用同樣的方法被處理掉的吧。唉，以為同樣的方法可以用好幾次的時候，就表示他們是笨蛋了。因為這會讓你們視他們為敵呢。」

傑羅斯離開佳乃身邊，靠近倒下的男人，隨意地踩到他的身上。

「咕喔！」

「唷，你們是『血連同盟』的人嗎？我從之前被召喚來的勇者們那邊聽說了喔。據說你們是群無藥可救的腐敗傢伙啊？」

「你、你這傢伙……區區一個魔導士……咕喔！」

傑羅斯面無表情地用力踩了騎士。

「魔導士所以呢？你知道現在的狀況嗎？現在你的性命可是握在我手上。主導權在我這裡。你啊，只要老實地回答我的問題就好了。」

「誰、誰要……回答像你這種……骯髒又汙穢的魔導士……」

「哈哈哈，你說了很有趣的事呢？汙穢？能夠說這種話的，只有從未殺過任何人的人喔。只要曾經殺過一次人，大家全都是邪魔歪道。那麼，你殺過多少人啊？身上有不少血腥味呢……」

傑羅斯從腰間取出小刀，丟向男人。

小刀以驚人的速度刺入了男人的大腿。

「嘎啊啊啊啊啊啊啊啊啊啊啊！」

「好了，請你招出各種事情來吧。關於你們『血連同盟』的事。哼哼哼……」

「我、我就算是死也不會說的！就算是死，我也只是回到神的身邊而已……」

「我是覺得那些亂來的神根本不會在意渺小的人類死了這種事啦。你死得毫無意義。」

「不、不知四神……偉大的神的慈悲之人，少在那邊說神的事！」

「我知道啊。四神是多麼不負責任又腐敗的傢伙。差不多該換成其他的神了。」

聽到傑羅斯的話，男人以憤怒的聲音大吼。

「你、你是轉生者嗎！想向神復仇的邪神爪牙！」

「哦……這下我有很多事情想問你了呢。放心吧，我會負起責任治好你的傷的。別看我這樣，我很擅長回復魔法喔。我會反覆用小刀刺你，等你快死了再治好你。」

「什……怎麼可能，魔導士不可能使用回復魔法……」

「能用喔？只是你們不知道而已。因為魔導士和神官的差異，只有回復魔法和攻擊魔法的效果哪個比較高而已。不過不是不能用。」

「少、少在那邊胡說！不是神的使徒的你，不可能可以使用神聖魔法……」

「『神的祝福（神之吐息）』。」

傑羅斯在神聖騎士的眼前，對自己使用了神官最強的輔助魔法。

「居然是『神的祝福』……不可能，這是傳說中只有大神官階級才能使用的，已經失傳……為什麼！為什麼身為魔導士的你……為什麼。」

「我說了吧。不是不能用啊。『神的祝福』是大神官階級的魔法對吧？你們的首領，那個法皇大人能用嗎？雖然你都說這是已經失傳的魔法了。順帶一提，除了一小部分外，我幾乎可以用所有神官的魔法。你要親自試試看嗎？和我一邊『聊天』一邊試。」

「這不可能……怎麼會有這種事……」

「看看現實吧。唉，比起那個，繼續說吧。可以請你說說各種事嗎？被剛剛的魔法強化過後，我現在丟小刀可能會砍掉你的整條手臂，不過這只是個小問題而已。既然處於戰爭中，為了獲得情報而拷問……應該說，多少有些粗暴地請你說出情報，也是無可奈何的事對吧？」

「你剛剛說了拷問！」

「只是一點小口誤。太在意的話會禿頭的喔？好了，這是問題。你要是老實告訴我的話，我會很開心的。要是不老實說的話就用拳頭……不是不是，和平的暴力——哎呀……」

傑羅斯手上拿著數把小刀，更用力的踩著男人的肚子固定住他。

男人雖然拚命的抵抗，還是無法脫逃。

「你、你這惡魔！你會受到神的制裁！」

「還是第一次有人叫我惡魔呢。因為我的別稱是『殲滅者』，這聽起來很新鮮喔。下次你會說什麼呢？真讓人期待啊～哼哼哼……」

大叔露出邪惡的笑容，將男人的精神逼入絕境。

血連同盟的騎士暴露在未知的恐懼中，即將被攻陷。

「……那個不是魔導士該做的事情吧。毫不留情又殘忍……」

「好、好帥喔……對敵人毫不留情的那種嚴苛態度，太棒了……」

「妳認真的？有必要的話可以徹底的冷血無情，這可不是一個像樣的魔導士該有的行為喔？」

「就是這點很棒。『殲滅者』……孤高的破壞魔導士，無力的正義不足以稱之為正義。完全就是這樣。」

失戀的佳乃似乎往奇怪的方向暴衝了。

她很喜歡特攝片，特別喜歡敵方的反英雄。

這天，一位騎士陷入了不幸，一位勇者成了「殲滅者」的粉絲。

「誰、誰來救救我啊————！我什麼都說！求你饒了我！」

「才剛開始而已喔？可以的話請你再稍微抵抗一下嘛。這樣不是很無聊嗎。別在意～接下來還有很多時間喔～哼哼哼……」

「你剛剛說無聊？這傢伙只是在享受拷問的樂趣吧！神啊、神啊！」

「所以說～你們的神是不會來救你的。你也差不多該注意到這件事了吧。而且你們也做了一樣的事情吧？對了，首先拔去雙手雙腳的指甲，再一根根折斷手指，然後剝皮、切掉耳朵……」

不幸的男人在大賢者的戰鬥技能之一「威嚇波動」前屈服了。等級超過1000可不是蓋的。這壓迫感讓男人宛如遇見龍的小動物。

魔力帶來的壓迫感化為恐懼，乾脆俐落地攻陷了他。

在那之後，這個騎士雖然被交給了阿爾特姆皇國，但他整個人都嚇傻了。看來不是普通的恐怖。

而大叔是有反省自己做得太過火了，但並不後悔。

短篇　德魯薩西斯的誓言

『我問你喔，德魯。你覺得幸福是什麼？』

德魯薩西斯佇立於小小的墓碑前，腦海中響起了過去曾聽過的聲音。

當時的他回答不出來。

不，應該說這是個他甚至沒打算要回答的瑣碎問題。但他現在能夠回答了。

「無論是怎樣的方式都好，只要所愛之人能夠陪在我的身邊……」

儘管內容相當單純，但對現在的德魯薩西斯而言這就是答案。

「妳這樣就滿足了嗎？米雷娜……妳可是連想要抱抱瑟雷絲緹娜都辦不到喔……」

他像是在喃喃自語似地質問墓碑。

然而能夠回答他問題的人已經不在了。

她已經逝去，到了德魯薩西斯再也碰不到的地方。

他早已做好覺悟。儘管如此，他仍深切的期盼能夠和她在一起的時光能盡可能地持續下去。

可是這願望也落空了，很快就到了分別的時刻。

他回憶起自己年輕時的事。

過去從不相信任何人的德魯薩西斯，在伊斯特魯魔法學院遇見了米雷娜。現在回想起來，德魯薩西斯甚至覺得她或許知道自己的未來吧。

『喂，你總是一臉很無聊的樣子耶？世界在你眼中看來有那麼無趣嗎？』

『是啊……無聊透頂。不管是誰，在表面下都藏有某種惡意吧。』

『這麼無趣的話，由你來改變世界就好了啊。你做得到吧？』

『我？由我來……改變世界？』

『對，只要把世界變成你所期望的樣子就好了。因為你擁有那種力量。世界啊，可是比你想得還要更加美麗喔？』

這就是德魯薩西斯和她的相遇。

米雷娜不知道為什麼纏上了德魯薩西斯，最後讓他獲得了包含蜜絲卡在內的許多朋友。

「我為米雷娜做了些什麼呢……不，在我想得到的範圍內是得不到答案的……畢竟我很清楚去想這些也沒用。」

死者的內心，只有死去的當事人才知道。

但是從生前的她那裡獲得的重要事物，至今仍殘留在德魯薩西斯的心裡。

現在回顧過往，德魯薩西斯認為自己從她那邊獲得的東西太多了，反而沒給過她什麼。

德魯薩西斯就是如此地覺得，自己從米雷娜那裡獲得了愛情和難以償還的恩情。

他的心中滿是後悔。

『德魯、德魯！這是我的朋友蜜絲卡喔。往後還請多指教。』

『……不是，我看她一臉非常不情願的樣子耶？她真的是妳的朋友嗎？』

『才不是！我只是被這女孩硬是拖了過來。你是她男朋友的話，拜託好好糾正她那不聽人說話又強硬的個性！太會給人添麻煩了。』

『不，我不是她男朋友，而且她也不聽我說話喔？妳能不能自己想點辦法啊？』

這是他和蜜絲卡的初次相遇。

他雖然不清楚發生了什麼事，但米雷娜硬是拉著蜜絲卡的手臂，把她給帶了過來。在那之前蜜絲卡對他而言只是被周遭稱作「冰霜女王」，令人厭倦的同學。

德魯薩西斯也沒跟蜜絲卡說過話，僅將她視作映在自己眼中的一個風景。因為他覺得其他人都很煩人，所以他有些驚訝米雷娜居然會帶她過來。

在那之後他和蜜絲卡似乎就鬥嘴鬥個沒完。

「呵……現在想想，米雷娜或許是想找個能和我拌嘴的對象，才會介紹蜜絲卡給我認識吧。儘管有些麻煩，但率直地表現出惡意的蜜絲卡，和其他貴族的態度相比簡直是天差地遠。」

蜜絲卡平常雖然和人偶一樣面無表情，在僅有他們三人時卻會毫不留情表現出惡意。

完全不知道客氣為何物，就連貴族和平民的身分差距都不存在。

對德魯薩西斯來說，和蜜絲卡這樣的人對話，在感到不悅的同時也充滿了新鮮感。

他有多久沒對他人抱有厭惡感了？

不知不覺間，他已經老實地接納了蜜絲卡的存在。

他過去明明那麼厭惡他人的。

『德魯，你討厭蜜絲卡嗎？』

『不，雖然我是覺得無所謂，但說不上喜歡或討厭。』

『這應該說是喜歡吧？蜜絲卡是個好女孩喔？儘管看起來是那樣，卻和我興趣相投。雖然是最近流行的色色小薄本……』

『那是妳強迫推銷給我的東西吧！還在不知道什麼時候拿進了我房裡……妳是怎樣開鎖入侵我房間的啊！』

『可是～最後妳還是都看完了吧？蜜絲卡……』

『才、才沒有……那種……事。』

『妳們……有那方面的興趣嗎？算我拜託妳們，可以暫時和我保持距離嗎？我不想被當成妳們的同類。』

『咦～真過分！你這樣太蠻橫了啦，德魯！』

他愈是回想，愈覺得蜜絲卡應該是被米雷娜給感化了。

這到底是好還是不好只有蜜絲卡本人能夠決定，所以他不清楚，但至少被稱作冰霜女王的少女有了更豐富的情感表現，也變得不時會說笑了。

儘管有時很難辨別她那到底是玩笑話還是認真的……

「你在這裡啊，德魯……」

「……是蜜絲卡嗎。」

「米雷娜曾經說過吧？『會死這件事我早有覺悟，就算我不在了，仍連繫著希望，所以請你不要傷心』。」

「我知道。呵……沒想到我是個軟弱至此的男人啊。」

在生下瑟雷絲緹娜的前一晚，米雷娜微笑著這麼說。

德魯薩西斯認為那就是一切的答案了。

然而她卻在三天後逝去了，只留下一封信。

失去了所愛之人，使德魯薩西斯的心中留下了永不消失的悲傷。

這份悲傷促使他回憶起過去快樂的日子。

在感覺既漫長又短暫的學院生活中，發生了許多事件和騷動，在吵鬧又開心的日子延續的過程中，他終於得知米雷娜出自能夠使用「預知未來」血統魔法的系族。

惡徒為了獲得那份力量，阻擋在德魯薩西斯和他的夥伴面前。

不知道這個「預知未來」的魔法會奪走施術者的性命，許多貪婪之徒不斷尋求著她的族人。而米雷娜是一族最後的倖存者。

『喂，德魯……要是我不見了，你會好好地把我找出來嗎？』
『妳在說什麼啊？』
『不管啦，回答我！你會……把我找出來嗎？』
『嗯……事到如今妳還在說什麼啊？我不可能不去找妳吧。不管要用什麼手段，我都絕對會把妳找出來的。』
『說好了喔？我……會等你的喔？』

這時候的米雷娜前所未有的認真。
當時的德魯薩西斯不懂她是為什麼要說這種話。
然而過了一個月後米雷娜被擄走了。她的話簡直就像是預言。
然後德魯薩西斯也依照約定，用盡各種手段找出她，把名為「九頭蛇」的地下組織給徹底摧毀了。
可是德魯薩西斯直到最後都沒發現到「預知未來」魔法真正的危險性。
很不幸的，這個魔法無法控制，魔法將會不顧施術者的意願，以夢境的形式讓施術者窺見未來，最後奪走其性命。簡直是受了詛咒的魔法。
米雷娜是為這受詛咒的魔法及其一族劃上句點的棋子，她自己也接受了這件事。
而德魯薩西斯到了米雷娜嚥氣時才知道這殘酷的命運。
沒有任何人送她最後一程，她躺在床上帶著微笑靜靜地結束了性命。放在她身旁的信寫下了事情的真相，最後用「我過得很幸福」這句話做為總結。

『死了的話我也沒辦法去找妳吧，米雷娜……』看完信的德魯薩西斯以破碎的聲音喃喃說道。

德魯薩西斯真想痛揍完全不知道米雷娜所背負的黑暗真相，一味甘於她那深刻愛情中的自己。

「我知道你很懊悔，可是責怪自己也無濟於事喔？比起那個，我也和你有同樣的心情，所以你也多少顧慮我一下吧！」

「我知道，可是我就是沒辦法停下來。一定是因為……我很遺憾吧。」

蜜絲卡也和自己一樣，懷抱著無處可以宣洩的心情吧。

在這種情況下還能像學生時期那樣顧慮他人這點，讓他覺得蜜絲卡很堅強。

光是有蜜絲卡在就令他十分感激了，情緒也稍微和緩了些。

『德魯，你要先吃飯？先洗澡？還是～先・吃・我・呢？』

『……等一下，妳為什麼打算脫衣服？不是說有重要的事情要跟我說嗎？』

『為了讓德魯你～可以美味地享用的事前準備？』

『為什麼是疑問句？而且妳為什麼把手摸上了我的褲子……等等！我們都還是學生，再下去可就糟了喔！住手！這可不是淑女該做的事！』

『那我就好好地～享用德魯囉～～～～♡』

令人懷念的學生時期的記憶。

她平常就像這樣不聽人說話，不斷逼近自律且禁慾的德魯薩西斯。

「……」

和米雷娜一同活著的日子，是一段特別又愉快的時光。

她甚至積極到了想要和德魯薩西斯先上車後補票的程度——

『……我為什麼會被她給吸引呢？人與人之間的緣份真是難解啊。』

「德魯……你稍微休息一下比較好吧？你臉色很差，也流了很多汗……不要緊嗎？」

「……我沒事。只是稍微想起了以前的事。沒錯……以前的事。」

那是他不想被蜜絲卡知道的過去。

要是被她知道，她肯定會一輩子都拿這個當哏來嘲笑他的。

「唉，最後也很符合她的風格呢。居然什麼都沒跟我們說就走了……」

「是啊，米雷娜總是把我們耍得團團轉。」

「對啊，她總是這樣。突然把我們耍得團團轉，事情到最後卻不知道為什麼會往好的方向發展。真的是……到最後還是什麼都沒說就走了……實在是拿她沒轍。」

「而且還讓人沒辦法向她抱怨……老實說有種她贏了就跑的感覺。」

米雷娜從以前開始就是個絕對不會把真心話說出口的女孩。

總是帶著天真爛漫的笑容，不時做出天外飛來一筆的行動把人耍得團團轉。就算很難受，也從未說過半句喪氣話。

德魯薩西斯注意到她不時顯露出的陰暗面，在打算想辦法做點什麼而行動的途中，不知不覺間便迷上了她。

因為她的身上有種不抓住她的話，她便會消失到某處的虛幻感。

「我有必須完成的約定。這些喪氣話僅限於今天……」

「是啊。你要是不讓瑟雷絲緹娜幸福，之後會被米雷娜唸上一頓吧。」

「是啊……沒守護那孩子到最後的話，我可沒臉去見米雷娜。因為那孩子是米雷娜的希望啊……」

「我會幫忙的，德魯。因為我也跟她說好了……」

聽了蜜絲卡的話，德魯薩西斯的臉上微微露出笑意後，便轉身離開米雷娜沉眠的墓地。

兩人發誓，一定要讓米雷娜託付給他們的瑟雷絲緹娜獲得幸福。

直到未來她選擇自己要走的路，展翅高飛的那一天——

SWORD ART ONLINE
刀劍神域
Kiss and fly
022
川原 礫
插畫／abec
SWORD ART ONLINE
Kadokawa Fantastic Novels

熊熊勇闖異世界 1~10 待續

Kadokawa Fantastic Novels

作者：くまなの　插畫：029

優奈抵達精靈村落，
為了拯救精靈一族而與「樹」展開戰鬥!?

優奈來到精靈的村落，精靈們親切地歡迎優奈。精靈村落的結界變弱，其原因在於守護村落的「神聖樹」。對神聖樹非常感興趣的優奈想去參觀神聖樹，但是神聖樹被「寄生樹」寄生，使得優奈竟然要跟「樹」戰鬥……!?

各 NT$230~270/HK$70~83

歡迎來到
實力至上主義的教室
衣笠彰梧
KINUGASA SYOUGO
トモセシュンサク
TOMOSESHUNSAKU
11
Kadokawa Fantastic Novels

今天開始靠蘿莉吃軟飯 1~5 待續

Kadokawa Fantastic Novels

作者：曉雪　插畫：へんりいだ

崇高的靠蘿莉吃軟飯生活！
世界第一的人生勝利組！

我是人稱靠蘿莉吃軟飯的天堂春。連國家公權力都打倒的我，覺得已經沒有任何事情可以妨礙如此幸福的生活了……可是！在我跟藤花她們有了身體碰觸之後，我的專屬女僕麻耶小姐就真的發飆了……我跟美少女小學生之間的身體碰觸要暫時自重不做！

各 **NT$200/HK$60~67**

靠心理學的異世界後宮建國記 1~2（完）

Kadokawa Fantastic Novels

作者：ゆうきゆう　插畫：Blue_Gk

心理學輕小說的新境界！
戀愛、後宮，甚至建國，只靠這一本就全數搞定？

患有女性恐懼症，被醫師以治療為名義突然丟到異世界的高中男生難波心太，運用心理學書籍知識，成功認識了不同種族的美少女，並和她們相處得相當融洽！朝著夢想中大受歡迎的生活邁出一大步的心太，接下來的目標是建立自己的國家──

各 **NT$240/HK$80**

國家圖書館出版品預行編目資料

賢者大叔的異世界生活日記 / 安清作 ; Demi譯
. -- 初版. -- 臺北市 : 臺灣角川, 2020.02-
冊 ; 公分. -- (Kadokawa fantastic novels)
譯自 : アラフォー賢者の異世界生活日記
ISBN 978-957-743-541-5(第6冊 : 平裝). --
ISBN 978-957-743-878-2(第7冊 : 平裝)

861.57 108021195

Kadokawa
Fantastic
Novels

賢者大叔的異世界生活日記 7

（原著名：アラフォー賢者の異世界生活日記 7）

2020年7月27日　初版第1刷發行

作　　者：寿安清
插　　畫：ジョンディー
譯　　者：Demi

發 行 人：岩崎剛人
總 編 輯：蔡佩芬
編　　輯：黎夢萍
美術設計：黃永漢
印　　務：李明修（主任）、張加恩（主任）、張凱棋

發 行 所：台灣角川股份有限公司
地　　址：105台北市光復北路11巷44號5樓
電　　話：（02）2747-2433
傳　　真：（02）2747-2558
網　　址：http://www.kadokawa.com.tw
劃撥帳戶：台灣角川股份有限公司
劃撥帳號：19487412
法律顧問：有澤法律事務所
製　　版：巨茂科技印刷有限公司
ＩＳＢＮ：978-957-743-878-2